Nackte Frau an Bord

JANA FÖRSTER

Nackte Frau an Bord

33 erotische, lustige und absurde Kreuzfahrterlebnisse

SCHWARZKOPF & SCHWARZKOPF

Inhalt

Auf einer Kreuzfahrt ist alles möglich!

Vorwort

Traumurlaub« schwärmen die einen, »Mumienschieber« lästern die anderen. Wenn die Diskussion auf das Thema »Kreuzfahrtschiffe« kommt, schlagen selbst auf dem Festland die Wogen hoch.

Die Spötter behaupten, für Bordvergnügen wie Rollator-Rennen oder die Wahl von Mister und Miss Abwrack sei ein solcher Luxusliner genau der richtige Platz, weil alle Passagiere, einer wie der andere, dafür die idealen Voraussetzungen mitbrächten. Gäbe es für Traumreisen dieser Art einen Seniorenrabatt, würden die Reedereien pleitegehen. Die Fans halten dagegen, eine Kreuzfahrt sei die perfekte Möglichkeit, die Welt in all ihrer Schönheit zu erkunden: Städte kennenzulernen, von denen man bisher nur träumen konnte, stundenlang durch malerische Fischerhäfen zu bummeln oder in den Metropolen von einst sich Jahrhunderte weit in die Vergangenheit zurückzuversetzen. Und nichts sei romantischer, als im Sonnenuntergang an der Reling zu lehnen und zu träumen. Ganz abgesehen davon, dass die Crew an Bord dem Urlauber jeden Wunsch von den Lippen ablese und ihn sofort erfülle.

Auf Kreuzfahrten ist alles möglich. Ich selbst habe schon einige davon hinter mir und ja, ich gebe es zu und oute mich hiermit: Ich bin ein Kreuzfahrtfan! Vor allem von deutschen Reedereien. Warum? Sie sind gerade für jüngere Leute wie mich ungezwungen, lockerer und frei vom Kleiderzwang. Keine starren Essenszeiten, keine Operngesänge in den Aufenthaltsräumen. Den Spöttern will ich immerhin zubilligen, dass vor allem Senioren Kreuzfahrten lieben. Aber ist das nicht überall so, wo Urlaub gemacht wird? Nur: An Land sehen wir die älteren Herrschaften nun einmal nicht so häufig, denn (entschuldigt, Opa und Oma) sie gehen eben um neun ins Bett und fahren am Tage nicht ununterbrochen Jetski oder trinken Cocktails am Strand, so wie die jungen Leute. An Bord dagegen sind alle Passagiere dicht beieinander, sobald das Schiff abgelegt hat. Und das ist auch gut so. Dadurch habe ich tolle Menschen aller Altersklassen, quer durch den Gemüsegarten, kennengelernt, die ich sonst sicher nirgendwo getroffen hätte.

Auf Kreuzfahrtschiffen würde jedoch nichts ohne die Crew funktionieren. Diese guten Geister gehen an Bord und bleiben dann für Monate auf demselben Schiff. Sie schaffen sich eine zweite Familie und verbringen auch die Freizeit miteinander. Eine junge Frau, die ich zu diesem Thema befragt habe, sagte: »Man geht an Bord und es beginnt ein ganz neues Leben. Es ist mit keinem Job an Land zu vergleichen.« Ein Mann, der schon auf 36 Schiffen angeheuert hat, meinte sogar: »An Bord arbeiten mitunter Dutzende Nationen zusammen. Wenn es auf der ganzen Welt so harmonisch und kollegial zugehen würde wie auf einem Schiff, dann hätten wir keine Kriege mehr.«

Deshalb würde ich gern einmal, als Crewmitglied getarnt, für kurze Zeit hinter die Kulissen schauen. Oder als kleines Mäuschen still und heimlich beobachten, wie das bunte Leben an Bord funktioniert. Ich stelle mir ein Schiff wie ein kleines Dorf vor. Man sieht immer dieselben Leute, jedenfalls unter der Besatzung, und da ist vom Zickenkrieg über die große Liebe und heimliche Verhältnisse bis zu Betrug und Freundschaft alles mit dabei. Am treffendsten hat es vor einigen Jahren eine Bordkosmetikerin auf den Punkt gebracht, als sie mir bei einer Behandlung fröhlich anvertraute: »Wenn einer eine Geschlechtskrankheit mit an Bord bringt, dann kann der Schiffsarzt gleich die ganze Crew behandeln.«

Dieses Buch erzählt auf ebenso fröhliche wie ungeschminkte Weise die Erlebnisse von Kreuzfahrt-Passagieren und gewährt gleichzeitig einen heimlichen Blick hinter jene Schiffstüren, auf denen »Staff only« steht. Unzensiert und offen, witzig und frei von jeglichen Tabus.

Denn in diesem Buch ist die Bordsprache nicht Englisch, sondern Tacheles.

Viel Spaß wünscht Ihre Jana Förster

Berlin, im Frühjahr 2012

DIE 1. KREUZFAHRT

Silvester mal anders

Marco (31), Vermögensberater, Schöneiche,
über
Paolo (28), Kellner, Vigan City

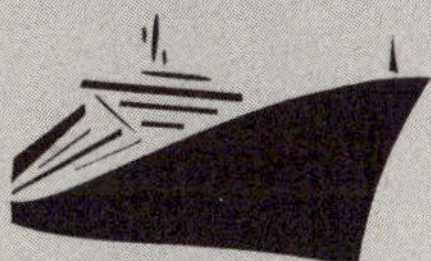

VENEDIG – BARI – OLYMPIA – DUBROVNIK

»Ich treibe regelmäßig Sport und bin ziemlich durchtrainiert. Das schien den Mädels zu gefallen, denn ich wurde von allen Seiten angetanzt. Ich suchte mein T-Shirt und zog es mir lieber schnell wieder an. Besser ist besser.«

Wären wir nicht mitten auf dem Mittelmeer, würden mich keine zehn Pferde hier halten können«, sagte ich zu meiner Frau, als wir zu der müden Silvesterparty am letzten Tag des Jahres 2010 auf dem Oberdeck stießen.

»Wie gern wäre ich jetzt auf Ibiza oder sonst wo, nur nicht hier«, erwiderte sie. Ihre Stimme klang ebenso enttäuscht wie meine. Noch nie zuvor hatte ich so viele Rollatoren, Krückstöcke und dritte Zähne auf einen Haufen gesehen. Und als ich dachte, schlimmer könne es jetzt nicht mehr kommen, ertönte das Lied vom knallroten Gummiboot aus den Boxen und die Seniorenmenge schwang begeistert das Tanzbein.

Unsere Silvesterreise hatten wir uns ganz anders ausgemalt. Schon vor Monaten hatten wir beschlossen, bei der nächsten Kreuzfahrt mal eine andere Flotte auszuprobieren. Wir waren zuvor immer mit derselben Reederei unterwegs gewesen und wollten einfach einen Vergleich mit der Konkurrenz ziehen können. Und das konnten wir mittlerweile. Eine ganze, in starre Regeln eingezwängte Woche lang hatten wir schon die Gelegenheit dazu gehabt.

Jeden Abend mussten wir schon um sechs Uhr beim Dinner sein und waren wir nicht pünktlich, standen wir vor verschlossenen Türen. Denn nach fünfzehn Minuten wurde der Saal geschlossen und das Essen fand ohne uns statt. Also veränderten wir notgedrungen in der Urlaubswoche alle unsere Lebensgewohnheiten. Wir gingen um sechs Uhr zum Abendessen, obwohl wir noch keinen Hunger hatten. Und da es nur Menüs gab, mussten in dieser Woche fünf Gänge auf drei Stunden verteilt halt normal sein.

Als wenn das nicht schon genug gewesen wäre, gab es auch noch feste Tischeinteilungen. Bei uns am Tisch saß ein strenggläubiges, verkrampftes Ehepaar mit seinen zwei Kindern. Die Kinder waren so entspannt, wie es auf einem Kreuzfahrtschiff zu erwarten war. Aber eben nur die Kinder. Nach dem ersten Abend hatte ich das Gefühl, dass wir erst wieder mit der Familie am selben Tisch essen durften, wenn wir zuvor die Beichte abgelegt hatten. Denn zu unserem täglichen Sprachgebrauch gehören Ironie, Wortwitz und Zweideutigkeit. Die Einzige jedoch, die über meine Scherze zwischen den Zeilen lachen konnte, war meine Frau.

Und dann war da auch noch das Essen an sich. Es war alles dran – außer Geschmack. Das Einzige, was auf diesem Schiff jemals Salz gesehen hatte, war der Schiffsrumpf. Alles, was keinen Kontakt mit dem Meerwasser gehabt hatte, war absolut salzfrei.

Irgendwie wäre das alles ja noch zu ertragen gewesen, doch zu allem Übel wurde auf dem ganzen Schiff auch noch Weihnachtsmusik rauf und runter gespielt. Hatten wir nicht mit dieser Reise den ganzen Weihnachtstrubel hinter uns lassen wollen? Von dieser Weihnachtsdudelei will ich nun einmal ab dem 26. Dezember kurz vor null Uhr nichts mehr hören. Doch hier konnte man dem einfach nicht entfliehen. Es sei denn, man sprang über Bord. Eine denkbar schlechte Option …

Ein weiterer für uns junge Leute von heute unangenehmer Punkt war, dass es an Bord eine detaillierte Kleidervorschrift gab. Zwar hatte ich auch nicht vorgehabt, in meinem Tanga in Leopardenoptik zum Abendessen zu erscheinen. Doch der Dresscode war der Hammer. Vier von sieben Tagen an Bord war Galaabend. Das hieß, festliche Kleidung für alle. Ballkleid für die Damen, Frack für die Herren. Legere Kleidung war übrigens für die Damen mit Kostüm oder Cocktailkleid beschrieben und für die Herren mit Hemd und Krawatte. Seit diesem Urlaub weiß ich, dass legere Kleidung ganz unterschiedlich interpretiert werden kann.

Und der Gipfel war spätestens dann erreicht, als wir die große Silvesterparty sahen. Die Location war zwar gelungen, die beste Voraussetzung für eine tolle Party: ein riesiger Raum, ähnlich einem überdimensionalen Wintergarten, eine große Bar und ein Pool in der Mitte. Aber mit diesem Publikum und dieser Musik ...

Eine ältere Frau, mindestens sechzig Jahre alt, grinste mich an, zwinkerte mir zu und winkte mich schließlich zu sich. Der Inhalt der geleerten Flaschen Sekt auf ihrem Tisch schien bereits in ihrer Blutbahn angekommen zu sein. Sie schwitzte, was das Zeug hielt, hatte eine Frisur, die an einen geplatzten Staubsaugerbeutel erinnerte, und ihr bodenlanges, pinkfarbenes Satinkleid schien jeden Moment zu explodieren. Ich schaute meine Frau an und unsere Blicke sagten dasselbe: Bloß schnell weg hier.

Dann fiel uns ein, dass es an Bord eine Disco gab und da sicherlich die Post abging. Dort angekommen, fielen wir fast vom Glauben ab. Geniale Musik, bis unters Dach voll mit tanzenden, jungen Leuten und keine dritten Zähne in Sicht. Perfekt. Ich schaute zu meiner Frau. Sie wackelte schon zum Takt der Musik mit dem Po, als ein Kellner auf mich zukam. Ich dachte schon an die aufregendsten Cocktails, die ich bei ihm bestellen würde, doch es kam ganz anders. Er sagte: »Es tut mir wirklich sehr leid, aber diese Silvesterfeier ist nur für unsere Bordgäste bis zum Alter von zwanzig Jahren vorgesehen. Bitte gehen Sie auf die Feier auf dem Oberdeck.«

»Das darf doch nicht wahr sein, waren Sie schon mal auf dieser Feier oben? Die erinnert an einen Seniorenball.« Seine Antwort wartete ich gar nicht erst ab. Meine Frau folgte mir und ging mit der Bemerkung aus der Tür: »Jetzt ist es amtlich. Ich trinke eine Flasche Prosecco auf Ex und gehe ins Bett.«

Und so kam es, dass sie nur eine Stunde später, um 23 Uhr wohlgemerkt, volltrunken im Bett lag und auf das Kissen sabberte. Ich langweilte mich zu Tode. Zu allem Übel dröhnte gute Partymusik aus den unteren Decks, den Crewdecks, zu uns herauf. Ich riet leise die Titel, die gerade gespielt wurden. Als dann *Infinity* von Guru Josh Project ertönte, hielt mich nichts mehr in der kleinen Kabine, ich ging hinaus auf den langen Flur. Und dann immer der Musik nach. Als ich nach einigen Metern vor einem großen Schild mit der Aufschrift »Staff only« stand, hielt ich kurz an und überlegte. Die Musik hatte hier schon eine erhöhte Lautstärke erreicht und die Feier konnte nicht mehr weit weg sein. Also, was sollte schon passieren? Mehr als rausschmeißen wie in der Disco vorhin konnten sie mich ja nicht. Also stieg ich die Treppe hinab und betrat einen ganz anderen Bereich des Schiffs. Hier war kein Teppich, der die Gänge in eine angenehme Atmosphäre hätte tauchen können. Nirgendwo hübsche Bilder an der Wand oder gar leise Weihnachtsmusik aus den Lautsprechern. Kahl und weiß war alles, ganz wie auf einem richtigen Handelsschiff.

Ich ging der Musik nach und wenige Meter später stand ich in der Tür eines riesigen Raumes. Unmengen von Leuten aus aller Herren Länder drängten sich hier. Überall Girlanden, Silvesterhüte und Konfetti. Eine notdürftige Bar war rechts am Rand aufgebaut und direkt daneben saß ein junger Mann, der den DJ mimte. Die Musik, endlich tanzbare House Music, passte perfekt dorthin und alle tanzten ausgelassen.

Ich stand wie angewurzelt im Türrahmen und schaute mich erst mal um. Keiner schien mich wahrzunehmen. Die Frauen trugen kaum noch etwas auf dem Leib, »leicht bekleidet« war kein Ausdruck, und die Männer tanzten teilweise mit nacktem Oberkörper. Kein Wunder, denn die Temperatur hätte es mit der Sahara aufnehmen können. In jeder Ecke standen irgendwelche Leute und fummelten aneinander herum. Links von mir lehnten zwei Frauen am Türrahmen und knutschten leidenschaftlich miteinander. Ich starrte die beiden an, als mich plötzlich jemand am Arm packte und mit in die Menge zog. Es war Paolo, der brave Kellner, der uns jeden Abend im Restaurant bediente.

Er faselte, ich dürfe niemandem erzählen, dass ich hier unten wäre. Und schon hatte ich einen Drink in der Hand, stand bei guter Musik inmitten von feiernden Leuten aus aller Welt und konnte mein Glück kaum fassen.

Wäre doch meine Frau Jana nur mit hier, sie würde sich pudelwohl fühlen, dachte ich und schaute mich weiter um. Ich überlegte, sie kurz zu holen, doch so, wie sie sich die Kante gegeben hatte, wollte ich sie doch lieber schlafen lassen. Also tanzte ich, trank einige wohlgemerkt ziemlich harte Drinks mit Paolo und stieß mit allen um null Uhr aufs neue Jahr an. Kein anderer Passagier war außer mir dort. Es war der totale Gegensatz zu der steifen Feier auf dem Oberdeck.

Irgendwann merkte ich, dass Paolo mir immer näher kam. Er machte Anstalten, mir mein T-Shirt auszuziehen. Was sich als ziemlich schwierig erwies, weil er bestimmt zwanzig Zentimeter kleiner war als ich mit meinen 1,85. Doch er gab nicht auf und ich ließ ihn machen. Sind ja fast alle hier nur noch mit Hosen bekleidet, dachte ich mir und wollte nicht weiter auffallen. Mit der Reaktion vieler Damen in meiner Nähe hatte ich nicht gerechnet. Ich treibe regelmäßig Sport und bin ziemlich durchtrainiert. Das schien den Mädels zu gefallen, denn ich wurde von allen Seiten angetanzt. Ich suchte mein T-Shirt und zog es mir lieber schnell wieder an. Besser ist besser.

Nicht, dass mir die Damen nicht gefallen hätten, und gegen den einen oder anderen Flirt ist ja nichts einzuwenden, doch irgendwie war mir diese Situation zu viel. Paolo schien das gemerkt zu haben, sagte irgendetwas in seiner Heimatsprache zu den Mädels und diese beschäftigten sich daraufhin wieder mit ihresgleichen. Ich nickte Paolo zu und er lächelte mich an.

»Where I can find the toilet?«, fragte ich Paolo. Er beschrieb es mir grob, und ich machte mich auf den Weg. »Hat er dritte Tür rechts oder links gesagt?«, brabbelte ich vor mich hin und riss schließlich kurz entschlossen die rechte Tür auf.

Es waren nicht die Toiletten, sondern eine kleine Crew-Kabine mit einem winzigen Bett. Aber anscheinend groß genug für einen Mann und zwei Frauen. Die Klamotten waren breit verstreut auf dem Boden, dort High Heels, da ein Gürtel, hier ein roter String. Die drei lagen irgendwie aufeinander und ich konnte gar nicht so schnell sehen, welche Brüste zu welcher Dame gehörten, so verknotet waren alle ineinander. Sie starrten mich kurz an und machten dann genau da weiter, wo ich sie kurz zuvor unterbrochen hatte. Immerhin winkte mich eine der beiden jungen Frauen noch mit ins Knäuel auf dem Bett. Ich schüttelte mechanisch den Kopf, machte die Tür von außen wieder zu und blieb noch einige Sekunden davor stehen, bis ich die Bilder in meinem Kopf wieder sortiert hatte. Was für krasse Unterschiede auf solch einem Schiff herrschten.

Nachdem ich die Toilette doch noch gefunden hatte, kam ich zurück in den improvisierten Tanzschuppen. Der schien sich inzwischen etwas geleert zu haben, doch bei genauerem Hinsehen erkannte ich, dass einige der Tänzer nur zu Boden gesunken waren und sich dort miteinander beschäftigten. In regelmäßigen Abständen gingen dann aber zwei, drei oder mehr von ihnen Hand in Hand grinsend zur Tür hinaus.

»Die haben ja eindeutig Spaß hier, wenn die Arbeit getan ist«, sagte ich zu dem deutschen Reiseleiter, den ich inmitten der sich lichtenden Menge entdeckt hatte. »Ja, heute ist es wirklich extrem. Es ist meine erste Silvesterparty an Bord und auch ich bin ziemlich geplättet. Aber es passiert eben sonst nichts Aufregendes an Bord. Daher schlägt hier eine Feier wie diese gern mal über die Stränge. Aber am nächsten Tag ist in der Regel alles wieder vergessen. Willst du noch einen Drink?«, fragte er rein rhetorisch, denn ich hatte im selben Moment schon ein Glas in der Hand. »Wie bist du eigentlich hier runtergekommen?«

»Warst du mal da oben auf der Feier?«, entgegnete ich mit eindeutigem Unterton.

»Schrecklich langweilig, oder?«

»Genau. Meine Frau hat sich verzweifelt die Kante gegeben und schläft schon seit elf. Und ich bin einfach der Musik nach und plötzlich stand ich hier.« Ich deutete mit meinem Finger in Richtung der Tür, die immer noch von den beiden knutschenden Mädels versperrt wurde.

»Schön, dass du bei uns mitfeierst. Aber wichtig ist, dass du das für dich behältst.«

»Natürlich. Das hier würde mir eh keiner glauben«, sagte ich und blickte erneut durch den Raum. Von Weitem schien mich Paolo entdeckt zu haben und winkte mich zu sich. »Ich geh dann mal zu meinem Kellner, mit dem feiere ich hier schon die ganze Zeit.«

»Mach das, bis später«, sagte mein Reiseleiter. Nach wenigen Schritten rief er mich noch mal zurück und sagte: »Ach, und nur als lieb gemeinten Tipp: Sei bei Paolo bitte vorsichtig.«

»Ja? Warum?«, fragte ich neugierig. Er zog eine Augenbraue hoch und sagte, so leise es die Musik zuließ: »Er hat es öfter auf die hübschen Männer unter den Passagieren abgesehen, wenn du verstehst, was ich meine.«

Höchste Zeit zu gehen, beschloss ich und legte mich kurz darauf zu meiner grunzenden wunderschönen Frau ins Bett. Wo sonst als auf einem Kreuzfahrtschiff kann man solche Kontraste erleben wie ich an diesem Abend?

DIE 2. KREUZFAHRT

Quickie mit Hindernissen

Julia (25), Einzelhandelskauffrau, Berlin,
über
Sven (29), Servicefahrer, Berlin

KIEL – KOPENHAGEN – OSLO – KIEL

»Doch mein Blick schweifte nicht zur Erdbeertorte, sondern quer durch den Raum, auf der Suche nach einer ruhige Ecke oder einem verwinkelten Abstellkämmerchen. Fehlanzeige, kein Quickie-Plätzchen in Sichtweite, ausgerechnet wenn man die größte Lust hat.«

Sven und ich sind seit fünf Jahren zusammen, mittlerweile auch verheiratet, und ich warte noch immer darauf, dass unsere ständige Lust aufeinander abflaut. Wenn ich schon seinen fordernden Blick sehe, wird mir ganz anders zwischen den Beinen. Ich könnte ihn dann sofort anspringen und mir im Flug die Klamotten vom Leib reißen. Das hat er wirklich drauf.

So ging es mir auch vor einigen Monaten auf einem Kreuzfahrtschiff mitten auf der Ostsee. Sven saß mit meinem Opa und meinem Vater an der Bar und rutschte nervös auf seinem Hocker herum. Ich war anfänglich nicht so begeistert von der Idee gewesen, dass Opa die ganze Familie zur Geburtstagsreise auf eine Kurz-Kreuzfahrt einlud. Erst als ich erfuhr, dass auch Sven mitfahren durfte, begann ich, Lust darauf zu bekommen. Wahrscheinlich hatte ihm die Dame im Reisebüro eines dieser Angebote wie »2 Personen zahlen, 15 Personen fahren« oder so ähnlich aufgequatscht. Denn nach einem solchen Angebot sah das Schiff aus.

Wahrscheinlich wird das eine Fahrt mit Endstation Schiffsfriedhof, war mein erster Gedanke gewesen, als ich einige Stunden zuvor den Pott im Hafen von Kiel gesehen hatte. Einmal rund um

Dänemark und dann, wenn wir am Zielhafen ausgeschifft waren, zurück aufs Meer mit ihm und versenken. Zu mehr wäre diese schwimmende Rostlaube nicht mehr zu gebrauchen gewesen. Vorsichtshalber hatte ich mir, kaum an Bord, den Evakuierungsplan in der Kabine angesehen.

Svens Blicke vom Barhocker herab trafen mich wie kleine Blitze, ich konnte dem Gespräch mit meiner Stiefmutter und meinem Bruder am Tisch gegenüber nicht mehr folgen. Da hatten meine Großeltern sich so viel Mühe gegeben und extra einen Tisch in der Kaffeebar bestellt, mit Torte, Schlagsahne und allem, was zu einer großen Geburtstagsfeier dazugehört. Doch mein Blick schweifte nicht zur Erdbeertorte, sondern quer durch den Raum, auf der Suche nach einer ruhige Ecke oder einem verwinkelten Abstellkämmerchen. Fehlanzeige, kein Quickie-Plätzchen in Sichtweite, ausgerechnet wenn man die größte Lust hat. Dieses Schiff war wahrlich alles andere als geräumig.

Sven und ich haben gern Sex an ungewöhnlichen Orten. Peinlich nur, wenn in einem großen Bürogebäude Kameras in den Fahrstühlen angebracht sind und man, wieder im Erdgeschoss und vollkommen zerwühlt, Hausverbot vom puterroten Wachmann bekommt. Oder, wie im letzten Sommer, wenn man auf einer Brücke von hinten genommen wird und die eigenen Autoschlüssel dabei beobachtet, wie sie runter in den Fluss fallen. An diesem Tag hatte ich gelernt, wie lang der Weg zu Fuß zurück in die Stadt sein kann. Seitdem lasse ich mein Handy nicht mehr im Auto liegen.

In meiner Not ging ich zu Sven hinüber, stellte mich hinter seinen Barhocker, umarmte ihn mit dem einen Arm und griff ihm mit der anderen Hand von hinten in seine Hosentasche. Er ist Rechtsträger, das weiß ich aus Erfahrung. Ich spürte in meiner Hand, wie Er immer größer wurde. Und ich immer feuchter. Ich halte es unmöglich bis zum Abend in der Kabine aus, ich muss ihn vorher noch in mir spüren, schwirrte es mir durch den Kopf. Als ich seinen zur stattlichen Arbeitsgröße angeschwollenen Schwanz zu massieren begann, hielt er meinen Arm fest und flüsterte mir ins Ohr: »Lass uns einen ruhigen Ort finden. Es wird auch nicht lange dauern, das spüre ich jetzt schon.« Dabei grinste er mich frech an.

Ich schaute zu meinen Eltern, die von alledem nichts mitbekamen. Ich glaube, meine Eltern haben nur Blümchensex im Schlafzimmer, abends bei gelöschtem Licht und mit Bettdecke drüber. Die beiden wären nie auf die Idee gekommen, dass Sven und ich etwas Unanständiges vorgehabt hätten. Opa und Oma sowieso nicht, bei den beiden wollte ich erst gar nicht über Sex nachdenken, dazu ist meine Vorstellungskraft zu bildlich. Während der ganzen Zeit hatte ich meine Hand an Svens prächtigem Ding.

»Ich glaube, ich muss mich mal frisch machen. Ich gehe kurz auf die Kabine und ziehe mir was anderes an«, sagte ich in die Runde, mittlerweile hatten sich auch alle restlichen Familienmitglieder an der Bar eingefunden. Zum Glück saß Sven so geschickt, dass keiner etwas von meiner Handvoll Begierde sehen konnte. Einen frischen Slip brauchte ich wirklich, sonst würde ich auf dem nächsten Stuhl einen nassen Fleck hinterlassen, ich konnte mir ein leichtes Grinsen nicht verkneifen. »Kommst du kurz mit zur Kabine?«, fragte ich Sven und betonte das »kurz« besonders deutlich. Gerade als Sven aufstehen wollte, sagte meine Stiefmutter: »Ach, bleibt doch. Das kannst du auch noch vor dem Abendessen machen.«

»Mama, ich möchte aber jetzt gehen. Es dauert keine zehn Minuten, wir sind gleich wieder da«, sagte ich, nahm Sven an der Hand und ging eilig Richtung Tür. Schnell liefen wir den langen Gang entlang, von Weitem sah ich einen Reinigungswagen. »Bestimmt sind die gerade in der Nachbarkabine, wir müssen schnell bei uns das Bitte-nicht-stören-Schild dranhängen«, sagte ich noch voller Hoffnung. Ich täuschte mich, sie waren schon da.

»Na toll, und nun?«, sagte Sven enttäuscht, noch immer mit einer unmissverständlichen Beule in der Hose. Ich musste einfach hinsehen, er hat so einen Perfekten. »Die Behindertentoilette, wie immer wenn wir nichts anderes finden«, sagte ich und suchte schon nach einem Hinweisschild. Wir gehen gern auf Behindertentoiletten, die sind geräumig und lange nicht so häufig genutzt. »Hinten bei der Bar waren Toiletten, daran sind wir eben vorbeigelaufen«, sagte Sven und zog mich in diese Richtung zurück. »Gleich werde ich es dir aber so was von besorgen, darauf kannst du dich verlassen«, murmelte er und lief so schnell, dass ich mit meinen kurzen Beinen fast schon rennen musste.

Doch es war keine Behindertentoilette zu finden, daher stießen wir die Tür mit dem Männchensymbol auf. Wenn wir aber mit fein säuberlich voneinander abgetrennten Toilettenkabinen gerechnet hatten, sahen wir uns getäuscht. Das hier waren Toiletten, bei der man sich nicht zu pupsen traut, damit die Nase des Nachbarn in der Kabine daneben nicht auch etwas davon hat. Aber was hatte ich auch anderes auf diesem Seelenverkäufer von Schiff erwartet? Ich war froh, dass das Klo hier überhaupt Trennwände hatte, nicht wie seinerzeit im Kindergarten, wo lustiges Gruppenkacken in einer Reihe angesagt war. Sven zog mich nun fest entschlossen in die letzte der drei Kabinen und schloss hinter mir ab.

Sofort zog ich ihm das Shirt aus, sein Oberkörper sah auch an diesem Tag einfach nur perfekt aus. Wir küssten uns, er zog meinen Rock hoch, wanderte mit seiner Hand zu meinem Slip und massierte meine in ihrer Vorfreude geschwollene Klit. In der Eile machte ich mich an seinem Gürtel zu schaffen, seine Hose fiel herab, meinen Slip hatte ich nebenbei auch noch ausgezogen. Er setzte sich auf die Toilettenbrille, ich mich rittlings auf ihn und ließ ihn ganz, ganz langsam in mich gleiten. »Wow, tut das gut«, stöhnte ich leise in sein Ohr.

Ich blieb dann einen Moment ruhig auf ihm sitzen, um es voll auszukosten, ich liebe dieses Gefühl. Diese Zeit nutzte er, um mein Shirt hochzuschieben und sich meinen Brüsten zu widmen. Langsam fing ich an, mich auf und ab zu bewegen. Meine Lust wurde immer stärker und ich begann leicht zu stöhnen, als ich im selben Moment ein Geräusch hörte.

Die Tür ging quietschend auf, wir waren nicht mehr allein im Toilettenraum. Ich blieb ganz ruhig auf Sven sitzen, weshalb er mich auffordernd anstarrte. Das war ja klar. Sven könnte auch im Kino Sex haben, selbst wenn rechts und links jemand von uns sitzt. Aber ich kann mich einfach nicht fallen lassen, wenn einer in der Nähe ist, der nicht mit eingeladen wurde. Deshalb legte ich den Zeigefinger an die Lippen und flüsterte ihm ins Ohr: »Psssst, der ist bestimmt gleich wieder weg. So lange warten wir lieber.«

In diesem Moment bemerkte ich, dass der Typ nicht zum Urinal ging, sondern direkt in die Kabine neben uns. Sofort nahm ich meine Füße hoch und hielt sie in der Luft, denn unter diesen Trennwänden hätte fast ein Rottweiler durchlaufen können, ohne sich ducken zu müssen. Also hätten meine Pumps unserem Kurzzeitnachbarn verraten, dass hier eine Frau oder zumindest ein Fetischist in der Kabine war, und das wollte ich tunlichst vermeiden.

Nur leider gab der Blick unter die Kabinenwand etwas preis, womit ich überhaupt nicht gerechnet hatte. Unverkennbar waren es die Schuhe meines Vaters. Und das Schlimmste: Sie zeigten nicht zur Toilette, sondern zur Kabinentür. Was bedeutete, dass er nicht vorhatte, im Stehen flink seinen Kaffee abzulassen. Nein, ich hörte, wie er an seiner Hose fummelte, und so wie auch schon bei dem Mann unter mir sank seine Hose dem Boden entgegen. Spätestens da sah auch Sven, wer in der Kabine neben uns war, und hielt sich die Hand vor den Mund, um nicht laut loszuprusten. Auch ich hatte mit meinem Lachreiz zu kämpfen. Was für eine skurrile Situation, dachte ich und schüttelte den Kopf.

Jetzt hörte ich, wie mein Vater pinkelte. Hoffentlich ist er gleich wieder weg, sonst leidet womöglich noch meine Libido, dachte ich bei mir und hoffte, dass ich recht behalten würde. Bei Sven war kein Lustabfall zu spüren, Er erwies sich wie immer als Eiffelturm.

Ich spürte langsam jeden einzelnen Muskel in meinen frei schwebenden Beinen, nirgendwo war ein Platz, sie abzustützen. In diesem Moment tat sich vor meinem inneren Auge eine Marktlücke auf: Fußrasten für Toilettenwände. Diskotheken würden sich darum reißen. Plötzlich hörte ich meinen Vater schwer atmen.

Nein, bitte nicht. Bitte, dachte ich.

Aber doch, mein Vater musste kacken.

Direkt neben mir. Ein deutliches Geräusch bewies es, sein Darm hatte Entleerungsbedarf. Die Duftwolke ließ nicht lange auf sich warten. Sven verdrehte die Augen, nahm sich eine Ecke von meinem Shirt und hielt es sich vor die Nase. Leider war kein Stück Stoff mehr für mich da. Manchmal ist Sven eben doch kein Gentleman.

Wäre das da nebenan nicht mein Vater gewesen, wäre ich sofort fluchend aufgestanden und gegangen. Aber diese Blöße konnte ich uns allen nicht geben.

Platsch, platsch, kam es von nebenan.

Svens Eiffelturm fing langsam zu schwanken an und ich war auch ganz froh darüber, denn an ein munteres Weitervögeln wäre jetzt sowieso nicht mehr zu denken gewesen.

Meine rechte Pobacke begann zu zittern, meine Muskeln würden das Spiel nicht mehr lange mitmachen. Sven bemerkte das zum Glück und stützte mein Bein mit seiner Hand. Er hatte mich gerade noch vor einem ausgewachsenen Krampf bewahrt. Das andere, meinem Vater abgewandte Bein stellte ich langsam wieder auf den Boden, das würde er nicht sehen können, beruhigte ich mich.

Das Geschäft schloss er, nach gefühlten zwanzig Minuten, mit einem deftigen Pups ab.

Wenig später saßen wir alle munter beim Abendbrot. Doch der Duft auf der Toilette kurz zuvor hatte sich in meiner Nase festgesetzt, Essen war für mich an diesem Tag gestorben. Und Sex auf der Toilette war mir sogar ein für allemal vergangen.

Immerhin kann ich heute herzlich über dieses Erlebnis lachen, es ist auf jeder Party ein Lacher.

DIE 3. KREUZFAHRT

Zwei plus eins macht drei?

Mabel (23), Showtänzerin, Karlsruhe,
über
Simon (27), Physiotherapeut, Hamburg,
Pavel (28), Modeberater, Hamburg

SECHS MONATE IM MITTELMEER

»Das glaubt mir keiner, dachte ich, wirklich keiner. Ich fing an zu lachen. Erst leise, dann immer lauter. Die beiden stimmten mit ein, bis ich mich nach hinten fallen ließ und mir den Bauch hielt vor lauter Lachen. Jetzt war mir nichts mehr peinlich.«

WIE WAR ICH BLOSS IN DIESE SITUATION GERATEN?, schoss es mir durch den Kopf. Ich lag mit einem unheimlich attraktiven und gut gebauten Mann im Bett einer Passagierkabine und ließ mir den Rücken massieren. Um zwei Uhr nachts. Meine Kleidung lag schon größtenteils auf dem Boden. Und in der Nasszelle stand ein anderer Mann unter der Dusche und würde gleich nackt zu uns stoßen.

Mein Körper sagte eindeutig Ja. Besser gesagt, er schrie förmlich Ja.

Mein Kopf sagte, schauen wir mal. Nicht nur, dass man als Besatzungsmitglied nichts mit einem Passagier anfangen darf. Nein, ich würde es gleich auch noch mit zweien zu tun haben.

Ich hatte viel zu viel getrunken in der Diskothek. Unser Videomann feierte seinen Abschied und gleichzeitig eine Pinkelparty, weil seine Frau zu Hause etwas früher als geplant das gemeinsame Kind zur Welt gebracht hatte. In zwei Tagen würde er zu ihr fliegen. Und aus diesem doppelten Anlass hatte ich es wohl zu sehr krachen lassen.

Dann waren da noch zwei unheimlich attraktive Männer gewesen. Beide waren auf ihre ganz eigene Art so anziehend, dass ich mich gar nicht hatte entscheiden können, mit wem ich lieber flirten wollte. Ich kam mit beiden ins Gespräch und so unterschiedlich sie auch waren, sexy waren sie gleichermaßen. Der eine blond, groß und durchtrainiert, wie ein Surferboy. Der andere erinnerte mich etwas an Superman, nur ohne rotblauen Strampelanzug. Und zum Glück um einiges jünger.

Und ehe ich mich versah, lag ich bäuchlings auf dem Bett und Simon, der Surferboy, saß in Boxershorts auf meinem Po. Meine schlagartige Nüchternheit konnte mich dann auch nicht mehr retten – falls ich das überhaupt wollte. Ich hatte wahrscheinlich einfach nur Schiss vor der Erfahrung mit zwei Männern gleichzeitig. Denn Übung hatte ich in so etwas wahrlich nicht. Warum hatte ich das Gefühl, dass es für die beiden anders war?

Sonst hatte ich es bisher in meinem Leben nicht so krachen lassen, was Männer anbelangte. Erst seit ich auf dem Schiff arbeitete, war alles anders geworden. Ich hatte ganz neue Seiten an mir entdeckt. Und mit zwei Männern schlafen zu wollen, war definitiv eine davon. Abschalten und jetzt nicht weiter darüber nachdenken, einfach nur abschalten, Mabel, sagte ich zu mir selbst.

Simon knetete so angenehm meinen Rücken, dass ich dabei schon fast zu sehr abschaltete. Meine Augen wurden immer kleiner, dieser blöde Wein. Doch dann hörte ich, wie das Wasser der Dusche abgedreht wurde. Oh Gott, jetzt kommt Pavel gleich dazu. Und was mache ich dann? Wie stelle ich das am besten mit zwei Penissen an? Wie dirigiere ich vier Hände gleichzeitig? Wo schicke ich die zwei Lippenpaare hin? Und was mache ich mit nur zwei Händen, wenn es Männer mit mehreren erogenen Zonen sind? Ich war verwirrt.

Die Tür ging auf und Pavel kam nur mit Boxershorts bekleidet aus dem Bad. »Ich dachte, ihr seid schon mitten dabei«, sagte er und lehnte sich mit der Schulter gegen die Wand.

Wäre ich auch gern schon, sagte mein zweites Ich. Du solltest unbedingt wieder deinen Therapeuten aufsuchen, dachte ich mir im selben Moment. Und zwar sofort, wenn ich wieder in Deutschland bin. Schizophrenie kann schwere Folgen haben.

»Ich wollte lieber noch warten, bis du mit dabei bist«, sagte Simon.

Wie aufmerksam, dachte ich mir. Pavel kam auf mich zu, ich richtete mich auf. Simon saß jetzt direkt hinter mir, seinen Penis konnte ich trotz unserer Unterwäsche an meinem Po fühlen. Ich fragte mich, ob er schon betriebsbereit war, denn dann hätte ich von seinem Format leider nicht so viel zu erwarten. Pavel kniete sich vor mich hin und küsste mich. Ein wenig wild, aber o.k. Gleichzeitig fasste er mir an meine Brüste und knetete sie so, als ob er eine Zitrone für seinen Cocktail auspressen wollte.

Hatte das den Frauen vor mir etwa gefallen? Ich drehte mich vorsichtshalber um und testete Simons Qualitäten. Als ich ihn küsste, bemerkte ich, dass Pavel definitiv der bessere Küsser von beiden war. Simon küsste so stürmisch, als wenn es kein Morgen gäbe. Oder so, als hätte er etwas Unersetzliches in meinem Mund verloren, denn er kramte buchstäblich in jeder Ecke. Obwohl, wenn er ähnlich intensiv meine anderen Lippen küssen würde, könnte es vielleicht was werden.

Pavel griff von hinten um mich herum, das fühlte sich schon mal ganz gut an. Bis er wieder meine Brüste zu greifen bekam. Ich vergaß völlig, dass ich normalerweise beim Sex nie den Ton angebe, nahm eine seiner Hände und führte sie an meinen Slip. Das musste vorerst reichen. Diese Position bedeutete aber, dass ich den vor mir knienden Simon weiter küssen musste. Na ja, Augen zu und durch war die Devise. Ich tastete mich an Simons Bauch herab und wollte der Frage von eben nach der Größenordnung auf den Grund gehen. Und siehe da, er war noch nicht bereit. Dann durfte er auch klein sein. Ich massierte sein bestes Stück erst ein wenig über dem Stoff, dann griff ich in die Shorts hinein. Er zog scharf die Luft ein. Das bedeutete für mich, dass es ihm gefiel. Und siehe da, er wuchs. Und hörte gar nicht mehr auf mit Wachsen, unglaublich. Nach etwa einer Minute schaute ich in einer Kusspause an ihm herunter; am liebsten hätte ich seinen Penis liebevoll getätschelt und ihn gelobt: »Sieh an, wie groß du geworden bist, mein Kleiner.« Aber eine solche Zutraulichkeit verkniff ich mir dann doch.

Bei Pavel hinter mir hatte ich dagegen das Gefühl, dass er nicht so recht wusste wohin zwischen meinen Beinen. Ob er sich jemals ernsthaft mit der weiblichen Anatomie beschäftigt hatte? Hatte er vielleicht bis dahin nur Frauen gehabt, die seine unbeholfenen Finger stumm ertragen hatten? Doch nicht mit mir! Ich wies ihm mit meiner linken, noch freien Hand den Weg und zeigte ihm einen Griff, mit dem er meine Klit massieren konnte.

Und das tat er dann auch sofort, aber wie. Versuchte er gerade, mit seinem Finger ein Loch in meinen Intimbereich zu buddeln? Unwillkürlich erschien vor meinem inneren Auge ein kleiner Junge, der im Sandkasten sein verschollenes Matchboxauto auszugraben versucht. So wurde das alles nichts, irgendwie kam keine richtige Stimmung auf. Jedenfalls bei mir nicht. Mir war noch nicht mal ein Stöhnen rausgerutscht. Die Sahara war feuchter als mein Schritt.

Ich beschloss, einen Stellungswechsel zu wagen. Simon hatte einen schönen Schwanz, ich wollte ihn verwöhnen. Pavel könnte derweil seine Zungenfertigkeit gern mal an meinen anderen Lippen beweisen.

Also legte ich mich hin und zog Simons bestes Stück zu mir heran. Und da die beiden ja wohl aufeinander eingespielt waren, würde Pavel sicher merken, welche Stelle meines Körpers noch für ihn frei war. Aber nichts da, er tat gar nichts. Stattdessen schaute er mich nur an: »Also irgendwie habe ich das Gefühl, dass das hier nicht passt. Geht nur mir das so?«

Stirnrunzeln meinerseits, Kopfschütteln von Simon. Sein riesiges Ding schrumpfte in Rekordzeit auf Rosinengröße. Mannomann, das Ding ist echt ein Wunder. Normalerweise bewundere ich das bei den Männern, wie aus einem kleinen Würstchen eine Bockwurst wird. Aber bei ihm wurde aus einem Miniwürstchen eine XXL-Bratwurst, wie man sie sonst nur auf dem Weihnachtsmarkt bekommt. Und nun das?

Wir waren alle drei so still, dass man draußen die Wellen gegen die Bordwand schlagen hörte. Keiner sagte etwas. Also ergriff ich mal wieder die Initiative. »Jungs, mir geht es genauso. Bestimmt liegt es an mir. Ich bin einfach keine Frau, die Erfahrung damit hat.«

Sie schauten sich nur stumm an. Dann nickte Pavel und Simon sagte kurz darauf, nachdem er kräftig eingeatmet hatte: »Mabel, wir haben wirklich gedacht, dass es klappen könnte mit uns dreien.«

»Du bist so hübsch und so verflucht sexy«, fügte Pavel noch hinzu.

»Und ich hatte auch wirklich totale Lust, es mit euch auszuprobieren. Ich bin einfach zu verkrampft, kann meinen Kopf nicht abschalten. Ich wäre sehr froh, wenn das hier unter uns bleiben könnte. Und außerdem …«

»… es lag nicht an dir«, unterbrach mich Pavel. »Wir wollten es ehrlich gesagt schon eher mit dir probieren. Wir hatten schon oft darüber gesprochen, es auszutesten. Und so süß, wie du heute Abend warst … es hat einfach gepasst.«

»Ja, das fand ich auch. Wisst ihr, ich bin sonst nicht so offensiv. Aber ihr hattet es so unmissverständlich angeboten und ausprobieren wollte ich es ja auch gern. Tut mir leid, dass ich es vermasselt habe.«

»Mabel, es liegt nicht an dir, wie oft soll ich das noch sagen?« Kurze Pause. Ein kleines Lächeln auf Pavels Lippen. »Wir sind als Paar an Bord. Wir sind schwul.«

Das warf mich aus der Bahn. Schwul? Die beiden Sexbomben vor mir, schwul? »Also, wenn ihr es jetzt nur einfacher für mich machen wollt, das ist wirklich nicht nötig.«

»Nein, wir machen es dir nicht einfach. Wir sind wirklich ein Paar. Seit einem halben Jahr.«

»Ich werd verrückt. Echt?« Ich schüttelte den Kopf. Die beiden guckten mich an und ich sah mich kurz um. Wir lagen alle halb nackt quer übereinander und redeten darüber, dass ich als Frau in diesem Bett eigentlich gar nichts verloren hatte? Das war die skurrilste Situation meines Lebens. Das glaubt mir keiner, dachte ich, wirklich keiner.

Ich fing an zu lachen. Erst leise, dann immer lauter. Die beiden stimmten mit ein, bis ich mich nach hinten fallen ließ und mir den Bauch hielt vor lauter Lachen. Jetzt war mir nichts mehr peinlich. Sie waren ja schwul. Und damit potenzielle beste Freunde. Ich wäre dann sogar vor den beiden pinkeln gegangen, ohne die Tür zuzumachen. Komisch, wie sich alles durch so eine kleine Information veränderte.

»Aber schwule Männer sehen ganz anders aus. Und sie reden anders«, sagte ich.

»Schätzchen, die Zeiten sind vorbei. Man sieht heutzutage nicht mehr jedem an, worauf er steht. Und wir sind eben keine typisch schwulen Männer.«

»Und wie kommt ihr dann darauf, Sex mit einer Frau zu haben? Sex mit mir?«, fragte ich neugierig, als ich mich endlich wieder eingekriegt hatte.

Damit meldete sich Simon wieder zu Wort. »Weil ich noch nie etwas mit einer Frau hatte. Pavel schon. Er hat gesagt, dass es gar nicht so übel sei. Und dann, vor einigen Wochen, haben wir uns vorgenommen, es auszuprobieren.«

»Wenn sich die Gelegenheit ergeben würde«, fügte Pavel hinzu.

»Na schön, ihr zwei. Ich kann das alles immer noch nicht glauben. Und was machen wir jetzt?«

»Wir legen uns alle drei unter die Decke und quatschen weiter. Bis wir einschlafen. Wenn du eh schon mal hier bist«, schlug Simon vor.

»Gute Idee. Verrückter kann der Abend jetzt sowieso nicht mehr werden.«

»Stimmt«, sagte Simon, »und süß bist du trotzdem. Würde ich auf Frauen stehen, würde ich morgen mit einem Ring vor dir knien.« Und schon wieder fingen wir zu lachen an.

Was als sexuelles Experiment begonnen hatte, endete in einer Bettparty voller Gelächter wie früher zur Schulzeit. Und ab dem nächsten Morgen konnte ich sagen: Ich war letzte Nacht mit zwei Männern im Bett.

DIE 4. KREUZFAHRT

Heiße Aussichten

Carmen (41), Bürokauffrau, Berlin,
über
Peter (46), Bauunternehmer, Berlin

VENEDIG – GIBRALTAR – RIO DE JANEIRO –
BUENOS AIRES – VALPARAÍSO

»Und so ließ ich meinen Blick zwischen der sexy Durchtrainiertheit des einen und der tropischen Vegetation des anderen hin und her schweifen und freute mich auf die gesunde Mischung aus beidem, wie ich sie in unserer Kabine zurückgelassen hatte.«

Es war höchste Zeit, dass wir endlich wieder etwas Gutes für uns taten. Unsere Firma hatte uns seit Jahren derart beansprucht, dass die Ehe so einige Federn gelassen hatte. Natürlich arbeiteten wir gern, weil wir ja wussten, für wen wir es taten. Doch das bisschen Privatleben blieb dabei auf der Strecke. Dann, an meinem vierzigsten Geburtstag, hatte mich mein Mann mit einer märchenhaften Transatlantik-Kreuzfahrt überrascht. Sie sollte die Entschädigung für all die vielen Jahre sein, in denen wir auf unseren Urlaub verzichtet hatten. Und deshalb fuhren wir im Winter 2010 für 17 Tage auf einem wahren Traumschiff um die halbe Welt.

Als wir im Hafen von Venedig ankamen, verschlug es mir die Sprache. Dieses Traumschiff war einfach riesig, viel größer, als ich es mir bisher hatte vorstellen können. Und diese vielen Menschen ... Aber für nur gut zwei Wochen wäre das kein Problem für mich – umso mehr, als ich die meiste Zeit mit meinem Mann im Bett verbringen wollte.

Es waren wunderschöne erste Tage an Bord, und als wir die hohe See ansteuerten, gönnte ich mir einen Solo-Abstecher in die

Sauna auf dem Oberdeck. Dort sieht man ja sehr oft Hot und Flop dicht beieinander. Unmittelbar neben einem durchtrainierten Jüngling, der nur zum Show-Ensemble des Schiffs gehören konnte, saß beispielsweise ein Mann mittleren Alters, der seine T-Shirts sicher immer eine Nummer größer kaufen musste als der Durchschnittsmann. Nicht nur, weil er etwas zu dick war, sondern weil er so ein dichtes Fell hatte (Haare konnte man es nicht mehr nennen), dass sich sein Shirt mindestens um eine weitere Kleidergröße vom Körper abheben musste. Es fing bei den Kopfhaaren an, nahtlos weiter über die Schultern bis tief den Rücken hinab. Und dort ging es erst so richtig los mit dem Fell. Es zog sich über den Hintern – auch wenn ich das erst sah, als er aufstand – entlang der Beine und vorn wieder hoch.

Er saß breitbeinig da, aber ich kann bezeugen, dass man vor lauter Bewuchs da unten nichts sehen konnte. Nur eine leichte Ausbuchtung, das müssen die Eier gewesen sein. »Fellbällchen« würde es jedoch besser beschreiben. Aber von einem Penis war weit und breit keine Spur, er schien im Urwald verschollen. Ob es dort vielleicht eine verborgene Tierwelt im Unterholz gibt?, fragte ich mich. Und so ließ ich meinen Blick zwischen der sexy Durchtrainiertheit des einen und der tropischen Vegetation des anderen hin und her schweifen und freute mich auf die gesunde Mischung aus beidem, wie ich sie in unserer Kabine zurückgelassen hatte. Für sein Alter von Mitte vierzig war mein Mann durchaus noch attraktiv: zwar kein Sixpack, aber auch kein Fettsack. Ich beschloss, eine Leibesvisitation nach meinem Saunabesuch durchzuführen.

Dann kam die Dame mit dem Eukalyptusaufguss in die inzwischen voll besetzte Sauna. Mindestens fünfundzwanzig Leute drängten sich in dem hellen Raum. Das Fell des Gorillas glitzerte vor lauter Schweißtropfen schon wie ein Weihnachtsbaum. Die Sonne schien durch die Fenster der Sauna, wunderschön war der Ausblick hinaus aufs Meer, einfach traumhaft. Die Scheiben waren verspiegelt, sodass die draußen vorbeilaufenden Passagiere nicht zu uns hineinschauen, sondern nur ihr eigenes Spiegelbild sehen konnten.

Ich blickte träumend aus dem Fenster, als ich meinen Mann draußen entlangspazieren sah. Ob er wohl wusste, dass ich hier hinter diesen Fensterscheiben saß und schwitzte? Noch im selben Moment konnte ich meine Frage mit einem klaren Nein beantworten. Denn er schaute kurz um sich, fühlte sich allein und musterte sich in dem Spiegel, der für uns drinnen ja ein Fenster war. Da stand mein Mann direkt vor uns, zog seine Lippen hoch und inspizierte seine Zähne. Neben mir fingen sie zu kichern an. Er schien etwas entdeckt zu haben und pulte es sich aus einer Zahnlücke heraus. Oh Gott, wie peinlich. Hoffentlich war er jetzt fertig und verschwand endlich. Aber nichts da. Jetzt entdeckte er auch noch einen Pickel auf seiner Stirn. Er schien alles das nachholen zu wollen, was er morgens im Bad vergessen hatte.

Er zog ein Taschentuch heraus und quetschte sich doch tatsächlich am Spiegel seinen Pickel aus. Die Leute in der Sauna kicherten inzwischen nicht mehr, sondern brachen in fröhliches Gelächter aus, selbst die Aufgussfrau konnte sich nicht mehr beherrschen. Doch es sollte noch schlimmer kommen.

Mein Mann trat ein paar Schritte zurück und begutachtete seinen Bauch. Dann stellte er sich seitlich zum Spiegel, zeigte sich uns also im Profil, zog den Bauch ein, streckte die Brust raus und sah aus, als würde er jeden Moment einen fahren lassen wollen. Dann zwinkerte er sich auch noch selbst im Spiegel zu. Genau genommen zwinkerte er uns zu, ohne es zu wissen. Die Aufgussfrau kniete inzwischen auf dem Boden, konnte sich kaum noch halten vor Lachen und wischte sich dabei die Tränen aus den Augen. Und den Gorillamann schüttelte es derart, dass wir um ihn herum Gefahr liefen, von den Schweißtropfen aus seinem Fell bespritzt zu werden. Und das alles, weil mein Mann eine unfreiwillige Show vor dem Fenster hinlegte.

Zum Glück war ich von den Temperaturen in der Sauna so erhitzt, dass keiner meine Schamröte im Gesicht erkennen konnte. Dann war mein Mann endlich fertig mit seiner Selbstbetrachtung. Er schlenderte weiter und die Leute um mich herum beruhigten sich nach und nach wieder. Dennoch: Ich würde für die nächsten Tage eine ganz große und ganz tief getönte Sonnenbrille, womöglich eine Burka, brauchen, wenn ich bei Deckspaziergängen am Arm meines Mannes nicht erkannt werden wollte.

Doch weil es immer anders kommt, als man denkt, stand mein Mann genau am Ausgang des Wellnessbereichs, als ich die Sauna verließ. »Hallo Schatz. Ich wollte dir eine Freude machen und dich persönlich abholen.« Auch das noch. Ich murmelte so etwas wie »Oh, wow. Was für eine Überraschung« und schob ihn diskret in den Hintergrund. Bloß schnell weg hier. Etwas später standen wir im Fahrstuhl und mein Mann bemerkte: »Die haben alle so gelacht, als sie aus der Tür kamen. Scheint ja heute eine lustige Runde in der Sauna gewesen zu sein.«

Genau Schatz, genau das war es.

DIE 5. KREUZFAHRT

Wasser marsch

Michaela (27), Schlangenfrau, Ulm,
über
Manuel (29), Artist, Villingen

SECHS JAHRE AUF ALLEN
SIEBEN WELTMEEREN

»Ich hatte dabei besonders viele Auftritte, musste mich oft umziehen und meine Outfits waren sehr knapp und sexy. Warum ich mich immer besonders auf diese Show freute, lag wohl auch an meinen Parts mit Manuel.«

VERSUCHUNG, WAS GENAU IST DAS? Ein Blick zum atemberaubenden Kleid im Schaufenster? Ein leckeres Stückchen Schokoladentorte? Der Griff zum Vibrator, obwohl eigentlich keine Zeit mehr bleibt, bis man zur Arbeit muss? Ein Reiseprospekt in die Karibik, obwohl man nur nach Mallorca fliegen wollte?

Die Versuchung lauert überall und packt uns meistens, wenn wir sie am wenigsten erwarten. Sonst wäre es ja nur Vorfreude und nicht Versuchung. Und sie ist dazu da, uns zu testen. Wie stark wir sind, ob wir ihr widerstehen können. Oder ob wir ihr erliegen. Das Schlimme ist, dass man ihr am liebsten erliegen möchte. Sonst wäre es keine richtige Versuchung. Ich habe in meiner Zeit auf Kreuzfahrtschiffen gelernt, was Versuchung wirklich bedeutet.

Ich tanze schon seit meinem vierten Lebensjahr. Und seitdem war es mein größter Traum, auf der Bühne zu stehen und Leute zu begeistern. Nach zahllosen Auftritten in Bayern wollte ich mit Anfang zwanzig endlich die Welt sehen. Und so stand ich im Sommer 2005 zum ersten Mal auf einer im Seegang schwankenden Bühne. An diesem Tag hatte mich das Kreuzfahrtfieber gepackt. Ich konnte mir für die folgenden Jahre nichts Schöneres vorstellen, als auf den Bühnen der Schiffe zu stehen und tanzend die Weltmeere zu erkunden. Doch kein Traum ohne einen Haken, keine Suppe ohne ein Haar darin.

Mein persönliches Haar in der Kreuzfahrtsuppe: die hemmungslosen Fickereien untereinander. Sicher, den einen oder anderen One-Night-Stand oder eine lockere Affäre hat jeder mal. Doch ich finde es mehr als unpassend, wenn der Koch abends beim Skat mit dem Croupier, dem Kellner, dem Rezeptionisten und dem Schiffsarzt über meine Blas-Künste debattiert. Und ob ich es besser kann als Mandy vom Show-Ensemble oder Julia aus der Kosmetik. Ich habe auch keine Lust, die Prachtstücke der halben Crew oral abzumessen.

Also stellte ich mir selbst eine Regel auf: Nur mit einem Mann pro Schiff, wenn überhaupt. Und dann auch nicht nur für eine Nacht, sondern etwas Dauerhaftes. Ich meine keine Beziehung, das funktioniert an Bord nur in den allerwenigsten Fällen. Aber wenn ich schon mit einem Mann schlafe, dann sollte er nicht bloß eine Eintagsfliege in meinem Zimmer sein. Guter Sex entwickelt sich eh meist erst über einige Male hinweg. Mit dieser Strategie fuhr ich gut über die Meere der Welt.

Als ich Anfang 2011 ein neues Schiff bestieg, kannte meine Vorfreude kaum noch Grenzen. Es war das größte, auf dem ich bislang gearbeitet hatte. Modern, lebendig und voll jungem Publikum. An Bord dieses Schiffes würde ich mich sauwohl fühlen, wie ich es zu Hause formuliert hätte.

Und ebenso gigantisch wie dieser Megaliner war auch sein Theater. Atemberaubend schön, mit vielen Spezialeffekten wie einer versenkbaren Bühne, Lasershow und, und, und. Schon am ersten Tag lernte ich die anderen Tänzer, Akrobaten und Sänger kennen, mit denen ich in den folgenden Monaten Abend für Abend die Bühne rocken würde. Ich war erstaunt, dass so viele aus dem Team deutschsprachig waren. Auf dem Schiff davor waren wir vierzehn Tänzer aus acht Nationen gewesen. Hier aber musste ich mich erst wieder daran gewöhnen, auf Deutsch statt auf Englisch zu trainieren, zu erzählen und teilweise sogar zu denken. Dennoch schloss ich schnell Freundschaften, vor allem zur hübschen Blondine Maxi, die alles andere als maxi war. Und zu Manuel, dem einzigen Mann in der Gruppe, der sein Hirn nicht zwischen den Beinen trug.

Ich hatte viel Spaß, fühlte mich in meinen Rollen als Schlangenfrau und als Musical-Sängerin in einer Show unheimlich wohl. Nach etwa einem Monat an Bord landete ich zum Abschluss einer ausgelassenen Geburtstagsfeier mit dem DJ der Borddiskothek in der Kiste. Es hatte schon Wochen vorher gewaltig geknistert zwischen uns. Doch leider entpuppte er sich als ringelschwanztragender Grobmotoriker im Bett. Oder bin ich vielleicht einfach zu anspruchsvoll? Verlange ich etwa zu viel, wenn ich erwarte, dass ein Mann weiß, wo er meine Klit findet? Und wenn er sie dann zufällig ertastet, sie auch an Ort und Stelle lässt und nicht daran herumdrückt wie an einem lästigen Pickel? Ich verzichtete also auf weitere Suchspielchen mit ihm und kaufte mir im nächsten Hafen eine Großpackung Batterien. Das Thema Sex zu zweit war für dieses Schiff also abgehakt.

Wochen später, ich war mittlerweile schon über drei Monate an Bord, performten wir wieder einmal meine Lieblingsshow »Faszination«. Ich hatte dabei besonders viele Auftritte, musste mich oft umziehen und meine Outfits waren sehr knapp und sexy. Warum ich mich immer besonders auf diese Show freute, lag wohl auch an meinen Parts mit Manuel. Wir hatten einige Hebefiguren zusammen, eine engere Tanzszene und auch hinter den Kulissen waren wir immer parallel in der Umkleide.

Ich konnte mit ihm unbeschwert rumblödeln und Witze reißen, ohne dass er sie persönlich nahm. Ironie und Zweideutigkeiten prägten unseren Umgang miteinander, es war herrlich mit ihm. Und er war zum Glück auch keiner dieser Typen, der sich einmal durch die ganze Showgarde hin und zurück vögelte. Also auch noch ein Mann mit Stil. Zudem sah er aus, als wäre er als James-Bond-Nachfolger für Daniel Craig vorgesehen – sexy bis in den kleinen Zeh hinein.

21 Uhr, unsere Tanzszene war dran. Alles lief so gut wie immer. Die Szene endete gewöhnlich mit dramatischer Musik, zu der er mich weit nach hinten beugen und dabei einen Kuss andeuten soll. Damit ist unser Part beendet, wir verharren in dieser Position, während der Vorhang zur Pause fällt.

Doch diesmal war es anders. Er kam mit seinen Lippen den meinen so nahe wie nie zuvor. Schon da musste ich lächeln, es war so ungewohnt. Und selbst, als der Vorhang gefallen war und wir uns längst wieder voneinander hätten lösen müssen, hielt er mich weiter so fest im Arm, dass die Wärme seiner Lippen auf mich ausstrahlte. »Was ist denn mit euch los?«, hörte ich Maxi sagen, die schon mit den ersten Utensilien zum Umbau auf die Bühne kam. »Soll ich euch vielleicht das Bett nach vorn holen?« Ich musste lachen, ich fühlte mich ertappt, obwohl doch er es gewesen war, der diese Szene provoziert hatte. Erst jetzt ließ er mich los und machte irgendeinen Scherz.

Manuel und ich wurden direkt, nachdem die Show beendet war, von der Chefin zur Auswertung unserer Hebefiguren gerufen. Wir hatten uns noch nicht einmal umziehen können, waren beide verschwitzt und hatten keine Lust, jeden Schritt noch einmal mit ihr durchzugehen. Doch sie sagte nur: »Ihr seid ein super Paar auf der Bühne, weiter so. Versucht die letzte Figur nur noch ein wenig länger zu halten. Ansonsten, alles top!«

Als wir später allein in der Umkleide waren, alberte Manuel: »Na, hast du gehört, was sie gesagt hat? Wir sind ein super Paar …«

»… ja, auf der Bühne!«, antwortete ich schmunzelnd und betonte das letzte Wort.

»Na ja, ich kann dich halt gut führen.«

»Wie gesagt, auf der Bühne!«

»Oh, natürlich«, bestätigte er ironisch und lachte. Dabei stand er die ganze Zeit mit freiem Oberkörper vor mir. Jeder Muskel sah wie gezeichnet aus. Zarte Schweißperlen standen auf seiner Stirn. Er fuhr sich mit beiden Händen den Oberkörper entlang und sagte: »Meine Güte, ist das heute warm hier drin.«

»Ja, und mir wird gleich noch wärmer, wenn du dich nicht langsam anziehst.« Er grinste mich an und strich sich weiter über die Brust. »Na, dann ziehe ich mich mal lieber an, wenn Sie das wünschen …«

»Ja, das wünsche ich. Ich bin schließlich auch nur eine Frau.«

Er bückte sich, streckte mir zum Spaß seinen knackigen Hintern entgegen und sagte: »Manchmal denke ich, du stehst in Wirklichkeit auf Frauen.«

»Wie kommst du denn darauf?«, fragte ich entsetzt, denn ironisch schien er das nicht gemeint zu haben.

»Na ja, vorhin auf der Bühne. Obwohl ich dir so nahe kam, hast du mich nicht geküsst, als der Vorhang zu war. Und ich denke nicht, dass du mich nicht attraktiv findest.«

»So? Wie kommst du darauf, dass ich Lust hätte, dich zu küssen?«, fragte ich mit einem schelmischen Lächeln. War das hier gerade eine ernst gemeinte Diskussion? Oder stand ich einfach nur auf dem Schlauch und bemerkte nicht, worauf er hinauswollte?

Er stand noch immer halb nackt vor mir. »Also Michi, da fällt mir nur eine Gegenfrage ein. Warum solltest du mich nicht küssen wollen?« Mist, darauf hatte ich keine Antwort parat. Keine ironische, keine zweideutige, keine lustige. Spontan griff ich mir eine herumstehende Flasche und schwuppdiwupp schüttete ich ihm Wasser ins Gesicht. Er starrte mich verblüfft an, das Wasser lief ihm die Haare herunter, über seine Brustmuskeln und in den Hosensaum hinein. Einfach toll sah er in diesem Moment aus.

Manuel konnte das anscheinend nicht auf sich sitzen lassen. Er packte seinerseits eine Flasche und zahlte es mir in gleicher Münze heim. Keine Minute später flossen drei Liter Wasser über den

Boden der kleinen Umkleide. Meine Kleidung schwamm, meine Haare waren nass, Manuel hatte keine trockene Stelle mehr an seinem Körper und wir schütteten uns aus vor Lachen. Dann, bevor ich ein Handtuch zum Auftrocknen fand, zog mich Manuel an den Handgelenken zu sich heran und küsste mich. Ich war so verblüfft, dass ich mich gar nicht erst sträubte. Die Versuchung war einfach zu groß, als dass ich mich gegen sie hätte wehren können.

Und als wenn jemand einen Schalter in uns umgelegt hätte, fielen wir wild übereinander her. Unsere nassen Körper glitschten aneinander, die wenigen feuchten Klamotten flogen in die Ecke und schon spielten unsere Zungen wild miteinander. Manuel roch so schön männlich, seine Hände fühlten sich so gut auf meiner Haut an. Mein Vorsatz, nur einen Mann pro Schiff zu haben, war offenbar im letzten Hafen über Bord gegangen, jetzt machte ich einfach das, wonach mir war.

Gerade wollte ich in die Knie gehen und ihm zeigen, dass ich voll auf Männer und keineswegs auf Frauen stehe, da rutschte ich voll auf dem nassen Boden weg. Mit einer Hand hatte ich seinen großen Freund fest im Griff, er war meine einzige Möglichkeit, mich irgendwie festzuhalten und meinen Sturz aufzufangen. Schätzungsweise neunzehn Zentimeter fühlten sich plötzlich wie dreißig an. Ihm entfuhr ein kleiner Schmerzensschrei, und bevor ich mich wieder aufrichten konnte, um meine ursprüngliche Absicht in die Tat umzusetzen, hörte ich die Türklinke. Vor uns in der überschwemmten Umkleide stand unsere Chefin, sah mich splitternackt auf dem Boden liegen und mich mit meiner rechten Hand an Big Manuel festklammern. Wie sagte ich doch anfangs? Die Versuchung lauert überall und packt uns meistens, wenn wir sie am wenigsten erwarten.

Meine Chefin verfiel entgegen meiner Vermutung in lautes Lachen. Kein »Was ist denn hier los?« oder »Ziehen Sie sich bitte schnell was an!«, nein, sie lachte laut los und ich konnte mich nicht rühren. Manuel genauso wenig. Durch das Lachen meiner

Chefin kamen noch zwei weitere Tänzerinnen angerannt und schielten in unsere nasse Umkleide. Erst dann löste ich mich aus meiner Starre, ich war noch nie so schnell und hochrot in meiner Kabine. Und da wollte ich in den kommenden Tagen auch nicht mehr rauskommen.

So viel dazu, wenn man sich mal der Versuchung hingibt. In Zukunft ohne mich!

DIE 6. KREUZFAHRT

Ringkampf

Timo (34), Hoteldirektor, Berlin,
über
Paul (28), IT-Spezialist, London/Berlin

ANTALYA – ATHEN – IZMIR –
SANTORIN – KRETA

»Es war schon zwanzig Minuten nach Mitternacht, als ich seine Hand nahm und mit ihm hinaus an Deck ging, wo wir ungestört sein konnten. Mein Herz raste, meine Hände zitterten. Meine Gedanken überschlugen sich, ich hatte keine Ahnung, wie ich anfangen sollte.«

Seit wann hat Sam nur so einen fiesen Geschmack?« Ich stand im Eingangsbereich unserer Wohnung, blickte auf ein Paar Schuhe, die ich vorher noch nie gesehen hatte, und wunderte mich.

Normalerweise tauchte ich höchst selten tagsüber zu Hause auf, doch an diesem frühen Nachmittag vor einigen Jahren hatte ich im Hotel das Baby eines Gastes auf den Arm genommen, das sich prompt bei mir bedankte, indem es einen Schwall Karottenbrei über mein Hemd ergoss. Es gab nur eine Rettung: rasch nach Hause und aus dem Kleiderschrank ein frisches Hemd ganz ohne erbrochene Möhren ziehen.

Diese grauenhaften Schuhe im Flur hätten mich eigentlich stutzig machen sollen. Doch in meiner Hast rannte ich ins Schlafzimmer, wo mir im nächsten Moment meine Frage nach den Schuhen ein für allemal beantwortet wurde. Ich sah Sam, in unmissverständlicher Position, mit einem anderen Typen in meinem Bett. Voll in Aktion. Mitten beim Vögeln in meiner Satinbettwäsche. Das war das Ende meiner vorerst letzten langjährigen Beziehung gewesen.

Und genau diese Situation im Schlafzimmer ging mir durch den Sinn, als ich an einem Frühjahrsabend 2010 an der Reling stand und über mein Leben nachdachte. Es ist schon merkwürdig, jedes Mal auf einem Kreuzfahrtschiff wird mein Kopf frei und ich denke über meine Zukunft nach. Ich blickte auf das Mittelmeer, es wirkte so berechenbar und friedlich. Kleine Wellen, die auf mich absolute Ruhe und Frieden ausstrahlten. Die Sonne tauchte gerade ins Meer ab, ich hatte das Gefühl, dass dies einer der schönsten Sonnenuntergänge sei, den ich je gesehen hatte. Weit hinten am Horizont nahm ich eine Landzunge wahr, dort stand auf der Spitze ein Häuschen, das ich nur noch an seinen Lichtern erkennen konnte. Hier schien alles so idyllisch und wohlgeordnet.

In diesem Moment wurde mir einmal mehr bewusst, dass mein Leben in den vergangenen Jahren alles andere als geordnet gewesen war. Nach Sams Peepshow im Schlafzimmer hatte ich lange Zeit gebraucht, um wieder zu mir zu finden. Ich vergrub mich in die Arbeit, tat alles, um mich abzulenken. Ich hatte mich mit anderen Männern getroffen, um dann schnell festzustellen, dass ich noch gar nicht bereit für eine neue Liebe war. Und der oberflächliche Sex, den ich mir ab und zu gönnte, war so unbefriedigend, dass ich auch gleich darauf hätte verzichten können.

Bis Paul vor anderthalb Jahren in mein Leben getreten war. Ich hatte ihn im Internet kennengelernt, dort wo die meisten Singles im 21. Jahrhundert auf Partnersuche gehen. Paul wohnte nicht in Berlin, sondern lebte und arbeitete in London. Nachdem wir einige Mails ausgetauscht hatten, stand fest, dass wir uns gern persönlich treffen würden, wenn er das nächste Mal zum Familienbesuch nach Berlin käme. Einige Wochen später hatte er dann pünktlich wie ein Maurer vor meiner Tür gestanden und mich von diesem Moment an, so fröhlich und aufgeschlossen wie er war, in seinen Bann gezogen. Seit dieser Begegnung trennte uns nichts mehr. Ich war für ihn ursprünglich nur das erste von insgesamt sechs Dates an jenem Tag gewesen. Doch bis heute bin ich sein einziges Date geblieben.

Als die Sonne vollständig im Meer verschwunden war, sah ich Paul in der Dämmerung auf mich zukommen, wie immer mit seinem ansteckenden Lächeln, das ich so an ihm liebe. Er gab mir einen Kuss, stellte sich neben mich und nahm meine Hand. Er sagte kein Wort, war einfach nur da. Wie immer erkannte er auch in diesem Moment meine Gefühle und wie froh ich war, dass er von seiner Massage im Wellnesstempel des Megaliners wieder zurückgekommen war.

Wir verstecken auch in der Öffentlichkeit nicht unsere Gefühle füreinander, warum auch. Vor allem ältere Leute starren immer wieder stirnrunzelnd oder sogar kopfschüttelnd zu uns herüber, wenn wir uns küssen oder Hand in Hand spazieren gehen. Doch gestört hat uns das noch nie, wir sind eben selbstbewusste Homosexuelle. »Und das ist auch gut so«, sagte schon ein bekannter Politiker zu diesem Thema. Punkt.

Am Nachmittag des nächsten Tages trafen wir unser befreundetes Hetero-Pärchen Jana und Marco in der Open-Air-Bar am Heck des Schiffes zum obligatorischen Caffè Latte. Die beiden kenne ich schon seit Ewigkeiten und sie hatten durch einen Zufall genau dieselbe Reise gebucht wie wir. Zufall oder Schicksal?

Jana und Paul verabschiedeten sich in die Shoppingmall des Schiffes – die Geschäfte machten gerade auf und beide waren wohl der Meinung, dass das Bordkonto noch einiges verkraften könnte – und ich blieb mit Marco allein bei strahlendem Sonnenschein und einer leichten Brise mit einem Latte in der Hand zurück. Wieder schossen mir die Gedanken des Vortags durch den Kopf. Mein Leben war jetzt so viel schöner, seitdem ich es mit Paul teilte. Er war mein Lottojackpot. Mein Ass im Ärmel. Meine perfekte Ergänzung, dachte ich und sagte zu Marco: »Ich bin zum ersten Mal in meinem Leben wirklich glücklich.« Marco schaute mich an, lächelte sein Zahnpastawerbungslächeln und sagte: »Das habe ich schon bemerkt.« Dann war wieder einen Moment Pause und wir blickten gemeinsam aufs Meer. Meine

Gedanken und Zukunftspläne überschlugen sich in meinem Kopf.

»Wann wusstest du, dass du Jana heiraten möchtest?«, fragte ich ihn. Wenn ich 'ne Hete wäre, dann würde ich so eine Ehe wie Jana und Marco führen wollen. Respekt und Toleranz sind nur zwei von vielen Werten in ihrer Beziehung.

»Eigentlich war mir das ziemlich schnell klar. Nach einem Jahr hatten wir uns ja schon verlobt.«

»Und hattest du nicht Angst, dass eine Heirat mal die falsche Entscheidung gewesen sein könnte?«

»Nein, ich bin mir sicher, dass man spürt, ob ein Mensch wirklich zu einem passt oder nicht. Und bei Jana war ich mir dessen ziemlich schnell sicher.«

»Ich bin mit Paul jetzt seit eineinhalb Jahren zusammen. Und manchmal spricht er vom Heiraten. Bisher hatte ich nicht ernsthaft darüber nachgedacht ...« Ich ließ eine kleine Pause und spürte, dass in diesem Moment meine Entscheidung eigentlich schon gefallen war. »... doch je länger ich darüber nachdenke, desto klarer wird mir: Ich möchte mit Paul mein Leben verbringen.« Marco guckte mich mit großen Augen an und grinste. Das war ein sehr gutes Zeichen. Hätte er etwas einzuwenden gehabt, hätte er es mich sofort wissen lassen. Marco ist immer ehrlich. Manchmal sogar zu ehrlich. Hat man zwei Stunden damit verbracht, einen großen Pickel auf der Stirn zu kaschieren, sagt er gern mal: »Da kannste dir Mühe geben, wie du willst, die gelbe Laterne auf deiner Stirn ist wie ein drittes Auge.« Das ist Marco.

Ich hatte zwei Tage später Geburtstag und nahm mir vor, Paul dann die Frage aller Fragen zu stellen. Ich bildete mir ein, dass an diesem Tag für ihn die Hürde, Nein zu sagen, höher wäre. Nur leider fehlten mir für meinen Antrag noch die Ringe. Also setzte ich Marco und Jana darauf an, seine Ringgröße herauszufinden.

Am nächsten Morgen, pünktlich zum Sonnenaufgang, liefen wir in den Hafen von Rhodos ein. Wir waren früher als sonst aufgestanden, um diesen Moment zu genießen. Für mich vereint kaum eine Hafenstadt so viele Merkmale der Moderne und der Geschichte in sich. Wie eine schützende Hülle umgibt die historische Stadtmauer die Innenstadt und überall sieht man die großen Rundbögen, durch die man schreitet, um zum Kern zu gelangen. Aufwendig erbaute, architektonisch reizvolle Kirchturmspitzen ragen hinter der prunkvollen Mauer in die Höhe. Die Hafenpromenade lädt zum Schlendern ein und die Millionenjachten und Segelriesen beweisen, in welcher Zeit wir trotz der atemberaubend schönen Altstadt gerade sind.

Wir vier trafen uns zu einem Stadtbummel am Pier. Jana schnappte sich Paul und ging mit ihm einige Schritte voraus, sodass Marco und ich den Ringkauf besprechen konnten. Marco hatte am Abend zuvor mit einem Trick die richtige Ringgröße ermittelt, Paul hatte davon nichts bemerkt.

In Rhodos Stadt angekommen, erblickte ich einige Meter weiter den ersten Juwelier. Ein kleiner, eindeutiger Blick zu Jana reichte und sie wusste, dass die Zeit für das Ablenkungsmanöver gekommen war. Der arme Paul, er wurde von ihr kurzerhand in ein Dessousgeschäft gezerrt. Jetzt musste er sich wahrscheinlich mit Push-up-BHs, verschieden großen Brüsten und Hüftschlüpfern herumschlagen.

Ich ging unterdessen mit Marco in das Geschäft und es dauerte keine zwei Minuten, da hatten wir die passenden Ringe auf den Kassentresen gelegt. Zum Glück war ich nicht mit Jana auf die Suche gegangen, sonst hätte sie wahrscheinlich alle Ringe in Rhodos persönlich anprobieren wollen. Und letztendlich hätte ich dann wohl meinen Kopf gegen die nächste Wand geknallt, weil ich noch immer keinen Ring für meinen Antrag und sie stattdessen ihren Traumschmuck in der Tasche gehabt hätte. Mit Marco dagegen stand ich nach etwa vier Minuten wieder vor dem Laden und war einfach nur glücklich, dass dieser Part meines Vorhabens schon mal geklappt hatte.

Als wir weiter durch die historische Altstadt bummelten, wurde ich allmählich nervös bei dem Gedanken an den Abend und meinen Plan. Dutzende Fragen schossen mir durch den Kopf. Was genau sollte ich sagen? Wie könnte ich meine Frage besonders schön und angemessen verpacken? Könnte er vielleicht doch Nein sagen? Sollte ich den Antrag vielleicht lieber erst in Deutschland machen? Und, und, und ... Paul fiel schnell auf, dass ich mit meinen Gedanken woanders war, und lachte herzlich über mich, als ich fast gegen eine Laterne gerannt wäre.

Am Abend gab es mein Lieblingsessen, Hummer. Doch mein Magen war wie zugeschnürt. Meinen Appetit schien ich während des Ringkaufs im Laden vergessen zu haben. Noch immer grübelte ich über die richtigen Worte für den Antrag. Und die Ringbox in der rechten Hosentasche erinnerte mich ständig daran. Der ganze Abend flog an mir vorbei und ehe ich mich versah, war es schon fast Mitternacht, mein Geburtstag stand vor der Tür. Zwischenzeitlich hatte sich unser Schiff schon wieder von Rhodos verabschiedet, die leichte salzgetränkte Meeresbrise strömte an mir vorbei, ich hörte Wellen gegen die Schiffswand schlagen. Das beruhigte mich etwas, langsam hatte ich eine grobe Vorstellung von dem, was ich sagen würde.

In der Diskothek des Schiffes hatten sich neben uns, Jana und Marco noch andere Passagiere eingefunden, die wir auf dieser Reise kennengelernt hatten.

Alle wollten den Geburtstag mit mir feiern oder zumindest auf meine Kosten trinken. Doch meine Gedanken waren nur bei dem Heiratsantrag. Dann schlug die Uhr, alle nahmen mich in den Arm, beglückwünschten mich zu meinem Ehrentag und die Sektgläser klirrten im Akkord. Dabei fiel mir wieder auf, wie liebevoll und aufrichtig Paul mir gratulierte. Seine Worte und seine Umarmung waren heute ganz besonders zärtlich, er küsste mich lange und innig, sein Lächeln ließ mich meine tiefe Liebe zu ihm spüren.

Es war schon zwanzig Minuten nach Mitternacht, als ich seine Hand nahm und mit ihm hinaus an Deck ging, wo wir ungestört sein konnten. Mein Herz raste, meine Hände zitterten. Meine Gedanken überschlugen sich, ich hatte keine Ahnung, wie ich anfangen sollte. Die schönen Formulierungen, die ich mir zurechtgelegt hatte, waren wie weggeblasen. Ich stellte mich ihm gegenüber, nahm seine Hände in die meinen und rang nach den passenden Worten. Unglaublich, ich halte sonst auf Schulungen lange Vorträge, bin es gewohnt, vor Hunderten von Leuten zu sprechen. Ich habe in meiner Hoteldirektorenzeit schon viele verärgerte Kunden beschwichtigt und viele unangenehme Kündigungsgespräche geführt. Doch in dem Moment, als ich vor meinem geliebten Paul auf diesem tollen Kreuzfahrtschiff stand, fehlten mir schlicht und einfach die Worte. Paul fing schon an zu schmunzeln, weil ich nach einigen Sekunden immer noch nicht den Mund aufbekommen hatte.

Also beschloss ich, einfach draufloszureden. Ich sagte, dass ich froh sei, ihn getroffen zu haben. Dass er mein Sechser im Lotto sei. Dass ich mir keinen besseren Mann für mein Leben vorstellen könne. Schließlich stammelte ich noch, dass ich ihn über alles liebte, dann kamen mir die Tränen.

»Du weißt doch, was ich fragen will. Nun sag doch endlich Ja …«, brach es aus mir heraus. Dann lagen wir uns weinend in den Armen.

Paul flüsterte mir ein leises, aber deutliches »Ja, natürlich« ins Ohr. Nachdem wir uns minutenlang fest und schluchzend umarmt hatten, löste ich mich und holte die Ringbox aus meiner Hosentasche. Sein erstaunter Blick verriet mir, dass er nicht damit gerechnet hatte, dass ich jetzt schon Ringe für uns haben würde. Erleichtert, dass Marco tatsächlich die richtige Größe herausgefunden hatte, streifte ich ihm seinen Ring über.

In dem Moment, als er an Deck dieses wunderschönen Schiffes »Ja« sagte, spürte ich ein vollkommenes Glücksgefühl. Ich wusste, dass ich endlich angekommen war. Dass ich mit meinem Lebensschiff im richtigen Hafen angelegt hatte, nachdem ich Dutzende Male die Weltmeere danach abgesucht hatte. Ich hatte ihn gefunden, den Heimathafen meiner großen Liebe.

DIE 7. KREUZFAHRT

Wie, er ist weg?

Brunhilde (55), Reiseverkehrskauffrau, Strausberg,
über
Stefano (36), Clubchef, Düren

LA ROMANA – POINTE A PITRE – BRIDGETOWN –
SCARBOROUGH – ORANJESTAD

»Ich beschloss, mich unter die Dusche zu stellen und zu hoffen, dass danach mein Koffer vor der Tür stand. Das tat er aber nicht. Meine Schlüpfer und Co. tummelten sich irgendwo auf diesem Schiff, nur nicht an meinem Körper.«

Wie kann der Hafen einer Trauminsel wie dieser nur so hässlich sein?, schoss es mir durch den Kopf, als ich damals vor 15 Jahren, im Herbst 1996, zusammen mit meiner Freundin und Kollegin Renate aus dem Bus stieg. Eine schwüle Hitze schlug uns ins Gesicht, die Luft stank nach Industrie. Hier waren keine Palmen zu sehen, kein türkisblaues Wasser und auch keine Strandschönheiten, die uns lächelnd eine Blumenkette um den Hals hängten, wie es die Reiseprospekte und Werbetafeln versprachen. Die Wirklichkeit sah anders aus. Es roch nach einer Mischung aus Benzin und Öl, der Hafen wirkte hoffnungslos überfüllt und die lang erträumte Karibikromantik ließ vergeblich auf sich warten. La Romana – der Starthafen der Dominikanischen Republik für nahezu alle Kreuzfahrten – erwies sich zumindest für mich als gar nicht so traumhaft wie erwartet. Vielleicht lag meine gedämpfte Begeisterung auch an dem zwölf Stunden langen Flug, den ich gerade hinter mir hatte. Das Flugzeug schien während meines zweiten Toilettenganges geschrumpft zu sein, der Sitz kam mir noch enger vor als vor einigen Stunden. Jetzt wollte ich einfach nur auf das Schiff und aus meinen Klamotten raus.

Aber zum Glück hatten wir einige Kollegen dabei, die die Stimmung mit Witzen und Anekdoten aus dem Reiseverkehrsalltag auflockerten. Wir machten uns über alle möglichen Pannen lustig, die uns auf dieser Reise ereilen könnten: Das Schiff legt gerade ab und wir sehen es davonfahren, wenn wir im Hafen ankommen. Ein Koffer wurde in Deutschland vergessen oder Horst und Bertram – die zwei Schwergewichte unter uns – müssen in einer Kabine im Doppelbett schlafen und das Bett bricht ein.

Stunden nach einer eingeschlafenen Pobacke, katzenfutterähnlichem Fraß im Flieger und einer harten Landung stand ich dann endlich hier auf dem Hafengelände vor dem einzigen Schmuckstück weit und breit, unserem Kreuzfahrtschiff. Nagelneu, unverwechselbar und wunderschön.

Als wir uns in die Schlange zum Einschiffen stellten, bewunderte ich noch einmal ausgiebig das prachtvolle Schiff. Im Augenwinkel erweckte dann ein Kofferwagen meine Aufmerksamkeit, beim genaueren Hinsehen entdeckte ich meinen nagelneuen Delsey-Koffer. Weinrot hatte er einige Wochen zuvor in einem Laden meine Aufmerksamkeit dermaßen geweckt, dass ich das Loch ignorierte, das der Preis unweigerlich in mein Portemonnaie reißen würde. Neue Kollektionen sind eben teuer, dachte ich mir, als ich den Koffer zur Kasse gezogen hatte.

Da stand ich am Hafen-Check-in und beobachtete die Kofferverladetypen dabei, wie sie mit meinem neuen Schmuckstück umgingen. Aber sie luden ihn zart und einfühlsam wie gewünscht auf das Fließband, das die Koffer ins Innere des Traumschiffs transportierte. Nach einigen Minuten in der Warteschlange hatte ich, so kam es mir jedenfalls vor, bestimmt zwei Liter Schweiß in meine dicken Wintersachen geschwitzt. Ich hätte vor der Abreise doch die Zwiebelmethode wählen sollen, dann hätte ich mich einiger meiner Kleidungsstücke entledigen können. Aber so stand ich mit meinem dicken schwarzen Rollkragenpulli in einer Hitze von dreißig Grad und meine schwarze dick gefütterte Hose tat ihr Übriges dazu. Ich hatte dabei eben nur an die Kälte im Flieger gedacht – da zieht es immer so, als hätte einer das Fenster offen gelassen – und nicht an den Transfer vom Flughafen bis zum Schiff. Vor meinem inneren Auge stieg ich schon mit meinem ebenso neuen Badeanzug in den Pool am obersten Deck.

Nachdem wir dann endlich die Formalitäten abgeklärt hatten – und ein verschwitztes, blasses und von der Reise gezeichnetes Foto von mir gemacht wurde, damit auch wirklich ich es war, die mit meiner Karte von den Landgängen wieder an Bord käme, traten wir den Weg zu unserer Außenkabine auf Deck 4 an. Du meine Güte!, dachte ich, noch nie hatte ich in meinem Leben einen so langen Flur gesehen. Jetzt fehlten am Rand nur noch Stühle, dann würde ich eine Nummer ziehen und mich wie beim Einwohnermeldeamt zum Warten hinsetzen.

Aber dem war natürlich nicht so, denn hier standen statt vieler Stühle reihenweise Koffer vor den Kabinen. Ein Blick auf die Bordkarte, unsere Kabinentür zierte die Nummer 4173. Also, einmal zum Ende des Ganges, das Zimmer lag weit im Heck des Megaliners. Vorbei an vielen Koffern kamen wir, Renate und ich, unserem Ziel immer näher. Doch meine Augen entdeckten mein weinrotes neues Stück nicht. Nur Renate zeigte auf ihren Koffer und griff ihn sofort, als wir vor unserer Kabine angekommen waren. Verzweifelt blickte ich den Gang noch einmal zurück, vielleicht wurde er nur falsch abgestellt. Doch kein Delsey in Sicht. Renate sagte, als auch bei ihr der Groschen angesichts meines verdutzten Blicks gefallen war: »Oh, ist dein Koffer nicht da?«

»Sieht so aus, sonst hätte ich ihn schon in der Hand. Aber vielleicht kommt er ja noch …«, beruhigte ich mich selbst. Gleichzeitig lief mir eine Schweißperle die Nase herab und ich betete, dass er gleich auftauchen würde.

Drin schauten wir uns um und waren überrascht, wie funktional und modern zugleich die Kabinen ausgestattet waren. Wo normalerweise ein Fenster ist, war in unserem Fall ein großes

Bullauge. Die Nasszelle war klein, aber fein, alles war da, wo es sein sollte. Nachdem ich mich von meinen dicken Winterschuhen befreit hatte – in Deutschland war es ja eisig kalt gewesen –, ging ich noch mal zur Tür und schaute, ob mein Koffer mittlerweile angekommen war. Fehlanzeige.

Renate packte ihre Klamotten in den Schrank und wir stellten fest, dass wir mit den anderen aus unserer Gruppe schon in zwanzig Minuten zum Drink an Deck 12 verabredet waren. Aber so wie es aussah, würde ich das nicht schaffen. Duschen, lockere Sachen anziehen, sofern mein Koffer gleich auftauchte, und dann noch die richtige Bar finden, das ging nicht in zwanzig Minuten. Ich beschloss, mich unter die Dusche zu stellen und zu hoffen, dass danach mein Koffer vor der Tür stand.

Das tat er aber nicht. Meine Schlüpfer und Co. tummelten sich irgendwo auf diesem Schiff, nur nicht an meinem Körper. Renate, die sich inzwischen schon frisch gemacht und neu eingekleidet hatte, schaute mich von oben bis unten an. Dann blickte sie an sich herunter und runzelte die Stirn. Dieser Gedanke war mir auch kurz gekommen, doch das war definitiv nicht zu machen.

Ich bin, was die Figur betrifft, eine Frau mit Kurven, wohlgeformt und feminin. Nicht dick, sondern eben feminin. Renate hingegen erinnert mich ein wenig an Peggy Bundy, nur ohne die roten Haare. Sie ist schlank und groß, hat genau dieselbe Vorliebe für Leopardenleggins und Taillengürtel wie Mrs Bundy und ihr Po ist so klein, dass ein Schlüpfer Größe S hinten an ihr herumschlabbert. Ihre Hosen könnte ich maximal bis zum Podex ziehen, höher hinauf wäre ein Materialschaden unvermeidlich. Und in ihren Oberteilen würde ich wie eine Weißwurst aussehen. Also blieb mir nichts anderes übrig, als Renate zu den anderen ans Oberdeck zu schicken, während ich ins Bad ging und meinen schweißnassen Pulli trocken föhnte. Nur so konnte ich mich überwinden, ihn noch mal kurz anzuziehen. Dann stieg ich in meine dicken Winterschuhe und stiefelte leicht schnaufend vor Wut zur Rezeption.

»Guten Tag und willkommen an Bord, was kann ich für Sie tun?«, sagte eine nette Dame zu mir.

»Ich vermisse meinen Koffer. Er stand nicht vor meiner Kabine.«

»Dann wird er bestimmt noch den Weg zu Ihnen finden. In Einzelfällen kann das leider einige Stunden in Anspruch nehmen. Bitte kommen Sie wieder, wenn er in der nächsten Stunde nicht bei Ihnen an der Kabine abgegeben wird«, sagte die Dame und wendete sich den nächsten Gästen zu.

Nach zwei Stunden kehrte ich wieder zur Rezeption zurück.

»Jetzt bin ich schon seit Stunden an Bord und mein Koffer ist immer noch nicht bei mir. Würden Sie mir jetzt bitte sagen, wo ich meinen Koffer finden kann?«, sagte ich mit einem unzweideutigen Unterton zu der netten Dame an der Rezeption, damit sie mich nicht wieder zum Warten in die Kabine schickte. Langsam, aber sicher ging meine Laune Richtung Nullpunkt. »Moment, ich hole den Clubchef, der kann Ihnen in dieser Angelegenheit weiterhelfen.« Und schon verschwand die Dame in einem Zimmer hinter sich.

Einige Minuten später kam ein kleiner Mann mit Zopf an den Rezeptionstresen und lächelte mich an. Er war so klein, dass ich ihm einen Hocker holen wollte, damit er mir direkt in die Augen schauen konnte. »Vielleicht können SIE mir endlich sagen, wo ich meinen Koffer finde?«, sagte ich und schaute ihn mit einer hochgezogenen Augenbraue an. Er tippte wild an einem Computer herum und jetzt war er es, der die Stirn runzelte und eine Augenbraue hochzog.

Wenn der jetzt meinen Koffer findet und ihn mir bringen will, hebt der Kleine sich einen Bruch!, dachte ich und musste kurz lächeln. Doch das verging mir, als er tief Luft holte und mir sagte, was er im Computer über meinen Koffer las. »Also, Frau Albrecht, die gute Nachricht ist, dass der Koffer heute an Bord gekommen ist. Die Eingangsbestätigung sehe ich hier. Nur leider kann ich nicht sehen, wo er sich jetzt befindet.« Ich spürte, wie Wut in mir aufstieg und ich mich zusammenreißen musste, um nicht unschöne Wörter aus meinem Gedächtnis auszubuddeln. »Und wie lange soll ich jetzt noch in meinen Wintersachen rumlaufen?«

»Der Koffer wird sich bestimmt bald anfinden, dann informieren wir Sie umgehend in Ihrer Kabine«, sagte er und bemühte sich, über den Rezeptionstresen zu schauen. »Das will ich auch hoffen«, schnaubte ich in seine Richtung, »denn ich kann mir nicht vorstellen, dass mein Koffer Beine bekommen hat und über Bord gesprungen ist.« Im Weggehen schenkte ich ihm als Drohung noch einen saftigen Blick über die Schulter, damit er die Sache mit meinem Koffer nicht zu leicht nahm.

Als mein Koffer am Abend immer noch nicht aufgetaucht war, ging ich zur Bordboutique. Ich kleidete mich für tausend Mark neu ein, mir blieb ja nichts anderes übrig. Der Zwerg an der Rezeption speiste mich immer wieder mit lapidaren Beschwichtigungen ab, mein Koffer würde sich schon noch anfinden. Aber davon konnte ich mir auch keine frischen und vor allem sommerlichen Kleider anziehen. Eine Zahnbürste, sexy fleischfarbene Hüftschlüpfer – andere hatten sie nicht –, zwei T-Shirts, ein überteuerter Badeanzug, eine Tunika, eine kurze Hose und eine lange schwarze für Konferenzen mit einer passenden weißen Bluse standen nun auf meiner Bordrechnung. Ich schluckte meinen Ärger für heute herunter und trank mir den Abend mit reichlich Wein lustig.

Tag zwei an Bord. Der Zwerg an der Rezeption wurde von Mal zu Mal noch kleiner, wenn er mich auf sich zustampfen sah. »Es tut mir leid, er ist nicht aufzufinden« und »Wir suchen das ganze Schiff von oben bis unten ab«, hörte ich ihn den ganzen Tag abwechselnd zu mir sagen. Mein Koffer blieb verschollen und langsam gingen auch ihm die Ausreden aus. Ich bekam wenigstens Spaß daran, ihn mit meinen Bemerkungen und Fragen in eine unangenehme Situation zu bringen.

Die anderen Reisenden – ich denke, es waren alles Reiseverkehrsleute, die wie ich Kreuzfahrten durch die tolle Erfahrung an

Bord besser verkaufen sollten – bekamen mit, dass mein Koffer ohne mich Urlaub auf diesem Schiff machte. Doch es fiel mir leichter, mit der Situation umzugehen, denn nun schwitzte ich nicht mehr in meine dicken Wintersachen hinein und ich konnte wenigstens die Zeit des Wartens mit Sonnenbaden verbringen. Das Einzige, was mir Unbehagen bereitete, war, dass mein teurer Schmuck und andere wertvolle Sachen in meinem Koffer waren. Und ich hatte nicht vor, ohne meinen weinroten Begleiter die Heimreise anzutreten. Ich ertappte mich sogar dabei, wie ich das Schiffspersonal auf meine Schuhe und Kleidung hin von oben bis unten musterte.

Bestimmt fünfzig Mal am Tag stiefelte ich zur Rezeption, in der Hoffnung, dass mein Koffer in der Zwischenzeit aufgetaucht war. Und schon im Herannahen schüttelte eine Rezeptionistin den Kopf. Manchmal erblickte ich nur einen dunklen Haarschopf knapp über dem Tresen, der wild hin und her flatterte. Mittlerweile wusste der Zwerg selbst nichts mehr dazu zu sagen.

Tag drei und einen Vollrausch später konnte ich beim Frühstück nicht einmal mehr lachen. Zum Ersten nicht, weil mein Kopf mir den Weinkonsum des vorangegangenen Abends übel nahm. Zum Zweiten wollte ich einfach nur meinen Koffer. Verdammt noch mal, wo sollte der denn sein? So groß war das Schiff ja nun auch nicht.

Wir gingen ans Sonnendeck und ich ergatterte zusammen mit Renate zwei der beliebten Liegen an der Reling, doch so richtig konnte sich keine Entspannung bei mir einstellen. Also beschloss ich nach etwa zwei Stunden, zum dritten Mal heute den Zwerg zu triezen, damit er sich langsam höchstpersönlich auf die Suche nach meinem Koffer machte. Im Aufzug beschloss ich aus gegebenem Anlass, einen Umweg über meine Kabinentoilette zu machen. Ich ging den langen Gang etwas schneller als sonst entlang, schloss auf und drückte die Klinke, doch die Tür ließ sich kaum öffnen. Ein Stoß, ein kräftiges Poltern und mit einem Schwung stand ich vor meinem weinroten Delsey-Koffer. Ich konnte es kaum fassen: Da war er endlich! Allerdings völlig verbeult und zerkratzt. Jetzt interessierte mich natürlich, wo er die ganze Zeit gesteckt hatte. Momentan sah er so aus, als wäre er hinten am Kreuzfahrtschiff vertäut tagelang Wasserski gefahren, nur dass er nicht nass war.

Ich zog mir meine eigenen Sachen an und stiefelte den Weg zur Rezeption zurück. »Wenn wir beide hier allein wären, würde ich Sie jetzt gern über diesen Tresen hier ziehen«, sagte ich und betonte das »Jetzt« ganz besonders. Er blieb wie immer höflich. Und das war auch gut so, denn mein Hirn hatte in den letzten Tagen des Wartens viele besonders höfliche Wörter für ihn zutage befördert.

»Frau Albrecht, wir haben Ihren Koffer gefunden. Er steht in Ihrer Kabine«, sagte er triumphierend und grinste mich an.

»Ich weiß! Und er sieht so aus, als hätten Blauwale damit Baseball gespielt. WO zum Teufel war er?«

»Das muss ich kurz erfragen, warten Sie bitte einen Moment.« Und schwuppdiwupp, war er für Minuten hinten in seinem Zimmerchen verschwunden.

Als er wiederkam, stammelte er: »Also, der Koffer war in einer anderen Kabine.«

»In welcher Kabine?«

»Wir haben noch eine weitere Person mit dem Namen Albrecht an Bord.«

»Und?«

»Unser Personal hat den Koffer anscheinend bei der Anreise in die Kabine des anderen Reisenden gestellt. Das ist uns noch nie passiert.« Er tat alles, damit ihm kein Wort der Entschuldigung über die Lippen kam. Eine einzige Frechheit. Ich blitzte ihn zornig an und ging. Wenigstens war mein Koffer wieder da.

Am selben Abend hatten wir ein Meeting. Alle meine Kollegen freuten sich für mich, dass mein Koffer wieder aufgetaucht war. Auch einige Leute von der Crew waren anwesend. Unter anderem die Boutiqueverkäuferin. Direkt nach dem Meeting kam sie zu mir und sagte freundlich: »Schön, dass sich Ihr Koffer wieder angefunden hat. Ich mache Ihnen den Vorschlag, dass Sie die Sachen, die Sie bei uns gekauft haben, zurück in die Boutique bringen und wir die Belastung dafür von Ihrem Bordkonto löschen.«

Das Angebot nahm ich natürlich an. Als ich es am nächsten Tag in die Tat umsetzte, konnte ich aber nicht umhin, meinem Unmut noch einmal Luft zu lassen: »Bin ich froh, endlich eine, die ihren Job richtig macht, ganz im Gegensatz zu diesem kleinen Zwerg von der Rezeption. Ohne mein ständiges Drängen hätte der meinen Koffer nie gefunden. Und irgendeine schwachsinnige Ausrede von einem anderen Passagier hat er mir dreist aufgetischt.«

Hinter der Verkäuferin stand Renate und gestikulierte wild, ich solle lieber meinen Mund halten. Ich jedoch fand, dass die nette Boutiqueverkäuferin ruhig wissen konnte, was ich von dem Hobbit an der Rezeption hielt. »Als wenn ein Passagier drei Tage nicht bemerkt, dass ein fremder Koffer in seiner Kabine steht. So ein Unsinn. Unglaublich, dass der denkt, ich bin so blöd und durchschaue die Ausrede nicht. Da fragt man sich, ob der den Job auf dem Jahrmarkt gewonnen hat ...«

Und im nächsten Moment verstand ich plötzlich, warum Renate so wild gestikuliert hatte. Der Zwerg kam auf uns zu, begrüßte uns, selbst mich, und gab seiner Freundin, der Verkäuferin aus der Boutique, einen Kuss.

DIE 8. KREUZFAHRT

In letzter Minute

Frederic (37), Reiseleiter, Wesel,
über
Alejandro (36), Taxifahrer, Buenos Aires

BIS HEUTE AUF ALLEN
SIEBEN WELTMEEREN

»Und während die anderen drei gähnend an Bord gingen, stand ich noch eine Weile am Kai, rauchte eine Zigarette und genoss in meinem benebelten Kopf den Sonnenaufgang. Bis ich von den quietschenden Reifen unseres zurückgekehrten Taxis aufgeschreckt wurde.«

ICH LIEBE DAS KREUZFAHRTLEBEN, kann einfach nicht davon lassen. Deshalb war ich trotz meiner nicht einmal vierzig Jahre schon auf Dutzenden von Schiffen als Reiseleiter auf allen sieben Meeren unterwegs. Ich habe die verrücktesten Geschichten erlebt, die unglaublichsten Menschen getroffen und die atemberaubendsten Ecken der Welt gesehen. Doch was mir im Januar 2011 in Buenos Aires widerfuhr, stellte alles in den Schatten, so schockierend und zugleich faszinierend war es.

Ich hatte für eine Weltreise angeheuert und die führte unser Schiff auch für zwei Nächte in den Hafen von Buenos Aires. Nach mehreren Tagen auf hoher See wollte ich endlich wieder an Land gehen, um etwas zu erleben. Mit drei Gleichgesinnten – einer Freundin aus dem Showtanz, einem Kollegen aus der Videoaufzeichnung und einem von der Rezeption – machte ich mich abends auf den Weg. Ohne zu wissen, dass heute in Argentinien offensichtlich ein hoher Feiertag war. Nahezu alles war geschlossen, auch die Kneipen. Nach einigen vergeblichen Versuchen beschlossen wir, uns ein Taxi mit einem ortskundigen Fahrer zu nehmen; er würde schließlich wissen, wo überhaupt noch ein Lokal geöffnet sei. Doch selbst dieser freundliche Insider hatte Mühe, einen geeigneten Platz für uns zu finden, denn erst nach einer Irrfahrt von bald anderthalb Stunden waren wir endlich am Ziel. Und ob man es glaubt oder nicht, er schien die einzige geöffnete Kneipe in ganz Buenos Aires gefunden zu haben – auch wenn selbst der Begriff »Kaschemme« für diesen Laden noch geschmeichelt gewesen wäre. Fast wären wir auf dem Absatz wieder umgekehrt, aber in unserer Erleichterung, doch noch eine Wasserstelle gefunden zu haben, gingen wir hinein. Und weil wir uns inzwischen mit Alejandro, dem Taxifahrer, etwas angefreundet hatten, luden wir ihn spontan auf einen Drink ein.

Alejandro kannte die Leute hinter der Bar anscheinend und besorgte gleich die ersten Getränke. Und die waren nicht von schlechten Eltern. Schon nach zwei weiteren Kurzen fand ich den Laden super. Speziell, aber cool. In einer Ecke ganz hinten tanzten einige Einheimische Tango, doch meine eigenen unbeholfenen Versuche in diese Richtung gab ich schnell wieder auf.

Ein Drink folgte dem nächsten, von Stunde zu Stunde unterhielten wir uns besser mit Alejandro. Er erzählte uns Anekdoten von Touristen, die sich in Buenos Aires hoffnungslos verirrt hatten, und zeigte uns stolz Fotos von seiner im sechsten Monat schwangeren Frau. Irgendwann, nachdem wir alle – inklusive Fahrer – ordentlich einen im Tee hatten, ließ uns der Barchef wissen, dass um vier Uhr morgens Feierabend sei. Da war es bereits halb fünf. Also bezahlte ich die mittlerweile üppige Rechnung mit meiner Kreditkarte und wir schwangen uns alle kichernd und flachsend ins Taxi.

Im Stil eines Niki Lauda raste Alejandro über die Autobahn, wechselte die Spuren, wie es ihm gerade einfiel, und ließ dabei pausenlos sein kaum noch verständliches Spanisch auf uns hereinprasseln. Obwohl ich ihn mochte und ihn sogar ein bisschen bewunderte, empfand ich zwischendurch so etwas wie Todesangst. Da hatte ich den ganzen Abend heil überstanden und sollte auf dem Heimweg zum Hafen doch noch Schiffbruch erleiden?

Doch das Schicksal meinte es noch einmal gut mit uns. Um fünf Uhr morgens kamen wir unversehrt am Kreuzfahrtterminal an. Wir stiegen aus, umarmten Alejandro und dankten ihm noch einmal lautstark für den gelungenen Abend. Als das Taxi davonfuhr, konnte ich mir ein Grinsen über diesen verrückten Argentinier nicht verkneifen. Und während die anderen drei gähnend an Bord gingen, stand ich noch eine Weile am Kai, rauchte eine Zigarette und genoss in meinem benebelten Kopf den Sonnenaufgang. Bis ich von den quietschenden Reifen unseres zurückgekehrten Taxis aufgeschreckt wurde. Hatten wir vergessen zu zahlen? Oder vielleicht etwas im Auto liegen lassen? Alejandro sprang nach einer Vollbremsung aus dem Auto, rannte wild gestikulierend auf mich zu und redete so schnell auf mich ein, dass ich ihn kaum verstehen konnte. Nur Bruchstücke wie »Hilfe ... unbedingt mitkommen ... bitte ... Anruf bekommen ... meine Frau« drangen bis in mein Hirn vor. Die blanke Not stand ihm ins Gesicht geschrieben, der lachende und angetrunkene Alejandro von eben war nicht wiederzuerkennen. Noch bevor ich einen klaren Gedanken fassen konnte, saß ich auf dem Beifahrersitz und wir rasten los, zurück auf die Autobahn.

Nach einer guten halben Stunde stieg langsam ein unbehagliches Gefühl in mir auf. War das etwa eine Entführung? Hatte ich mich mit einem billigen Trick hereinlegen lassen? Niemand hatte in dieser Herrgottsfrühe mitbekommen, dass ich in ein fremdes Auto gestiegen war. Keiner wusste, wo ich war. Doch Alejandro hatte sich den ganzen Abend als so feiner Kerl erwiesen, dass ich diesen Gedanken ganz schnell wieder verdrängte.

Inzwischen waren wir wieder von der Autobahn abgefahren und kamen durch kleinere Orte. In welch einfachen Verhältnissen die Menschen hier lebten. Manche Häuser hatten noch nicht einmal eine Tür, geschweige denn ein ordentliches Dach. Hühner und Hunde sahen völlig verwahrlost aus. Der Müll auf den Straßen stapelte sich meterhoch, viele Häuser wirkten unbewohnbar, doch trotzdem standen Kinderschuhe oder ein rostiges Dreirad vor der

Tür. Und Alejandro, dieser feine, aufgeschlossene, hilfsbereite Kerl, musste in diesem Elend leben? Ich bereute jetzt, dass ich ihm zuvor nicht mehr Trinkgeld gegeben hatte.

Nach etwa fünfzig Minuten hielt er dann endlich vor einem Haus, das eher die Bezeichnung »Bruchbude« verdient gehabt hätte. Alejandros Frau, so um die dreißig, kam am Arm einer anderen Frau, offensichtlich ihrer Schwester, herausgewankt und krümmte sich vor Schmerzen. Blutüberströmt kam sie auf uns zu, als ob sie abgestochen worden wäre. Alejandro und ich sprangen aus dem Auto, er half seiner Frau auf den Beifahrersitz, dann quetschten sich die Schwester und ich auf die Rückbank und schon starteten wir mit durchdrehenden Reifen in Richtung Krankenhaus.

Wie abgefahren das doch alles ist, dachte ich bei mir. Vor einer Stunde war ich noch am Hafen vor meinem Luxusschiff gestanden und hatte meine teuren Zigaretten geraucht. Und jetzt saß ich mit einer blutüberströmten, um ihr noch ungeborenes Kind weinenden Frau in einem Taxi. Zum Glück dauerte es nur Minuten, ehe ich aus meinen Gedanken gerissen wurde. Alejandro hielt neben einem Haus, vor dem eigentlich ein Bauzaun mit dem Schild »Einsturzgefährdet« hätte stehen müssen. Dies war das Krankenhaus.

Die Schwester und Alejandro stürmten aus dem Auto, um einen Arzt zu holen. Die hochschwangere Frau drehte ihren Kopf zu mir um und sah mich mit ihren verweinten Augen an. Sie nahm meine Hand und fragte mich nach meinem Namen.

»Frederic«, antwortete ich. Dann versuchte ich ihr in gebrochenem Spanisch zu sagen, dass alles wieder gut werden würde. Wieder liefen ihr die Tränen über das Gesicht, sie brachte noch heraus, dass sie unendlich froh sei, in diesen Stunden nicht allein zu sein. Im selben Moment kamen die beiden wieder aus dem Krankenhaus herausgerannt. Kein Arzt weit und breit, keine Trage, noch nicht mal ein Rollstuhl. Alejandro half seiner Frau vorn aus dem inzwischen blutverschmierten Wagen, nun gingen wir zu viert ins Krankenhaus hinein. Drin stießen wir auf zwei

Ärzte, jeder mit einer Kaffeetasse in der Hand, die so unbeteiligt wirkten, als handle es sich bei unserem Notfall um eine harmlose Schnittverletzung statt um eine dem Verbluten nahe schwangere Frau, die da vor ihnen stand.

Doch es kam noch besser. Die zwei Ärzte fragten, bevor sie auch nur einen Finger rührten, wie es denn mit der Bezahlung aussehe, wobei nicht nur sie, sondern auch die Kranke, deren Schwester und der Ehemann niemand anderen als mich anstarrten. Das also hatte Alejandro gemeint, als er mich um Hilfe anfleht hatte. Ohne zu zögern zog ich meine Kreditkarte hervor, mit der ich kurz zuvor schon in der Kneipe gezahlt hatte. Doch warum auch immer wurde diese Karte im Krankenhaus nicht akzeptiert. Und bevor die Ärzte kein Bargeld gesehen hatten, war nichts zu machen.

Also kramte ich in der Eile alles Geld aus meinen Taschen zusammen und legte es auf den Tisch – Dollars, Pesos und Euros, alles zusammen im Wert von etwa einhundert Euro. Dann schnappte ich mir einen der Ärzte am Schlafittchen und machte ihm unmissverständlich klar, dass er jetzt endlich seinen Hintern bewegen sollte. Und ganz plötzlich war Hilfe möglich. Sie fuhren die Schwangere in ein Behandlungszimmer, Alejandro und die Schwester schlossen sich ihnen an. Nur ich blieb auf dem Flur zurück und setzte mich auf einen wackligen Stuhl.

Nach etwa dreißig Minuten wurde ich allmählich nervös. Meine Schicht an Bord als Reiseleiter begann um acht, und bis dahin war es noch eine halbe Stunde. Also klopfte ich an die Tür und bat Alejandro auf den Flur hinaus. Ich müsse ganz dringend zurück zum Schiff, da aber mein ganzes Bargeld in der Kasse des Krankenhauses lag, könne ich mir kein Taxi mehr leisten. Er verstand und schon waren wir wieder auf dem Weg zum Hafen. Während der gesamten Rückfahrt hörte ich aus Alejandros Mund nichts anderes mehr als »Gracias, Gracias, Gracias«.

Mit dreißig Minuten Verspätung kam ich an Bord. Da stand ich nun mit getrocknetem Blut an meinen Händen und an meiner

Kleidung in einem der Foyers und blickte mich verwundert um. Angesichts meiner Erfahrungen in den vergangen Stunden kam mir dieses ganze Bling-Bling und Schischi hier völlig absurd vor. Überall Luxus, wohin das Auge reichte. Doch meine Gedanken waren im Krankenhaus und bei der Frau, die um das Leben ihres Kindes kämpfte.

Am nächsten Tag rief ich Alejandro an, der gerade im Krankenhaus am Bett seiner Frau saß. Er erzählte mir, dass alles gerade noch einmal gut gegangen sei, dem Baby gehe es im Bauch der Mami gut. Ich freute mich so sehr über diese Nachricht, als wenn es mein eigenes Kind gewesen wäre, das gerettet worden war. Offenbar saß auch die ganze Verwandtschaft um das Krankenbett herum, und alle, Oma, Opa, Tante, Onkel, Schwester und so weiter, wollten mich sprechen und bedankten sich am Handy mit herzergreifenden Worten. Nie hätten sie gedacht, dass jemand, den sie gar nicht kannten, so großzügig sein könnte. Einhundert Euro als medizinische Hilfe für eine schwangere Frau? Für mich war das nicht großzügig, sondern einfach nur eine zwingende Notwendigkeit.

Zu guter Letzt bekam ich noch Alejandros Frau ans Telefon. Ich hörte, dass sie vor Dankbarkeit weinte, dann sagte sie zu mir: »Wenn das Baby da ist, wird es Frederic heißen. Und wenn es ein Mädchen wird, Frederica.« Eine Gänsehaut kroch mir über den ganzen Leib.

Um einige Erfahrungen reicher verließ ich den Hafen von Buenos Aires. Ich blickte lächelnd zurück auf die Stadt und fasste dabei drei Vorsätze für mein zukünftiges Leben.

Erstens: Ich gebe ab sofort im Ausland deutlich mehr Trinkgeld als bisher.

Zweitens: Ich meckere nie, aber wirklich nie wieder über das deutsche Gesundheitssystem.

Drittens: Braucht jemand Hilfe, helfe ich einfach. Es kann im Extremfall Leben retten.

DIE 9. KREUZFAHRT

Reingestolpert

Cora (22), Auszubildende, Berlin,
über
Tiago (32), Animateur, Kapstadt

CUXHAFEN – ORKNEY-INSELN – REYKJAVIK – NORDKAP – TROMSØ – CUXHAFEN

»Mein Traummann. Er sah perfekt aus mit seinem gelben Polo-Shirt und der Badehose. Unglaublich attraktiv, groß gewachsen und durchtrainiert. Das entwaffnende Lächeln und sein südländisches Aussehen schlugen mich sofort in den Bann.«

Es sollte meine erste Reise ohne meine Eltern sein. Zu meinem 16. Geburtstag hatte mein Opa mir eine 17-tägige Kreuzfahrt zusammen mit ihm von Cuxhaven bis hinauf zum Nordkap nach Norwegen und wieder zurück nach Deutschland geschenkt. In den Sommerferien war das Schiff mit einer vor Freude strahlenden Cora aus dem Hafen ausgelaufen.

Es war erst der zweite Tag und das Schiff hatte sich am Vormittag von den Orkney-Inseln auf den Weg nach Island gemacht. Diesen Tag werde ich mein ganzes Leben lang nicht vergessen. Aber der Reihe nach:

An diesem wunderschönen warmen Sommertag hatte ich mich allein auf Erkundungstour gemacht. Das Schiff war nicht sehr groß und das gefiel mir schon einmal. Nach einigen Runden auf den verschiedenen Decks landete ich ganz oben auf dem Pooldeck. Da war die Hölle los, alle tummelten sich auf den Sonnenliegen und in den Pools oder standen mit Cocktails in der Hand an der Reling. Ich erspähte eine freie Liege direkt am Rand des Pools. Als ich es mir dort bequem gemacht hatte, sah ich, dass gerade Wasserball im Pool gespielt wurde. Und sofort stach ER mir ins Auge, wie er vom Beckenrand aus das Spiel leitete. Mein Traummann. Er sah perfekt aus mit seinem gelben Polo-Shirt und der Badehose. Unglaublich attraktiv, groß gewachsen und durchtrainiert. Das entwaffnende Lächeln und sein südländisches Aussehen schlugen mich sofort in den Bann. Ganz davon zu schweigen, wie er sich bewegte, so weich, harmonisch und alles andere als grobmotorisch, wie ich es von den Jungs aus meiner Schule kannte. Ich wusste sofort, mit diesem Mann muss ich reden.

Doch auch nach langem Grübeln fiel mir nichts taktisch Kluges ein, um seine Aufmerksamkeit zu gewinnen. Also tat ich das Nächstliegende, ich blieb einfach liegen und versuchte dabei so gut auszusehen, wie es ging. Zwischendurch hatte ich mir ein Badetuch besorgt. Ich beobachtete ihn – meine Blicke natürlich durch meine gigantische Sonnenbrille getarnt – und überlegte weiter, wie ich ihn dazu bringen könnte, mich anzuschauen. Etwa zwanzig Minuten später beschloss ich, einfach lässig um den Pool herumzuwandern. Ich nahm all meinen Mut zusammen, schnappte mir mein Badetuch und ging langsam los. Ich versuchte, so lasziv wie möglich an ihm vorbeizuschlendern und nahm mir vor, ihn im entscheidenden Moment, wenn er mich ansah, anzulächeln.

Doch so weit kam ich nicht.

Ich ging an der Längsseite des Pools entlang, hielt meinen Kopf stur geradeaus gerichtet, schielte jedoch in seine Richtung. Nur: Dadurch sah ich den von vorn herannahenden Kellner nicht und stieß mit voller Wucht mit ihm zusammen. Sein volles Tablett flog im hohen Bogen durch die Luft und ich stürzte, alle viere von mir gestreckt, rückwärts in den Pool. Direkt vor seinen Augen. Wie peinlich. Bitte, liebe Erde, tu dich vor mir auf, ich will darin verschwinden, dachte ich mir und wollte nichts als weg. Mir blieb aber nichts anderes übrig, als mit hochrotem Kopf und wie ein begossener Pudel wieder aus dem Wasser herauszuklettern. Alle, wirklich ausnahmslos alle in und um den Pool herum, lachten aus vollem Hals. Inklusive dem sexy Animateur. Warum bin ich blöde

Kuh nicht auf dieser dämlichen Liege geblieben, fragte ich mich den ganzen Weg zur Kabine auf Deck 4 immer und immer wieder. Der Animateur würde sicherlich nach dieser peinlichen Nummer kein Interesse mehr an mir haben.

Am Abend fand das Kapitänsdinner statt. Nachdem ich mich stundenlang in der Nasszelle wieder aufgebrezelt hatte, ging ich zusammen mit Heinz, meinem Opa, zum Essen. Ich hatte mir für den Abend mein neues weinrotes Abendkleid angezogen und fühlte mich wie eine Lady. Mit an unserem Tisch hatten wir vier nette ältere Leute, die Unterhaltung war so lebhaft, dass ich darüber meinen peinlichen Auftritt nachmittags am Pool ganz vergaß.

Um halb neun, pünktlich nach dem Essen, gingen wir alle gemeinsam zur allabendlichen Show. Wir, Heinz, unsere Tischnachbarn und ich, saßen gleich vorn an der Bühne. Und wen erblickte ich als einen der Tänzer? Meinen zukünftigen Ehemann. Er wusste es nur noch nicht. Und ich musste mich nur noch kurz vom Gesichtschirurgen operieren lassen, damit er mich nicht als den sterbenden Pool-Schwan wiedererkannte. So einfach war das.

Ich bewunderte jede seiner Bewegungen und war nach der Show noch faszinierter von ihm, als ich es eh schon war. Selbst ist die Frau, hatte meine Mutter immer zu mir gesagt. Und da ich eine Frau sein wollte, beschloss ich, bei der nächsten Gelegenheit einen neuen Versuch zu starten. Doch vorerst tanzte er auf der Bühne und ich saß im Publikum. Da waren meine Flirtmöglichkeiten eingeschränkt.

Hinterher wartete auf Deck 7 die Disco auf uns Passagiere. Ich bestellte mir einen süßen Wein und war begeistert, als die Musik ganz nach meinem Geschmack war. Und das alles unter freiem Himmel auf einem Traumschiff mitten auf dem Meer. Wahrhaft perfekt.

Und noch perfekter wurde es, als ich IHN und seine Kollegen von der Animation durch die Tür kommen sah. Sie stellten sich an einen Tisch in meiner Nähe. Er hatte mich noch nicht gesehen und damit auch nicht bemerkt, dass ich ihn die ganze Zeit angestarrte. Das war meine Chance, heute Abend wollte ich mit ihm reden. Ich orderte noch einen neuen Wein, denn meinen ersten hatte ich bereits vor Aufregung geleert.

Ich tanzte ausgelassen, lachte viel und riskierte immer öfter einen unmissverständlichen Blick zu ihm. Und er auch zu mir. Jedes Mal, wenn sich unsere Blicke trafen, schwirrten kleine Blitze durch meinen Bauch. Nach einiger Zeit prosteten wir uns schon zu. Alles lief nach Plan. Und mein Weinkonsum half mir, meine Aufregung zu überspielen.

Heinz bemerkte meinen Flirt mit dem Animateur, nahm mich in einer Tanzpause zur Seite und sagte: »Ich freue mich, dass du Spaß hast, Herzchen. Aber nimm dich bitte vor solchen Typen wie diesem da in Acht.«

»O.k. Aber warum?«

»Die meinen es oft nicht ernst mit den Mädchen.«

Das ließ ich einfach mal so im Raum stehen. Oder besser gesagt, unter freiem Sternenhimmel. Erfahrungen muss man selbst sammeln, dachte ich mir. Nur wenig später flirteten wir noch heftiger als zuvor.

Nach einigen Stunden, so gegen zwei oder drei Uhr, wurde die Tanzfläche immer leerer und leerer und ich dafür immer voller und voller. Ich beschloss, von der Tanzfläche wegzugehen und an der Reling etwas zu verschnaufen. Was für ein toller Abend. Und ich bin zum ersten Mal echt angesoffen, ging es mir durch den Kopf. Ich drehte mich grinsend zum Wasser um und blickte auf den Mond, der sich im Meer spiegelte. Ich bemerkte gar nicht, dass sich mir jemand von hinten näherte.

»Bist du nicht das Fräulein, das heute diesen netten Pool-Stunt gemacht hat?«, fragte mich eine unbekannte Stimme.

Als ich mich umdrehte und meinen Traummann vor mir sah, machte ich innerlich einen Luftsprung. Nun war ich an der Reihe, also antwortete ich: »Ich erinnere mich nicht. Du musst mich verwechseln …« Dabei grinste ich ihn frech an. Er war aus nächster Nähe noch schöner als vorher. Sein weißes Polo-Shirt passte perfekt zu seiner braun gebrannten Haut und er hatte die schönsten Zähne, die ich je gesehen hatte.

»Wie ist das eigentlich passiert?«, fragte er.

Ich konnte ja wohl kaum sagen, dass ich ihn angestarrt und deshalb den Kellner nicht gesehen hatte. »Ja, gute Frage«, antwortete ich schnell und fragte gleich hinterher, um abzulenken, wie er hieß.

Tiago sprach zum Glück einwandfreies Deutsch, denn mein Englisch war in nüchternem Zustand eindeutig besser als jetzt mit ein paar Gläsern Wein im Leib. Und so fanden wir rasch in ein lockeres Gespräch. Er wirkte aus der Nähe selbstbewusst und offen, machte jedoch keineswegs den Eindruck eines Machos auf mich. Wenn die Funken, die zwischen uns flogen, geleuchtet hätten, hätten wir im taghellen Licht gestanden. Aber er hielt trotzdem vornehm Distanz und ging zwischendurch sogar neue Getränke holen. Allerdings nicht, ohne mich vorher noch zu fragen: »Wie alt bist du eigentlich?«

»Ähm, gerade 18 geworden«, erwiderte ich.

Mist, da steht die erste Lüge zwischen uns. Was, wenn er mir bald einen Heiratsantrag macht und dann erfährt, dass ich noch gar nicht 18 bin?

Heinz beobachtete die Situation von Weitem und schien nicht beunruhigt zu sein, weil wir nichts anderes taten, als an der Reling zu lehnen und in die Nacht hinein zu schauen, während unsere Arme sich berührten. Erst als sich am Horizont die Morgendämmerung abzuzeichnen begann, erkannte ich, dass wir beide schon bald drei Stunden hier standen. Seine Freunde waren längst verschwunden, nur wenige Schnapsleichen torkelten über die Tanzfläche, während Heinz und unsere Tischnachbarn immer noch in ihr Gespräch versunken waren.

Zwischen Tiago und mir herrschte schon mindestens eine Minute lang ein angenehmes Schweigen, die Drinks hatten endgültig die schüchterne Cora in mir überwunden. Also nahm ich all meinen Mut zusammen und küsste ihn auf den Mund.

Cora, was machst du da?, fragte ich selbst in mich hinein. Aber es fühlte sich super an – bis ich in seine geschockten Augen sah, und ich tief drin in mir etwas spürte. Nein, es waren keine Schmetterlinge. Es war mein Abendessen samt Alkohol. Ich löste meine Lippen von seinen und kotzte im nächsten Moment in hohem Bogen über die Reling. Und der schönste Mann der Welt muss mir bei so etwas zusehen, schoss es mir durch den Kopf. Er tätschelte mir den Rücken und machte keine Anstalten wegzusehen. Na toll.

»War der Kuss so schlecht?«, fragte er, als ich fertig war, und grinste mich dabei an.

Immerhin hatte ich die Kraft zu lachen: »Alles andere als das. Ich habe leider nur zu viel getrunken.«

Er ging kurz in die Disco und kam wenig später mit einem Glas Wasser und einem Stück Brot zurück. »Das braucht dir nicht peinlich zu sein, ich habe auch viel getrunken und das ist jedem schon mal passiert.«

»Direkt nach einem Kuss?«, fragte ich peinlich berührt und er lachte wieder.

Er schien den Vorfall ganz locker zu nehmen und das beeindruckte mich schon wieder. Dann hörten wir, wie in der Disco die Musik verstummte. Heinz deutete mir von Weitem an, dass er und unsere Tischnachbarn schlafen gingen. Ich signalisierte ihm zurück, dass ich gleich nachkommen würde, hoffte jedoch, dass Tiago noch etwas an meiner Seite bleiben würde.

Wir plauderten noch einige Minuten, dann sagte er zu mir: »Es ist wirklich schon spät. Oder früh, wie man's nimmt. Ich werde auch langsam in die Kabine gehen.« Im Weggehen sagte er: »Wollen wir noch einen Absacker trinken?« Dann, ohne sich umzudrehen: »In zehn Minuten in Kabine A87.« Und weg war er.

Das Herz hüpfte mir in der Brust. Sollte ich das wirklich wagen? Sollte ich mich in die Höhle des Löwen begeben? Ach, heute war eh schon der Tag der Peinlichkeiten, da kann doch nichts mehr passieren, dachte ich mir und machte mich kurz nach ihm auf den Weg. Doch für das kurze Stück bis zur Kabine A87 brauchte ich in meiner Orientierungslosigkeit mindestens zehn Minuten, dann war ich am Ziel.

A87. Ich hielt kurz inne, starrte auf meine zitternden Hände – ob vom Alkohol oder der Aufregung, wusste ich nicht – und dachte mir, dass es jetzt eh zu spät fürs Grübeln sei. Die Türen konnte man auf diesem Schiff von außen öffnen, also nahm ich all meinen Mut zusammen, riss mit der rechten Hand die Kabinentür auf, machte gleichzeitig mit der linken das Licht an und erlitt fast einen Herzstillstand!

Da lagen unsere Tischnachbarn nackt in der Missionarsstellung aufeinander und waren mitten beim Vögeln. Ich sah auf einen faltigen Hintern mit viel zu vielen Haaren darauf und einen blassen Klops mit blonder Dauerwelle darunter. Ich erstarrte zur Salzsäule, klammerte mich an die Türklinke und konnte mich nicht von der Stelle bewegen, geschweige denn etwas sagen. Dann rutschte er von ihr herunter. Dabei sah ich etwas zu viel von seiner Männlichkeit. Mir bleibt aber heute auch nichts erspart, dachte ich mir, während sie sich die Decke über den Körper zog. Das wäre jetzt nun auch nicht mehr nötig gewesen.

»Was zum Teufel machst du hier?«, sagte sie und betonte das Wort »Teufel« besonders stark.

Ich konnte ihnen ja kaum den wahren Grund nennen, also stammelte ich nur die Worte »Tür geirrt« und knallte diese wieder zu. Da stand ich auf dem Flur, musste mich kurz sammeln und schlug die Hände über dem Kopf zusammen.

»Männer sind eben doch Arschlöcher«, sagte ich leise zu mir und ging ins Bett. In mein eigenes Bett. Ganz allein.

DIE 10. KREUZFAHRT

Wer anderen eine Grube gräbt …

Gerald (72), Rentner, Darmstadt,
über
Wolfgang (84), Rentner, Bergen

WARNEMÜNDE – KOPENHAGEN – GEIRANGER – HELLESYLT – OSLO - WARNEMÜNDE

»Wie leichtsinnig es sein könnte, wenn wir mit unseren von der Last der Jahre geschundenen Rücken einen Riesenfisch an der Angel hätten, warnten uns die Frauen. Doch wir waren uns sicher: Wir würden als Angelgötter mit dem Fang unseres Lebens wieder von Bord des Fischerbootes kommen.«

WOLLE IST MEIN BESTER FREUND. Kein »bester Freund« von der Sorte, wie man sie in der Schulzeit zu Dutzenden hat, jede Woche einen anderen. Sondern einer von der soldiden alten Art nach dem Motto: einmal Freund, immer Freund. Eine solche Freundschaft hält über Jahrzehnte, auch wenn man manchmal etwas schlucken muss, dass es einen in der Kehle würgt – oder man hinterher kräftig die Zähne zusammenbeißen muss, was mir in meinem Alter von inzwischen über siebzig nicht immer leichtfällt.

Wolle kenne ich schon seit 65 Jahren. Ich würde ihm mein Leben anvertrauen, wenn ich es müsste. Und ich bin mir sicher, er würde es genauso tun.

Leider wohnen wir Hunderte von Kilometern voneinander entfernt und daher sehen Wolle und ich uns meist nur zwei Mal im Jahr. Einmal zum Bechern an unserem Geburtstag, der, wie das Schicksal es so wollte, auf denselben Tag fällt, und dann noch zum alljährlichen Urlaub, den wir immer zusammen mit unseren Frauen verbringen.

Die Kinder sind schon lange nicht mehr dabei und Reiseziele wie Bulgarien sind mittlerweile der Ostsee gewichen. Im Jahr

2010 fuhren wir zum fünfzigsten Mal zusammen in den Urlaub und dafür hatten wir vier uns etwas ganz Besonderes überlegt. Da wir nicht vorhatten, ausgerechnet zu unserem Jubiläum mit unseren Krückstöcken den Ballermann zu erkunden, entschieden wir uns für eine elftägige Kreuzfahrt auf Nord- und Ostsee.

Beim Wiedersehen in Warnemünde ging es uns wie immer: Die Jahre fielen wie durch Zauberei von uns ab. Wie ungestüme Jungs rannten wir auch diesmal aufeinander zu, nahmen uns in die Arme und klopften uns gegenseitig voller Bewunderung auf den Rücken, dass der andere noch immer ohne Quasimodo-Buckel oder Rollstuhl daherkommt. Denn dem war leider nicht immer so gewesen.

Ich hatte drei Jahre zuvor einen Herzinfarkt erlitten und war mit Blaulicht ins Krankenhaus eingeliefert worden. Noch am selben Tag hatten mir die Ärzte drei Bypässe gelegt. Mein Fischbrötchen, das ich kurz vor dem Infarkt gegessen hatte, war noch nicht verdaut, da lag ich schon unter Narkose im OP. Meine arme Frau Anni muss fürchterliche Ängste gelitten haben, sie hatte alles tatenlos mit ansehen müssen.

Als ich nach mehreren Stunden Operation auf der Intensivstation erwachte, blickte ich in Wolles feuchte Augen. Er stand an meinem Bett, hielt meiner weinenden Anni die Hand und war einfach nur da. Dieses Gefühl werde ich nie vergessen. Egal wie groß die Entfernung ist – kein Weg wäre ihm zu weit gewesen, um bei mir zu sein. Dies war das einzige Mal in unserer langen Freundschaft, dass ich ihn habe weinen sehen. Und seit diesem Tag vor drei Jahren weiß ich, was Liebe und Treue bedeuten. Auch und vor allem unter Freunden. Wunderbar. Doch zurück zu unserer Kreuzfahrt.

Nachdem wir vier uns am Warnemünder Hafen ausgiebig umarmt, gedrückt und geherzt hatten, gingen wir an Bord unseres eindrucksvollen Schiffes. Wunderschöne Kabinen hatten wir, natürlich direkt nebeneinander, und während das Schiff ablegte, saßen wir im herrlichsten Sonnenschein auf dem Oberdeck und tranken das erste gemeinsame Bier unseres Urlaubs. Leinen los zu einer wunderschönen Kreuzfahrt.

Wie viel Zeit man doch zum Reden über alte Zeiten hat, wenn man auf hoher See ist. Und so ergab es sich, dass Wolles Frau Marie am Nachmittag des zweiten Tages bei Kaffee und Kuchen fragte: »Sagt mal, ihr zwei, rückt ihr jetzt endlich mit der Sprache raus, weshalb ihr damals euren Krach hattet?«

Es lag zwar schon einige Jahrzehnte zurück, dennoch hatten wir bisher eisern geschwiegen über den einzigen Streit unserer langjährigen Freundschaft. Vielleicht war es endlich an der Zeit, dieses Schweigen zu brechen und es unseren Frauen zu erzählen. Und wahrscheinlich wäre es fair, Wolle nach all den Jahren endlich die ganze Wahrheit zu erzählen. Obwohl der anfangs noch zögerte.

Wolle: »Ach, das sind olle Kamellen, das ist doch unwichtig.«

Ich: »Wobei uns wahrscheinlich nicht mehr viele Möglichkeiten bleiben, es unseren Frauen zu erzählen.«

Wolle: »Wir wollten eigentlich nicht darüber reden. Ich bin froh, dass ich nicht lebenslänglich im Gefängnis sitze, weil ich dich damals fast umgebracht hätte dafür.«

Ich: »Soll ich es einfach erzählen? Heute können wir doch herzlich darüber lachen, meinst du nicht, Wolle?«

Wolle stöhnte nur kurz, lehnte sich zurück und nahm einen kräftigen Schluck von seinem Kaffee. Ich fuhr fort: »... wie ihr wisst, hatten wir damals zusammen in der Fabrik gearbeitet. Und Wolle hatte jeden Winter diese blöde Angewohnheit. Er stahl sich den heißen Tee aus den Thermoskannen der anderen zusammen. Und da meine Anni mir immer den leckersten Tee für die Pause gemacht hatte, fehlte aus meiner Kanne immer mindestens eine Tasse.«

Wolle: »Deine Kanne war riesig. Und meine Frau war immer auf Schicht, wenn ich zur Arbeit gefahren bin. Sie konnte mir keinen Tee kochen und ich war zu faul.«

Ich: »Du hättest ja nur zu fragen brauchen.« Wolle brummte nur und ich konnte ein leichtes Lächeln auf seinen Lippen erkennen.

Anni: »Aber Tee ist doch kein Grund zum Streiten!«

Wolle: »Stimmt. Aber was er mir dann angetan hat … Vor der gesamten Mannschaft.«

Ich: »Ich war mir ja auch nicht sicher, ob du wirklich derjenige bist, der sich einfach den Tee klaut.«

Marie: »Ich wusste gar nicht, dass du Tee für die Pause haben wolltest.«

Wolle: »Ja, Schatz, ich hatte ja auch immer welchen.« Jetzt lachte er endlich richtig.

Ich: »Das wusste ich spätestens nach meinem Test auch.«

Anni: »Was denn für ein Test?«

Ich konnte mir schon beim Drandenken kaum das Lachen verkneifen und erzählte: »Na ja, ich kam eines Tages als Letzter in den Pausenraum und fast alle fünfzig Kollegen waren da. Auch Wolle saß mit seiner Tasse am Tisch und grinste mich an.«

Wolle brummte: »Ich grinste dich an? Ist mir neu …«

Ich: »Na ja, ich ging jedenfalls zu meiner Kanne, nahm sie in die Hand und sagte: ›So Leute, ich mach dann mal Schluss für heute. Ich bringe erst mal meine Urinprobe zu Dr. Schwan. Sie soll noch frisch und warm sein für die Tests, hat er ausdrücklich gesagt.‹ Und der Einzige, der aufsprang und würgte, war Wolfgang.«

Anni und Marie prusteten erst in sich hinein, dann konnten sie sich nicht mehr halten und lachten laut auf. Und, zu meinem Erstaunen, Wolle auch.

Wolle: »Und ich hatte mich an diesem Tag gefragt, was für einen schrecklichen Tee Anni dir da gemacht hatte.«

Ich: »Bis du dich übergeben musstest, hast du es ja wenigstens fast bis zur Toilette geschafft.«

Wolle: »Ich war von dem Tag an das Gespött der Belegschaft.«

Ich: »Und du hast wirklich ein halbes Jahr lang kein einziges Wort mehr mit mir geredet.«

Marie: »Nachtragend ist er schon immer gewesen.«

Ich: »Als er dann endlich wieder mit mir sprach, musste ich ihm versprechen, nie darüber auch nur ein Sterbenswörtchen zu verlieren.«

Wolle: »Sieht man ja, wie das geklappt hat.«

Anni musste immer wieder loslachen und wischte sich die Tränen aus den Augen.

Ich: »Aber ein Gutes hat es heute. Ich kann dir endlich mal sagen, dass du damals gar nicht meinen Urin getrunken hast.«

Wolle setzte sich nun aufrecht hin und sagte: »Was war das dann für ein schreckliches Zeug?«

Ich: »Ich hatte nur grünen Tee überdosiert und ihn gaaaaanz lange ziehen lassen.«

Spätestens jetzt war es um Wolle geschehen, immer wieder wurde er von Lachanfällen unterbrochen: »Jetzt habe ich mein halbes Leben ... ach was, mehr als das ... geglaubt, ich habe eine halbe Tasse von deinem Urin getrunken? ... Dabei war es nur ... Tee?«

Ich stand auf, ging um den kleinen Tisch herum und nahm ihn in den Arm. Danach setzten wir uns alle auf dem Oberdeck an die Reling, redeten über alte Zeiten und lachten bis in den Abend hinein. Gemeinsame Erinnerungen sind einfach unbezahlbar.

Während der nächsten Tage hatten wir wie immer viel Spaß zusammen, zwei Vollrauschabende und sogar einen Tag mit mörderischem Seegang überlebt. Mein Magen ist zum Glück sehr robust, nur der von Wolle leider nicht. Wir waren etwa eintausend Passagiere an Bord und hatten in 24 Stunden weit über zweitausend Brechtüten verbraucht. Wolle hatte davon gefühlte hundertfünfzig Stück gefüllt. Doch trotz allem war auch in diesem Urlaub nichts zu spüren von den klapprigen alten Opas, die wir inzwischen hätten sein können.

Mittlerweile hatte die See sich wieder beruhigt, wir waren in den Geirangerfjord eingelaufen. Bizarre Felsformationen, malerische Wasserfälle und atemberaubende Berghänge, wohin das Auge schaute. In dem idyllischen Hafenstädtchen Geiranger würden wir für eine Nacht bleiben und erst am Abend des kommenden Tages nach Oslo auslaufen.

Die Mädels waren gerade zum Nordic Walking an Land gegangen. Wolle und ich bummelten durch den kleinen Ort und kamen vor einem Plakat auf die glorreiche Idee, am nächsten Tag in der Frühe zum Hochseeangeln zu gehen. Wie leichtsinnig es sein könnte, wenn wir mit unseren von der Last der Jahre geschundenen Rücken einen Riesenfisch an der Angel hätten, warnten uns die Frauen. Doch wir waren uns sicher: Wir würden als Angelgötter mit dem Fang unseres Lebens wieder von Bord des Fischerbootes kommen.

Wir hatten mit allem gerechnet, nur nicht mit einem Wetterumschwung. Der Fjord wurde anscheinend von jenem Sturmtief heimgesucht, dem wir einige Tage zuvor auf der See ausgesetzt waren. Der Fischkutter tanzte auf den Wogen, wir klammerten uns mit beiden Händen an die Reling, um nicht umgeworfen zu werden. Zwanzig Minuten lang ging das einigermaßen gut, dann ging es Wolle wie einer Katze, die büschelweise Gras gefressen hatte. Er hing würgend über der Reling und spuckte sich die Seele aus dem Leib. Dessen ungeachtet kamen wir schließlich zu einem geeigneten Angelgrund, und der Kapitän des Kutters zeigte uns, wie man hier mit der Angel umgeht. So einfach, wie es aussah, war es gar nicht. Man lernt halt auch mit über siebzig Jahren nicht aus. Das Schiff schaukelte noch immer stark und als Wolle die Angel das erste Mal wieder eingeholt hatte, drückte er sie mir in die Hand, krümmte sich wieder über die Reling und schon hörte ich: »Mist, verdammter. Ich habe meine Prothese verloren.«

Hatte ich richtig gehört? Ich fragte sicherheitshalber noch mal nach: »Du hast deine Dritten verloren?« Und bei der Frage musste ich schon anfangen zu lachen. Schadenfreude ist nicht gerade eine meiner liebenswertesten Eigenschaften.

»Sie sind mir beim Kotzen irgendwie mit rausgerutscht«, sagte er in einer kleinen Atempause.

Nie würde er sein Gebiss wiedersehen, schließlich war der Fjord hier mehr als dreihundert Meter tief. Er tat mir zwar leid, aber ein leises Kichern konnte ich mir trotzdem nicht verkneifen.

Und hinterhältig, wie ich bin, fiel mir gleich noch eine kleine Gemeinheit dazu ein. Ohne dass Wolle es sehen konnte, zog ich meine eigenen Dritten aus dem Mund und band sie vorn an meiner Angel fest. Dann klopfte ich Wolle, um ihn abzulenken, mitfühlend auf die Schulter und schon schwamm die Angel mit Gebiss daran im Fjord. Nach einer Minute schrie ich auf: »Ich glaube, ich habe was dran« und holte langsam die Beute ein. Wolles Magen gönnte ihm eine kurze Verschnaufpause und er starrte auf die Rute, was ich da wohl Schönes aus dem Wasser ziehen würde. Als ich das Gebiss, mein Gebiss, im Wasser schimmern sehen konnte, rief ich Wolle zu: »Du, ich glaube, ich spinne. Ich habe deine Zähne geangelt« und holte meinen »Fang« an Bord.

»Ist ja unglaublich«, sagte Wolle und freute sich schon, den restlichen Urlaub nicht zahnlos herumlaufen zu müssen. Manchmal kann ich wirklich fies sein, ich weiß.

Ich löste mein Gebiss behutsam von der Sehne ab und musste dabei meine Lippen zusammenpressen, um nicht laut loszulachen, als er die Zähne freudestrahlend in die Hand nahm. Und dann passierte es!

Er setzte sich meine Zähne ein, sagte nach einigem Hin-und-her-Probieren: »Sind nicht meine, die passen nicht« und schleuderte sie im hohen Bogen über Bord – dreihundert Meter tief hinab. Es ist nicht leicht, bei so einem Anblick die Zähne zusammenzubeißen, wenn das eigene Gebiss auf dem Grunde des Meeres liegt.

DIE 11. KREUZFAHRT

»*Was ist bloß mit den Männern los?*«

Maya (30), Automobilverkäuferin, Burg,
über
Marc (32), Koch, Aalen

ANTALYA – ISTANBUL – IZMIR –
ATHEN – RHODOS

»Meiner Libido dagegen taten die Drinks keinen Abbruch. Und seine prächtige Männlichkeit war auch durch die Hose nicht zu übersehen, als ich ihm die Dinge, die ich gleich mit ihm machen wollte, unterwegs ins Ohr flüsterte.«

ICH SAG'S GERADEHERAUS: ICH GEHE FREMD. Mein Freund und ich sind schon seit einer halben Ewigkeit zusammen und ich bin auch sehr glücklich mit ihm. Aber (das ist einer dieser typischen Aber-Sätze) sexuell brauche ich hin und wieder etwas Abwechslung. Diese Abwechslung suche ich mir am liebsten im Urlaub. Und wie so oft war ich mit meiner Mutter auf Reisen, diesmal auf einer Kreuzfahrt durchs westliche Mittelmeer. Mama ist seit der Trennung von meinem Vater Single und genießt diese Zeit in vollen Zügen. Das Jagdrevier an Tag drei unserer Reise war die Poolparty an Deck 10. Es war eine dieser wunderschönen lauen Sommernächte, von denen jeder träumt. Kurz zuvor waren wir aus Istanbul ausgelaufen und der leichte Sonnenbrand auf meinen Schultern spannte etwas.

»Heute Tequila, Mäuschen, oder bleiben wir beim Wein?«, fragte mich meine Mutter und wedelte mit ihrer Karte. Verhängnisvoll sind diese Zimmerkarten, die auch als Zahlungsmittel an Bord dienen. Man braucht sie bloß kurz über den Tresen zu reichen und schon wird der Betrag auf dem persönlichen Bordkonto immer fetter und fetter, ohne dass man es merkt. Clever gewählt, diese Strategie. Meine Leber braucht nach dieser Reise eine Diät, so fett, wie sie gerade wird. Zu Hause nehme ich sonst in einen Club nur abgezähltes Geld mit, und wenn ich das versoffen habe, dann ist eben Schluss. Wobei »die Männer heute noch genauso spendabel sind wie früher. Sie denken noch immer, dass sie mit Getränken eine Frau leichter ins Bett kriegen«, sagt meine Mama immer.

Wir beschlossen, vorerst bei Wein zu bleiben. Wir tanzten, lachten und flirteten, was das Zeug hielt. Doch bisher war noch kein Mann in Sicht, der meine Aufmerksamkeit geweckt hätte. Das war bei meiner Mutter schon so früh am Abend ganz anders. Dabei hatte ich schon befürchtet, dass sie auf dieser Kreuzfahrt nicht auf ihre Kosten kommen würde, weil fast nur Paare oder ganze Gruppen an Bord waren. Aber der eine oder andere Singlemann war zum Glück doch im Revier. Und der DJ und der Kellner standen auch noch auf ihrer Liste.

Ich ging allein zur Bar und holte mir einen Drink, als ich auf dem Rückweg einen sexy Mann entdeckte, der lachend und ausgelassen in der Nähe des Pools tanzte. Unsere Blicke trafen sich, es schien zeitgleich bei uns beiden eingeschlagen zu haben. Augenblicklich hörte ich meinen Intimbereich rufen: »Maya, bei dem Typen hier brechen bei mir gleich die Dämme …« Die Jagd war eröffnet.

Eine Stunde später traf ich meine Mutter auf dem Klo. Sie sagte: »Du strahlst ja richtig.«

»Das ist mein Vorfreudelächeln. Wie läuft es bei dir?«

»Ganz gut eigentlich. Außer, dass der Typ mir seine ganze Lebensgeschichte erzählen will. Jetzt sind wir schon bei seiner Einschulung angekommen.«

»Auweia. Klingt nach einem, der sich selbst gern reden hört.«

»Stimmt. Aber es ist erträglich. Und du? Gehst du mit zu ihm?«

»Na, ich hoffe doch. Mein letzter leidenschaftlicher Sex liegt so lange zurück, dass ich dafür schon mein Langzeitgedächtnis einschalten muss.«

»Dann wird es ja höchste Zeit. Bis nachher oder spätestens morgen früh in unserer Kabine?«

Marc und ich einigten uns, zu ihm zu gehen. Als sich die Fahrstuhltüren hinter uns schlossen, küsste er mich. Meiner Muschi entwichen Freudentränen dabei.

Marc wäre unter normalen Umständen gar nicht mein Typ Mann gewesen. Er war ziemlich dünn, fast schon drahtig, aber genauso groß wie ich. Und ich habe doch schon vom Herrn nur 165 Zentimeter geschenkt bekommen. Sonst stehe ich auf Männer, die groß und kräftig sind, und sichtbare Muskeln sind auch nicht schlecht. Marc hatte nichts von alledem. Es war etwas anderes, was mich vom ersten Moment an ihm reizte: Humor und Ausstrahlung.

Kaum in der Kabine angekommen, fielen wir schon übereinander her. Als wir beide nur noch unsere Slips anhatten, war bei mir schon die Flut losgebrochen. Ihn schien es ziemlich anzumachen, als er das Geschehen in meinem Slip ertastete. Wenige Sekunden später lagen wir nackt aufeinander und endlich war der spannendste Moment da. Darauf hatte ich schon seit Wochen, wenn nicht gar Monaten, gewartet: aufregenden Sex mit einem Mann, den ich nicht kenne. Das verleiht mir den ganz besonderen Kick.

Jetzt bloß noch schnell das Kondom drüber und los geht's. Apropos Kondom, ich hatte keines dabei. Das letzte hatte ich am Tag zuvor meiner Mutter gegeben. Also flüsterte ich Marc ins Ohr: »Hol bitte schnell ein Kondom, ich kann es kaum noch erwarten.« Er hielt kurz inne und antwortete: »Ähm, ich hab grad keins griffbereit.«

»Wie jetzt?«

»Na, ich dachte, du hast welche dabei.«

»Hallo? Warum denn immer die Frauen?«, sagte ich und richtete mich auf.

»Na ja, ich hatte ja auch nicht vor, heute Nacht eine Frau in meinem Bett zu haben.«

Die Stimmung war dahin. Ich zog mich an, ließ aber keinen Zweifel daran, dass ich das Versäumte gern nachholen würde. Er sah ziemlich geknickt aus. Entweder weil er gedacht hatte, auch ohne Kondom abtauchen zu können, oder weil wir eigentlich auch ohne Vögeln viel Spaß hätten haben können. Doch für diesen Abend war der Drops gelutscht, wie meine beste Freundin gesagt hätte.

Kaum zurück in unserer Kabine, kam meine Mutter auch schon herein. Ich lachte und sagte: »Na? Wie war's?«

»Ach, er war einer von den Frühzündern. Er sackte danach augenblicklich zusammen und meinte, dass er zu müde sei, um weiterzumachen. Und warum bist du schon da?«

»Bei mir war alles o.k., bis wir zur Kondomfrage kamen. Und da wir beide keine dabeihatten, war die Stimmung schnell im Keller. Ich kaufe morgen in Izmir neue, dann folgt der zweite Versuch.«

Nur: Wie erklärt man in Izmir einer errötenden türkischen Apothekerin ohne Englischkenntnisse, dass man gern die größte Kondompackung hätte, die in ihrem Laden zu bekommen ist? Doch ich bestand auch dieses Abenteuer und verließ die Apotheke mit einer Fünfzigerpackung in der Tasche. Und auch der Rest von Izmir war absolut sehenswert, ich liebe die Türkei.

Am Abend saß Marc beim Essen einige Tische weiter, wir prosteten uns mit Wein zu, selbst über die Distanz verstanden wir uns. Später in der Disco kam er mit einem Long-Island zu mir, wir unterhielten uns ein wenig, tanzten und lachten viel. Er stellte mich seinen Freunden vor und erzählte mir, dass er bis vor einigen Wochen auf diesem Schiff als Koch gearbeitet hatte. Und nun waren alle, die sich während der Arbeit an Bord angefreundet hatten, gemeinsam als Passagiere auf Kreuzfahrt gegangen. Ich hatte mich schon gewundert, warum er sich mit dem Barkeeper so gut verstand und die Drinks, die er mir holte, eindeutig straffer schmeckten als die, die man mir gewöhnlich gab.

Meine Mutter war mit dem Frühschießer auf eines Neues aufgebrochen und ich amüsierte mich prächtig mit den Jungs. Das Flirten mit Marc brachte meine Muschi langsam, aber spürbar auf Betriebstemperatur. Meine High Heels zog ich nach einigen Stunden Tanzen aus und warf sie in meinem angetrunkenen Zustand mit den Worten »Die Männer wollen auch ohne die Dinger Sex mit mir haben« über Bord. 120 Euro im Mittelmeer versenkt. Mist.

Irgendwann gegen fünf Uhr morgens spielte der DJ die Rausschmeißernummer *My Heart Will Go On*, endlich machte ich mich mit Marc und zwei Gläsern Long-Island auf den Weg zu seiner Kabine. Diesmal hatte ich mindestens zehn Kondome dabei, daran sollte es in dieser Nacht bestimmt nicht scheitern. Doch wenn ich unseren schaukelnden Gang so betrachtete, schwante mir Unheil. Meiner Libido dagegen taten die Drinks keinen Abbruch. Und seine prächtige Männlichkeit war auch durch die Hose nicht zu übersehen, als ich ihm die Dinge, die ich gleich mit ihm machen wollte, unterwegs ins Ohr flüsterte. Die Kabinentür war kaum ins Schloss gefallen, da fingen wir schon stürmisch an, alles in die Tat umzusetzen.

»Und, Maya? Du siehst ganz schön fertig aus. Wie war die Nacht?«, fragte meine Mutter, als sie mit zerwühlten Haaren kurz nach mir in unsere gemeinsame Kabine kam. Es war morgens um sieben.

»Mama, frag lieber nicht.«

»Nichts da, ich will alles wissen!«, stocherte sie nach. Ich nahm mir ein Wasser aus der Minibar, setzte mich auf den Liegestuhl und erzählte ihr, was in den letzten Stunden passiert war: »Wir haben noch eine ganze Weile in der Disco getanzt und gequatscht, ich hatte wirklich einen tollen Abend. Irgendwann gingen wir dann zu ihm in die Kabine, ich freute mich schon auf ausführlichen, heißen Sex. Den ganzen Abend hatte ich mir ausgemalt, wie es werden würde, alles war perfekt, bis …« Ich holte tief Luft und machte eine Pause.

Meine Mutter konnte es kaum erwarten: »… bis? Nun los, sag schon.«

»… bis er auf mir lag, gerade zur Sache kommen wollte und sagte: ›Schätzchen, du bist echt heiß und ich bin total scharf auf dich! Doch jetzt muss ich erst mal kotzen.‹«

Ich holte tief Luft und fragte meine Mutter: »Was ist bloß mit den Männern los?«

DIE 12. KREUZFAHRT

Kleine Welt

Carina (52), Bankangestellte, Aschersleben,
über
Maria (52), Restaurantfachfrau, Aschersleben

TENERIFFA – GRAN CANARIA – FUERTEVENTURA – LANZAROTE – MADEIRA

»Sie ging an mir vorbei, doch dann hörte ich von hinten ein schüchternes ›Carina?‹. Die Stimme klang vertraut, doch konnte ich sie dem Gesicht nicht zuordnen. ›Carina, bist du es wirklich?‹, sagte sie und lächelte. Erst an diesem Lächeln erkannte ich sie wieder.«

DIE FLOSKEL »WIE KLEIN IST DIE WELT« ist wohl schon jedem von uns über die Lippen gekommen. Doch wie klein sie wirklich sein kann, erlebte ich im Sommer 2009. Mein Mann hatte mir zu meinem fünfzigsten Geburtstag die große weite Welt zeigen wollen und mir eine Kreuzfahrt rund um die Kanaren geschenkt. Doch stattdessen führte mich diese Traumreise zurück in die kleine Welt meiner Schulzeit, die ich in einer deutschen Kleinstadt verbracht hatte und in der ich heute noch lebe.

Kennen Sie jene Frauen, die sich mit fünfzig noch sexy fühlen? Die in den Spiegel schauen und die Anzahl der Falten an zwei Händen abzählen können? Deren Po noch genau da sitzt, wo er mit dreißig war? Ja? Kennen Sie die? Ich bin genau das Gegenteil! Meine Falten erinnern an einen Shar-Pei, mein Po sucht die Nähe zu meinen Kniekehlen und sexy finde ich maximal meine Nasenflügel. Die sehen sonnengebräunt noch straff und jugendlich aus. Vielleicht sogar sexy.

Wo wir gerade bei der Jugend sind. Was würde ich darum geben, noch mal achtzehn zu sein. Das ganze Leben noch vor mir zu haben. Und dann vieles anders zu machen. Folgendes zum Beispiel:

Meine Jugend habe ich kaum genossen, ich war ein Mauerblümchen und jeden Abend pünktlich um sechs zu Hause. Freiwillig. Ich besuchte nur einmal pro Jahr unsere Dorfdiskothek und das auch nur, weil ich sonst gehänselt worden wäre. Meine Freundinnen hatten von ihrem ersten Kuss erzählt, ich von meiner ersten Katze. Sie schauten zum ersten Mal auf einen steifen Penis, ich in den Kochtopf meiner Mutter. Sie probierten Selbstbefriedigung, ich fasste mich maximal zum Waschen »da« an. Und so ging es bis zu meinem achtzehnten Geburtstag.

Den wollte ich mit meiner besten Freundin Ria zusammen feiern, weil wir am selben Tag geboren waren. Ich hatte mich zum ersten Mal in meinem Leben hübsch gemacht, mich geschminkt und mein Kleid ausnahmsweise keine zwei Nummern zu groß gewählt. Sogar einen kleinen Ausschnitt hatte ich riskiert. Der Grund für diesen ganzen Aufwand? Ria hatte auch Heinz, wie sie mir ganz beiläufig erzählte, zu unserer Geburtstagsparty eingeladen. Und Heinz war schärfer als rote Chilis. Diese Empfindungen waren damals noch so neu für mich gewesen, dass ich nicht einmal Ria von meiner Schwärmerei für Heinz erzählte.

Dann stand er am Eingang der Disco vor mir, mit Blumen in der rechten und einer kleinen Dose in der linken Hand, das Herz schlug mir bis zum Hals. Er gab mir einen Kuss auf die Wange und überreichte mir die Blumen. Doch als ich gerade die andere Hand hinhalten wollte, hatte er Ria umarmt und ihr – nicht etwa mir – das Döschen mit einer Kette darin geschenkt. In Sekundenschnelle schlug meine Freundschaft zu Ria in schlimmste Feindschaft um, ohne dass die Ärmste begriff, was mit mir los war. Ich würdigte sie keines Blickes mehr – bis heute.

»Dieser Urlaub wird der schönste, den wir je gemacht haben«, sagte ich zu meinem Mann, als wir unsere geräumige Balkonkabine betraten. »Und der teuerste«, antwortete er. Typisch mein Mann. Aber ich kannte ihn ja nun schon fast dreißig Jahre und wusste, wie er es meinte.

Meinen fünfzigsten Geburtstag zu Hause in Aschersleben mit all den Schwachköpfen zu feiern, die ich hätte einladen müssen, war für mich nicht infrage gekommen. Eine Kreuzfahrt um die Kanaren schien die bessere Alternative zu sein. Ich hatte mir sogar vorgenommen, auf dem Schiff zu einem Fitnesskurs zu gehen. Wenigstens wollte ich so tun, als würde ich neue Vorsätze für das nächste halbe Jahrhundert fassen. Und somit stand ich nach Jahren ohne Sport in meiner viel zu engen Jogginghose vor einer grünen Matte in einem Yogakurs.

»Und jetzt gehen wir in die Kriegerstellung«, flötete die »Vorturnerin« mit der Figur eines Models. Sie trug Hotpants, ihre Beine sahen wie gebügelt aus. »Cellulitis« schien ihr so sehr ein Fremdwort zu sein wie mir die Fisch-Stellung, die sie gerade zum Nachahmen vorführte. Wo haben die alle diese Beweglichkeit her?, fragte ich mich und schaute mich um. Spätestens beim »Pfau«, den sie leicht wie eine Feder demonstrierte, schlich ich mich davon. Wer hätte denn ahnen können, dass zum fortgeschrittenen Yogakurs nur Schlangenmenschen kommen durften?

Als ich verärgert über mich selbst die Treppen zu unserer Kabine hinunterging, kam mir eine Frau entgegen, die mich mit einem merkwürdigen Blick musterte. Sie ging an mir vorbei, doch dann hörte ich von hinten ein schüchternes »Carina?«. Die Stimme klang vertraut, doch konnte ich sie dem Gesicht nicht zuordnen. »Carina, bist du es wirklich?«, sagte sie und lächelte. Erst an diesem Lächeln erkannte ich sie wieder.

»Ria, das ist ja unglaublich«, sagte ich und warf mich ihr in die Arme. Wir drückten uns, sahen uns kurz in die Augen, fast wären uns beiden die Tränen gekommen. »Was machst du eigentlich hier?«, fragte ich sie schließlich.

»Ich mache zu meinem Fünfzigsten eine Reise.«

»Ach, du wirst ja auch fünfzig«, fiel es mir wie Schuppen von den Augen. Und nun kamen mir doch noch die Tränen.

Nachdem ich meine viel zu enge Sporthose gegen ein normales Outfit getauscht hatte, trafen wir uns einige Minuten später in der Kaffeebar am Heck des Schiffes.

»Mit wem bist du an Bord?«, fragte ich, nachdem wir uns eine lauschige Ecke gesucht hatten. Das konnte jetzt dauern, wir hatten immerhin mehr als dreißig Jahre zu besprechen.

»Ich besuche meine Tochter auf dem Schiff. Sie gibt gerade einen Fitnesskurs.« Das Yoga-Model also, das musste ja so sein. Ria war schon damals immer perfekt gewesen, und deshalb konnte sie auch nur perfekte Kinder machen. Aber so neidisch ich damals auf ihr Leben – und auf Heinz – gewesen war, so sehr freute ich mich jetzt, sie nach all diesen Jahren so unverhofft wiederzusehen.

»Aber vor allem: Wie ist es dir in der Zwischenzeit ergangen?«, fragte ich und platzte schier vor Neugier.

»Kannst du dich noch an Heinz erinnern?« Wenn sie wüsste ...

»Heinz? Lass mich kurz überlegen.« Ich spielte die Ahnungslose, dann heuchelte ich: »... ah, Heinz. Ja, ich erinnere mich schwach an ihn.«

»Wir haben geheiratet.«

»Ich werd verrückt. Ihr?«

»Ja. Und wir sind mittlerweile schon wieder geschieden.«

»Ach, echt? Warum das denn?«

»Ach Carina, das ist eine sehr sehr lange Geschichte.«

»Also, ich habe eine Woche Zeit.«

»Na gut, ich erzähle dir die Kurzfassung.«

Und dann sprudelte es förmlich aus ihr heraus. »Ich hatte erst gar nicht für Heinz geschwärmt. Denn insgeheim war Werner meine heimliche Liebe. Aber der hat mich ständig nur mit Fragen nach dir genervt.«

Werner? Wer war Werner? Ach, Werner aus der Reihe vor mir, der große, schlaksige Junge mit den rostfarbenen Haaren. »Ach, den meinst du. Den fandest du damals toll?«, fragte ich stirnrunzelnd.

»Ja. Und wie. Doch Werner fragte mich in jedem zweiten Satz nach dir. Was du gern essen würdest. Welches deine Lieblingsfarbe sei …« – »Na, sicherlich nicht Rostrot«, warf ich spontan ein. Wir lachten herzlich und ich war erstaunt, wie wenig sich Rias Mimik, Gestik und Körpersprache über die Jahrzehnte verändert hatten.

»Und dann hast du dich doch für Heinz erwärmt?«

»Er kämpfte eine Weile um mich, brachte immer Blumen und machte mir den Hof. Und als ich fast neunzehn Jahre alt war, kamen wir zusammen. Ein weiteres Jahr später standen wir schon vor dem Traualtar. Gott, waren wir damals noch jung. Aber, Carina, warum hast du damals eigentlich nicht mehr mit mir gesprochen? Ich habe mich das die ganzen Jahre über gefragt.«

»Ach, das erzähle ich dir gleich«, wich ich aus und fragte: »Und wie ging es weiter? Kinder?«

»Ja, wir bekamen einige Jahre später eine Tochter. Du musst sie unbedingt kennenlernen.« Danke, das Vergnügen hatte ich schon. Glatt, gelenkig und ganz ohne Cellulitis.

»Und warum ist ihr Vater nicht mit auf dieser Reise?«

»Er ist lieber mit seiner Sprechstundenhilfe zusammen«, sagte sie so sarkastisch, wie ich es selten von jemandem gehört hatte. Doch dann erzählte sie ganz sachlich weiter: »Wir feierten gerade unseren dreißigsten Hochzeitstag in einem Wellnesshotel. Alles war wie immer, wir saßen beim Dinner im Restaurant. Da sagte er, dass er mit mir sprechen müsse. Dass er sich in eine andere verliebt hätte und so weiter. Noch am selben Abend reiste er ab und seitdem wohne ich allein.«

»Das klingt ja furchtbar.«

»Carina, das ist es überhaupt nicht. Endlich kann ich alles machen, worauf ich Lust habe, sogar diese Reise. Und er, der Herr Zahnarzt, wohnt jetzt bei seiner Sprechstundentante und kann sich um ihre zwei Kinder kümmern. Wenn er unbedingt eine Frau Ende zwanzig haben will, dann bitte. Ich jedenfalls weine ihm keine Träne nach.«

Was war ich in diesem Moment froh, dass ich es damals also doch richtig gemacht hatte. Mein Mann liebt mich so, wie ich bin – und so alt, wie ich bin. Wie gut, dass Ria mir damals die Tour mit Heinz vermasselt hatte. Jetzt konnte ich offen mit ihr darüber reden.

»Weißt du noch, an unserem 18. Geburtstag? Die Feier, auf der er mir die verwelkten Blumen, womöglich vom Friedhof, geschenkt hatte und dir eine Kette? Dabei hatte ich mich doch so schick gemacht. Nur um ihm zu gefallen. Und dann himmelte er nicht mich, sondern dich an.«

Sie fing an zu lachen: »Dabei fand ich ihn überhaupt nicht gut, damals. Und deshalb hast du ab da nicht mehr mit mir gesprochen?«

»Ich war jung und hatte das erste Mal für einen Jungen geschwärmt.«

»Du hättest ihn gern haben können.« Spätestens jetzt konnten wir uns vor Kichern nicht mehr halten.

»Danke, ich verzichte gern.« Doch es sollte noch besser kommen.

»Und wo seid ihr damals hingezogen?«, fragte ich.

»Ich wohne noch immer in Aschersleben, auf dem Grundstück direkt neben meinen Eltern. Weißt du noch, damals, als wir in den Sommerferien dort gezeltet haben?«

»Natürlich. Und ich wohne auch noch in Aschersleben.«

Unglaublich. Da lebten wir seit über dreißig Jahren fast Tür an Tür in demselben Ort und sind uns in der ganzen Zeit nicht ein einziges Mal begegnet. Und dann laufen wir uns auf einer Kreuzfahrt im Atlantik über den Weg, erkennen uns trotz aller Falten und Rettungsringe um die Hüften herum wieder und fallen uns in die Arme wie damals, als wir noch Schulmädchen waren. Wie klein doch diese Welt ist …

DIE 13. KREUZFAHRT

Und jetzt das Tretboot?

Jens (34), Arzt, Berlin,
über
Tanja (37), Rechtsanwältin, Berlin

LA ROMANA – ANTIGUA – GUADELOUPE – TORTOLA – OCHO RIOS – BELIZE CITY

»In atemberaubenden sieben Minuten hatten wir es geschafft und schon raste der keuchende Fahrer los, obwohl ich noch halb auf der Straße stand. Doch der Hafen, von dem wir um sechs ablegen sollten, schien endlos weit, die Tour dorthin dauerte ewig.«

CAN YOU DRIVE US TO A REMOTE AND BEAUTIFUL BEACH?«, fragte ich im Hafen von Ocho Rios den Taxifahrer. Auf unserer 14-tägigen Kreuzfahrt durch die Karibik war heute die Stadt an der Nordküste Jamaikas die Zwischenstation, Tanja und mir blieb Zeit genug für einen entspannten Tag am schneeweißen Palmenstrand der Insel. Dem Taxifahrer war mein Wunsch derart Befehl, dass er mit quietschenden Reifen losraste. Ein Wunder, dass der Wagen sich bei dieser rücksichtslosen Behandlung nicht in seine Einzelteile auflöste.

Ursprünglich hatten wir diese Kreuzfahrt schon vor Monaten als Hochzeitsreise geplant. Doch zwei Tage vor dem Gang zum Standesamt entschieden wir uns spontan um, sagten die Trauung wieder ab und fuhren stattdessen an die Ostsee. Auf Kommentare unserer Verwandtschaft wie »Das ist doch nur Torschlusspanik« und »Seid ihr denn völlig verrückt, die schöne Feier und das viele Geld« hatten wir keine Lust gehabt. Flucht war in dieser Situation die einfachste Lösung gewesen. Und jetzt, Monate später, holten wir eben das, was als Flitterwochen vorgesehen war, als stressfreien Traumurlaub nach.

Doch wie kommt man auf die Idee, eine Hochzeit so kurzfristig wieder abzusagen?, werden Sie fragen. Ganz einfach: Wir hatten immer weniger Lust gehabt zu heiraten, je näher der Termin rückte. Während der Vorbereitungen hatten wir gemerkt, dass eine Ehe so viele Verpflichtungen mit sich brachte, dass uns das Ganze nur noch wie eine Zwangsjacke vorkam, in die wir uns nicht hineinpressen lassen wollten. Unsere Familien waren der Meinung gewesen, eine Paar müsse heiraten, wenn es für immer zusammenbleiben wolle. Doch im letzten Moment, aber noch rechtzeitig genug, erkannten wir, dass das alles Quatsch war. Dabei sind wir bis heute geblieben.

Erschwerend kam hinzu, dass wir uns, je näher der Hochzeitstag rückte, immer häufiger stritten. Schließlich, drei Tage vorher, hatte ich Tanja unter massivem Rotweineinfluss gestanden, dass ich auch ohne Trauschein gut leben könne. Und zu meiner Erleichterung machte sie mir nicht etwa eine Szene, sondern gab zu, dass es ihr genauso ging. Daraufhin beschlossen wir, alles abzublasen, und hatten danach die Nacht unseres Lebens.

Und nun saßen wir im Taxi auf Jamaika auf der Suche nach einer stillen karibischen Bucht. Am Ende einer von Buschwerk und Gerümpel gesäumten Schotterstraße setzte uns der Fahrer ab. Von hier aus sei es nur noch ein kurzer Fußweg bis zum Strand. Er würde uns um fünf Uhr an dieser Stelle wieder abholen, damit wir pünktlich um halb sechs an Bord unseres Schiffs seien. Um sechs Uhr sollte es ablegen und so würden wir den ganzen Tag auf Jamaika perfekt ausnutzen können.

Nach einem Fußmarsch von fünfzehn Minuten bogen wir um eine Ecke, vor uns bot sich ein Anblick, wie wir ihn idyllischer noch nie im Leben gesehen hatten. Eine kleine Bucht, feinkörniger, schneeweißer Sand, leuchtend hellblaues Wasser, Palmen. Keine Menschenseele weit und breit. Unglaublich, dass es so schöne Orte auf der Welt gibt, dachte ich und lächelte meine Freundin an. Wir ließen uns im Schatten einer Palme nieder und zogen uns erst einmal aus. Die Hitze war allgegenwärtig und gerade nach dem Fußweg vom Auto bis zum Strand waren wir beide reif fürs Wasser.

Nach einem Bad im kristallklaren Meer und einem kleinen Snack aus dem Rucksack zauberte Tanja eine Flasche Sekt und zwei Gläser hervor. Wir setzten uns vorn ans Wasser und während unsere Füße von jeder Welle neu erfrischt wurden, versank um uns herum die Welt. Dennoch erinnere ich mich noch heute an jedes Wort unseres Gesprächs an jenem traumhaften Nachmittag.

»Ich bin unglaublich glücklich mit dir«, sagte sie leise zu mir. »Und ich möchte nicht, dass du denkst, ich liebe dich nicht, bloß weil ich dich nicht geheiratet habe.«

»Ich weiß, mir geht es ja genauso.«

»Was bin ich froh, dass wir es nicht getan haben.«

»Ich auch«, sagte ich.

»Stell dir vor, wie viel Spannung dadurch bei uns verloren gegangen wäre.«

»Stimmt. Ich finde es auch so viel spannender. Ich bin als Mann eben ein Jäger.«

»Ach, und ich deine Beute, oder was?«

»Genau. Aber wenn sich meine Beute freiwillig vor mein Maul legt, ist es langweilig. Und wenn sie da auch noch liegen bleibt, erst recht.«

»Ach, und jetzt bin ich das Reh, das vor dir herumtänzelt?«

»Ja, so ähnlich. Du bist ein wildes Tier, das auch ohne Ehezaun in meinem Revier bleibt. Aber ohne Zaun kann auch anderes Wild eindringen.«

»Und andere Jäger auch.«

»Keine Sorge, ich habe mein Revier an allen Ecken markiert. Und die Stelle, die ich vergessen habe, markiere ich jetzt noch nach«, sagte ich und küsste sie so leidenschaftlich am Hals, dass fast ein Knutschfleck zurückgeblieben wäre. Nachdem wir ausgiebig herumgealbert hatten, verschwitzt ins Wasser gegangen waren und wieder im Sand lagen, schauten wir zusammen in den blauen Himmel.

»Und was war deine größte Angst vor dem Heiraten?«, fragte ich neugierig.

»Na ja, ich hatte Angst, mich zu verletzen, wenn ich als kleines Reh über den hohen Zaun springen muss.«

»Inwiefern verletzen?«

»Würde ich jemals in die Situation kommen, in der mir das Revier zu klein würde und ich mehr Platz bräuchte, wäre der Zaun ein zu großes Hindernis. Und dieses Hindernis würde mich vielleicht noch viel mehr an meinem Freiraum zweifeln lassen.«

»Und den Fluchtgedanken auslösen?«

»Genau.« Jetzt konnte ich ihr folgen. Manchmal gar nicht so leicht bei der weiblichen Logik.

»Wir sind eben beide keine Typen für den Zwinger«, schlussfolgerte ich.

»Genau. Und wenn dieses ganze Hin und Her uns das erkennen ließ, hatte es ja seinen Sinn.«

»Sonst wären wir ja auch nicht auf dieser schönen Reise, oder?«

»Stimmt.« Wir mussten beide lachen und sie ergänzte noch: »Wir sollten öfter fast heiraten.«

Wir lagen so entspannt im Sand, dass wir darüber die Zeit vergaßen. »Wie spät ist es eigentlich?«, fragte Tanja mich irgendwann. Ein Blick aufs Handgelenk und ich antwortete: »Fast drei Uhr. Zwei Stunden haben wir noch.«

Sie atmete tief ein: »Jetzt verstehe ich langsam die Mentalität in der Karibik. Die Zeit fühlt sich hier so nebensächlich an, Stress ist für mich an einem Ort wie diesem völlig undenkbar.«

Etwas später trat das ein, was mir immer passiert, wenn ich der Sonne ausgesetzt bin: Ich wurde geil. Also zog ich Tanja zu mir heran, und schon waren wir mitten im Vorspiel. Nach einigen Minuten, wir wollten gerade zum Hauptteil übergehen, rissen uns laute Schreie von weit hinten aus unserem Liebesspiel.

»Mister, we must drive to the ship! We must drive«, rief unser Taxifahrer hektisch und kam den Strand entlanggerannt.

Ein Blick auf meine Uhr: immer noch kurz vor drei. War es das nicht schon vor zwei Stunden gewesen?

Tanja zog sich ihren Bikini wieder zurecht und rief dann wütend: »Was ist denn bloß mit deiner Uhr?«

»Gute Frage. Sie ist anscheinend stehen geblieben.«

»Und wie spät ist es jetzt?«

»It is half past five, Mister«, antwortete der Fahrer für mich. Und schon rannten wir im Dauerlauf – wohlgemerkt bei dreißig Grad Hitze – die ganze Strecke bis zum Taxi. In atemberaubenden sieben Minuten hatten wir es geschafft und schon raste der keuchende Fahrer los, obwohl ich noch halb auf der Straße stand. Doch der Hafen, von dem wir um sechs ablegen sollten, schien endlos weit, die Tour dorthin dauerte ewig. Eine kleine Chronologie unseres Rennens gegen die Zeit:

17:48 Uhr: Tanja fragt mich zögernd, was passiert, wenn wir das Schiff tatsächlich verpassen. Ich sage nur, dass sie doch schwimmen kann. Und wenn nicht, Tretboote sind bestimmt auch da.

17:53 Uhr: Wir sehen den Hafen von Weitem. Das Schiff liegt noch am Kai. Super.

17:57 Uhr: Wir kommen am Hafenterminal an. Ich schmeiße dem Taxifahrer den doppelten Betrag nach vorn und springe aus dem Wagen. Wir rasen durch die Sicherheitskontrolle und werden abgefangen. Unsere Taschen müssen erst geröntgt werden.

18:00 Uhr: Wir rennen aus dem Terminal und stellen fest, dass der Weg zum Schiff mindestens dreihundert Meter lang ist. Das war uns am Morgen gar nicht so aufgefallen. Doch in diesem Moment sehe ich einen Zaun, der den Weg versperrt, auf dem wir in der halben Zeit zum Schiff kommen könnten.

18:04 Uhr: Nein! Die Gangway wird eingefahren.

18:05 Uhr: Wir stehen vor dem Zaun und rufen winkend die dahinter stehende Security heran. Sie sollen uns das kleine Tor aufschließen, damit wir noch zum Schiff rennen können. Sie winken nur fröhlich zurück.

18:07 Uhr: Wir rennen nun doch den regulären Weg entlang und sehen, wie ein Tau nach dem anderen von den Kaimauern ins Boot gezogen wird.

18:12 Uhr: Wir stehen am Kai, das Schiff ist schon zu weit weg, um sich in Indiana-Jones-Manier irgendwie daran hochzuhangeln. Ich lege meinen Arm um Tanja, die gerade über die schadenfroh winkenden Passagiere an Deck flucht.

Wir hatten es tatsächlich verpasst, das Schiff war weg. Schnaufend und abgehetzt setzten wir uns am Kai nieder und lachten. Lachen hilft immer, sagt Tanja gern. Dann fragte sie: »In welchem Hafen liegen wir denn morgen?« Bevor ich antworten konnte, sprach uns von hinten jemand an.

Es war erneut die Security, diesmal allerdings ohne das fröhliche Winken. Sie boten uns an, uns auf eigene Kosten mit dem Lotsenboot hinüber zu unserem Kreuzfahrtschiff zu bringen. Und so kam es, dass wir einige Stunden später vor dem Kapitän persönlich standen und uns entschuldigten, dass er kurz nach der Hafenausfahrt die Motoren schon wieder hatte stoppen müssen, um uns doch noch aufnehmen zu können.

DIE 14. KREUZFAHRT

Wetten, dass …

Uschi (30), Steuerfachangestellte, Leipzig,
über
Holger (41), Showtänzer, Duisburg

LA ROMANA – MONTEGO BAY – ROAD TOWN – PHILIPSBURG – ROUSEAU

»Kurz darauf folgte ich ihm aus der Disco in seine Kabine. Ich lief einfach neben ihm her, keiner sagte ein Wort und doch lag eine erotische Spannung in der Luft. Seine Dominanz, seine Statur, sein Blick, alles an ihm erregte mich.«

ICH WEISS NICHT, OB ES ALLEN FRAUEN SO GEHT. Aber zumindest ich kann mir für mich einfach nicht vorstellen, nur noch diesen einen erigierten Penis zu sehen, sobald man in einer festen Beziehung lebt. Muss man denn immer gleich Single sein, um hin und wieder eine neue Erfahrung sammeln zu können? So sehr ich meinen Mann auch liebe, aber er ist nun mal, wie er ist. Damit man mich nicht missversteht: Das ist gut so. Doch irgendwann, nach Jahren, kennt man den Partner einfach mit all seinen Facetten. Ja, es hat natürlich seine Vorteile. Aber warum darf ich deshalb nicht wissen, wie mich ein anderer Mann anfassen, liebkosen, verwöhnen würde?

Diese Frage hatte ich mir allmählich immer öfter gestellt. Und mein Mann sich anscheinend auch. Denn irgendwann im Sommer 2010 – wir saßen im Restaurant und plauderten – waren wir ganz unvermittelt auf dieses Thema gekommen. An jenem Tag war das Projekt »Offene Beziehung« geboren und ließ uns von da an nicht mehr los.

Im Spätherbst waren wir dann auf einer Kreuzfahrt in der Karibik. Wir hatten herrliches Wetter, tolle Strände und eine atemberaubende Kulisse – genau die richtige Atmosphäre, um die Probe aufs Exempel zu machen. Dann sahen wir uns am ersten Abend die Show an. Wunderschöne Frauen, die ihre ellenlangen Beine bis zum Scheitel hochwarfen. Tolle Akrobatik, super Sänger.

Und dann, dann kam Er auf die Bühne. Er bot eine Art Kampfshow und ich war hin und weg. Sofern ich ein Beuteschema habe, passte er genau hinein. Groß, um einiges größer als ich, das treffe ich mit meinen über eins achtzig nicht alle Tage. Nicht nur groß war er, sondern auch breit, hatte Muskeln, aber auch wieder nicht zu viele. Und er war am ganzen Oberkörper tätowiert. Ich liebe das. Was für ein reizvoller Mann, dachte ich mir.

Am nächsten Abend, nach einem traumhaften Tag auf einer Karibikinsel, gingen wir in die Diskothek des Schiffs. Wir hatten uns tagsüber mit einem anderen Pärchen etwas angefreundet und machten uns nun einen gemeinsamen lustigen Abend. Und irgendwann, es war schon weit nach Mitternacht, kam Er durch die Tür. Allein. Und er sah noch hinreißender aus als am Tag zuvor auf der Showbühne. Was für ein Kerl. Nicht der Ferrari, sondern der Hummer unter den Männern.

Mein Mann schien meine Blicke bemerkt zu haben, doch er hielt Wort und sagte nichts dazu. Respekt.

Später ging ich nach draußen, um eine Zigarette zu rauchen. Und siehe da, der Hummer ließ nicht lange auf sich warten. Er wusste wohl, wie auf solchen Schiffen der Hase läuft. Schließlich ist die Beute nicht lange an Bord, da drängt die Zeit.

»So ganz allein hier draußen?«, fragte er mich mit einer zur Figur passenden tiefen Stimme und stellte sich neben mich. Aus der Nähe sah er noch beeindruckender aus.

»Warum denn nicht? Ich kann ganz gut allein auf mich aufpassen.«

»Aber ein Mann in der Nähe kann ja nicht schaden«, stellte er kategorisch und herrlich dominant fest. Ich lächelte ihn an, doch er gönnte mir nur die Andeutung eines Schmunzelns.

»Du hast doch gestern in der ersten Reihe gesessen.«

»Richtig. Tolle Show übrigens.«

»Und wer war der Typ bei dir?« Keine Reaktion auf mein Kompliment, dieser Mann machte mich mit jedem seiner Worte noch neugieriger. Seine dominante Aura war allgegenwärtig.

»Mein Mann.«

»Und was sagt der dazu, dass ich hier bei dir stehe?«

»Nichts. Wir testen gerade unsere Toleranzgrenzen aus.«

»Welche Grenzen sind es denn, die du austesten willst?« Oh Gott, dachte ich mir. Da habe ich vor nicht einmal fünf Minuten die ersten Worte mit diesem Mann gewechselt, und er fragt mich schon, wie weit ich mit ihm gehen würde. Wunderbar!

»Ach, da gibt es so einiges«, wich ich aus.

»Ich bin gespannt!« Normalerweise bin ich diejenige, die zweideutige Gespräche vorantreibt. Doch hier gab er den Ton an.

»Zum Beispiel möchte ich mal mit einer Frau schlafen.« Er verzog keine Miene, als ich das sagte. Ich dagegen musste insgeheim lächeln und schaute dabei durch die geschlossenen Glastüren zu meinem Mann hinüber, der sich tapfer auf das Gespräch mit dem anderen Paar konzentrierte.

»Was genau interessiert dich daran?«

»Wie eine Frau küsst. Und wie sie mich lecken würde.«

»Damit kann ich leider nicht dienen. Ich bin keine Frau.« O.k., das war unmissverständlich. Dennoch reagierte mein Körper auf seine Anspielungen. Mein Unterleib ganz besonders.

»Und was interessiert dich noch?«

»Lass mich kurz überlegen.« Ich blickte vorsichtshalber noch einmal zu meinem Mann hinüber, alles war wie vorher. Dann konnte ich ja die Katze aus dem Sack lassen.

»Ob es jemand schafft, mich nur durchs Fingern zum Orgasmus zu bringen.«

Kaum hatte ich das ausgesprochen, hob er triumphierend seinen Kopf und blickte mir tief in die Augen.

»Kann ich!« Noch nie hatte ich einen Mann so wenige Worte in so dominantem Ton aussprechen hören. Und umso neugieriger machte es mich.

»Und da bist du dir so sicher?«

»Absolut!«

»Na, ob du dich da nicht etwas weit aus dem Fenst...«

»Ich kann jede Frau dabei zum Abspritzen bringen«, unterbrach er mich. Das musste ich erst einmal sacken lassen.

Als ich mich wieder gefangen hatte, sagte ich: »Aber nur weil es bei einer Frau geklappt hat, heißt es nicht, dass das bei allen so ist.«

Und da erblickte ich es zum ersten Mal: das lüsternste Grinsen, das ich je gesehen hatte. Ein solcher Mann hatte es nicht nötig, sich zu rechtfertigen. Stattdessen holte er tief Luft und streckte mir die Hand entgegen: »Wetten?«

Wetten? War jetzt mein Orgasmus der Gegenstand einer Wette geworden?

»Einverstanden.« Meine rechte Hand schlug ein, ohne mein Hirn vorher um Erlaubnis gefragt zu haben. Er schüttelte sie kurz, machte kehrt und ging davon, ohne ein weiteres Wort gesagt zu haben. Kein »Tschüss«, kein »Bis bald« oder »Komm mal mit«. Und ich blieb zurück und war einfach nur sprachlos. Nie hatte ich ein kurioseres Gespräch mit einem Wildfremden geführt.

Meinem Mann erzählte ich nichts von der Wette. Nur, dass der Typ mich reizte und ich es gern mal probieren wollte. Er hatte nichts dagegen und stellte mir damit den Freibrief für das Abenteuer aus. Aber durch dieses ganze Gerede vom Fingern, von Orgasmen und vom Abspritzen war ich so heiß geworden, dass mein Mann die halbe Nacht Schwerstarbeit leisten musste. Zwischendurch überlegte ich allen Ernstes, ob es tatsächlich der Wellengang war, der das Schiff so zum Schaukeln brachte.

Am nächsten Tag sah ich meinen Hummer bei seiner Nachmittagsshow an Deck. Er schien keine Notiz von mir zu nehmen, nur ganz kurz, für einen winzigen Moment, gönnte er mir dieses lüsterne Grinsen. Wir verstanden uns ohne Worte.

Noch einen Tag weiter, spätabends in der Diskothek, kam er zu mir und flüsterte mir ins Ohr: »Heute Abend lasse ich dich nicht ins Bett gehen, bevor du deine Wette verloren hast.« Ein Mann, ein Wort, das gefiel mir.

Kurz darauf folgte ich ihm aus der Disco in seine Kabine. Ich lief einfach neben ihm her, keiner sagte ein Wort und doch lag eine erotische Spannung in der Luft. Seine Dominanz, seine Statur, sein Blick, alles an ihm erregte mich. Jede Faser meines Körpers vibrierte, obwohl oder gerade weil ich keine Ahnung hatte, was mich erwartete. Aufgeräumt war es zwar in seiner engen Kabine, doch die Zeit, mich erst einmal hier umzuschauen, ließ er mir nicht. Statt mich zu küssen, warf er mich wortlos aufs Bett. Dann setzte er sich neben mich, packte mich am Hals und mit der anderen Hand ging er sofort unter meinen Rock und zog den Slip beiseite. Ein winziges Lächeln entschlüpfte ihm, als er spürte, wie nass ich war. Zum ersten Mal in meinem Leben fühlte ich mich unterworfen, ausgeliefert – eine aufregende Erfahrung.

Er verzichtete auf das übliche Gefummel und drang sofort mit zwei Fingern in mich ein. Ich konnte mir einen kleinen Lustschrei nicht verkneifen. Dann drehte er seine Hand etwas und bewegte sie langsam und rhythmisch. Ich konnte kaum glauben, was mir gerade widerfuhr. Die Erregung war ihm vom Gesicht abzulesen, daher wollte ich mich mit der freien Hand revanchieren. Doch er schüttelte nur den Kopf. Ich durfte ihn also nicht anfassen? Doch aus diesem Gedanken rissen mich die Gefühle in meinem Unterleib.

Er wurde immer schneller und ich immer lauter. Und obwohl er vor kaum einer Minute angefangen hatte, spürte ich langsam den Orgasmus heranrollen. Mir blieb nicht einmal die Zeit, mich zu wundern, weil er mir keine Pause gönnte. Immer schneller wurde er, ich griff links und rechts neben mich ins Laken, musste mich festhalten. In den nächsten Sekunden bäumte ich mich auf, der Höhepunkt stand unmittelbar bevor. »Lass es zu, du Sau«, sagte er nur. Ich hatte das Gefühl, jeden Moment vor Geilheit zu platzen.

Und dann kam es mir. Obwohl ich ihn schon herannahen gespürt hatte, traf mich der Orgasmus wie ein Blitz. Intensiver, gigantischer, verschlingender als sonst. Ich konnte mich nicht mehr beherrschen, verlor die Kontrolle über meine Stimme und über meinen Körper. Es war viel länger und viel tiefer als alles je zuvor – ein wahrhaft majestätischer Orgasmus. Und der nasse Fleck im Bett kam wahrscheinlich nicht von einer undichten Stelle im Schiffsrumpf. Er hatte die Wette gewonnen …

DIE 15. KREUZFAHRT

Betthupferl-Drinks auf Deck 7

Volkmar (65), Rentner, Strausberg,
über
Rica (30), Stewardess auf einem Kreuzfahrtschiff, Machala

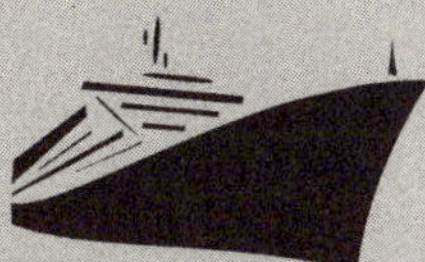

GENUA – MARSEILLE – BARCELONA – TANGER– MÁLAGA

»Nach einigen Minuten, es war noch immer keine Rica in Sicht, fragte ich den jungen Burschen, der jetzt hinter der Bar stand, nach ihr. Er zuckte nur mit den Schultern, schüttelte den Kopf und gab keine weitere Auskunft. Auch an der Rezeption konnte mir keiner weiterhelfen.«

NACHDEM MEINE EHE IN SEHR JUNGEN JAHREN gescheitert war und ich lange Zeit allein durchs Leben gehen musste, hatte ich erst mit 55 Jahren entdecken dürfen, wie toll es sich anfühlt, die Liebe des Lebens zu treffen. Ich hatte sie, meine Unbegreifliche, in einem großen Tanzcafé kennengelernt. Wunderbare acht Jahre lang verbrachten wir beinahe jeden Tag miteinander. Und ich genoss jeden einzelnen mit ihr. Sie war der Traum eines jeden Mannes, immer flott gekleidet – weiß Gott nicht selbstverständlich in unserem Alter – und unersättlich noch dazu. Ihre Libido hatte ihre biologische Uhr ausgetrickst, sie war wild wie eine junge Frau Anfang zwanzig. Von der ersten Minute an war ich mir ganz sicher: Sie ist die Frau meines Lebens.

Nur leider hielt unser Glück nicht ewig. Sie wurde gläubig. Na ja, nicht im religiösen Sinne. Sie lebte einfach nach dem Motto: Liebe deinen Nächsten. Mit ihrer eigenen Interpretation. Und ich konnte nichts dagegen tun, war machtlos. Aber auf einen letzten Versuch wollte ich es immerhin noch ankommen lassen. Ich lud sie im Sommer 2009 auf eine Kreuzfahrt ins westliche Mittelmeer ein und erhoffte mir davon, dass wir wieder näher zueinanderfinden würden. Doch schon am ersten Abend sollte ich erkennen, dass wir die Reise nicht aus derselben Motivation heraus angetreten hatten. Sie ging allein zu der ersten abendlichen Show, ein Auge auf den Animateur hatte sie auch gleich geworfen. Aber das war ja nichts Neues mehr für mich, das Gefühl kannte ich mittlerweile.

Ich finde, dass man auch zu Hause ins Theater oder in die Oper gehen kann. Aber die laue Sommerluft an Deck zu spüren, dabei einen Drink zu nehmen und den Mond zu beobachten, wie er über dem Horizont funkelt, das hat man nicht jeden Tag. Genau deshalb liebe ich Kreuzfahrten. Momente, die unvergesslich bleiben. Es machte mich traurig, dass ich diesen ersten Abend allein genießen sollte.

Erst einmal schaute ich mich auf dem Schiff um und verschaffte mir einen Überblick. Klein war es, angenehm klein. Kaum vierhundert Kabinen fasste dieses schöne Schiff. Das hatte ich mir bei der Buchung ganz bewusst so ausgesucht, dieses Mumienschieben auf den großen Massenabfertigungspötten ist mir einfach zuwider. Ich bin sicher auch nicht mehr der Jüngste. Aber ich habe keine Lust, mich in einen Fahrstuhl mit fünf röchelnden Personen samt Rollator zu quetschen. Dafür habe ich noch mindestens fünfzehn Jahre Zeit. So viel steht fest.

Auf Deck 7 ließ ich mich nach meiner Erkundungstour an einem Holztisch im Freien an der Reling nieder und hätte von dort aus durch die Glasfront nach drinnen zur Bar sehen können. Doch mein Blick galt der glatten See. Die Aussicht war einfach perfekt. Der Mond stand groß und strahlend am Himmel, er spiegelte sich in seiner vollen Pracht im Meer. Die lauwarme Salzluft, die Geräusche des Meeres und das leise Arbeiten der Schiffsmotoren. In diesem Moment fühlte ich mich das erste Mal seit langer Zeit rundum wohl. Ich fühlte mich angekommen in meinem perfekten Moment.

»Good evening, Mister, welcome on board. What do you like to drink this evening?«, fragte mich eine junge Frau, die ich bis dahin gar nicht bemerkt hatte.

Ich bestellte etwas bei ihr und sah mir die Dame genauer an. Sie schien eine Südländerin zu sein, sprach mit einem spanischen oder portugiesischen Akzent. Ein gepflegtes Auftreten, die langen schwarzen Haare zu einem Zopf gebunden. Dunkelbraune Augen schauten mich freundlich an, als sie mir meine Bestellung brachte. Ich genoss meinen Drink und den Augenblick.

Nach einiger Zeit beschloss ich, in meine Kabine zu gehen. Die Anreise war anstrengend gewesen und ich freute mich auf mein Bett. Ich stand auf, lehnte mich noch einmal gegen die Reling, blickte hinunter aufs Meer und spürte, dass diese zwei Stunden, obwohl ich ganz allein war, trotzdem wunderschön gewesen waren.

Ich reichte der Kellnerin an der Bar meine Zimmerkarte, alle Drinks waren in dem All-inclusive-Paket inbegriffen. In diesem Moment fiel mir ein, dass ich der netten jungen Frau für die freundliche Bedienung gar kein Extratrinkgeld geben konnte. Ich beschloss, für den nächsten Tag etwas Bargeld in der Tasche bereitzuhaben.

Am zweiten Abend dasselbe Spiel. Meine Unbegreifliche machte sich hübsch für die Abendshow und den Cocktail danach, mit wem auch immer, und zog von dannen. Ich machte einen Spaziergang über das Schiff, sah mir hier und da ein Bild an und landete letztendlich wieder an meinem Holztisch auf Deck 7. Ich hatte mich schon den ganzen Tag darauf gefreut.

Wieder kam die angenehme Kellnerin. Wir versuchten, ein wenig ins Gespräch zu kommen, denn die Bar war leer und ich hatte Lust, mich ein wenig zu unterhalten. Nur war mein Englisch nicht das Beste, ganz zu schweigen von meinem Spanisch. Sie kam nämlich aus Ecuador. Da keiner von uns die Sprache des anderen beherrschte, nahmen wir Hände, Füße und englische Brocken zu Hilfe. Sie stellte sich mir als Rica vor und war 28 Jahre jung.

Rica hatte, wie sie mir mühsam erklärte, zwei Kinder, einen kleinen dreijährigen Jungen und ein Mädchen, fünf Jahre alt. Sie wirkte herzlich, wenn auch auf eine sehr zurückhaltende Art. Schon am vorangegangenen Abend waren mir ihre traurigen Augen aufgefallen, jetzt, als sie mir von ihren Kindern und ihrem Mann zu Hause erzählte, vertiefte sich dieser melancholische Blick. Drei Monate hatte sie ihre Familie nicht mehr gesehen, das hinterließ Spuren in ihrem Gesicht.

Rica fragte mich dann, warum ich schon den zweiten Abend allein hier sei. Mit meinen begrenzten sprachlichen Mitteln versuchte ich, ihr zu erklären, dass meine Unbegreifliche gerade dasselbe als Frau durchmachte, was man bei Männern die Midlife-Crisis nennt. Rica zog nur eine Augenbraue hoch, solche Probleme schienen ihr fremd.

Wir unterhielten uns inzwischen so angeregt, dass ich darüber ganz vergaß, dass sie hier eigentlich arbeitete. Erst als mein Bett ganz laut nach mir rief, verabschiedete ich mich schweren Herzens und ließ ihr diesmal einige Euro Trinkgeld liegen. Nie habe ich vorher und auch später gesehen, dass sich jemand so aufrichtig über so wenig Geld freute wie sie.

Am nächsten Tag steckte ich mir ein paar Fotos von meiner Tochter und meinen Enkelkindern ein, weil ich Rica von ihnen erzählen wollte. Wieder nahmen wir Hände und Füße zur Hilfe, diesmal erzählte sie mir, dass sie nicht nur in der Bar bediente, sondern auch noch die Kabinen reinigen musste. Abends arbeitete sie hier, bis der letzte Gast gegangen war. Und dann noch den ganzen Tag Kabinen putzen? Wie schaffte sie das nur?

Doch von Rica kam nicht ein Wort der Klage. Ganz im Gegenteil sei sie dankbar für diesen Job, denn mit dem Geld unterhalte sie ihre ganze Familie zu Hause in Südamerika. Ihre Eltern hätten ohne ihre Hilfe kaum das Nötigste zum Leben. Ganz zu schweigen von ihren Kindern und dem Ehemann. Als sie mir das erzählte, sah sie so freundlich aus wie immer. Aber ihre Augen verrieten mir, wie sehr sie mit dieser Situation zu kämpfen hatte und wie sehr sie ihre Familie vermisste.

Am nächsten Abend war sie es, die mir Fotos von ihren Kindern zeigte. Ein hübsches Mädchen mit langen, dunklen Haaren und einem herzerwärmenden Lächeln, dem Lächeln ihrer Mutter. Ihr kleiner Sohn blickte aufgeweckt in die Kamera, seine Augen leuchteten. Man sah beiden Kindern an, wie glücklich und liebevoll behütet sie aufwachsen durften.

Tags darauf ging ich in Gibraltar an Land und kaufte für meine Lieben zu Hause Ansichtskarten – Traummotive von der Felsenburg auf der Halbinsel, die wie ein Schiffsbug in den Himmel ragt. Selten zuvor habe ich so gerne Ansichtskarten geschrieben, durch Rica war mir einmal mehr bewusst geworden, wie wichtig im Leben die Familie ist. Meine Unbegreifliche dagegen verbrachte zwar die Tage mit mir, doch das Gefühl füreinander, das ich auf dieser Reise hatte wiedererwecken wollen, kam nicht mehr auf.

Abends auf dem Schiff setzte ich mich wieder zu Rica an die Bar. Freudestrahlend zeigte ich ihr die Shirts, die ich für meine Tochter und die Enkel gekauft hatte, erzählte ihr vom Landgang, von den Karten, die ich geschrieben hatte, und dass ich meine Familie gleich nach der Rückkehr wiedersehen würde. Das war ein Fehler, weil es bei ihr noch Monate dauern würde, bis sie wieder zu Hause in Ecuador wäre. Mir brach schier das Herz, als ich sah, wie ihr die Tränen in die Augen stiegen.

Da kam mir die Idee, auch an ihre Eltern eine Ansichtskarte zu verschicken. Ich schrieb einfach drauflos. Dass sie eine wunderbare Tochter hätten und wie dankbar ich sei, dass ihre Tochter meine Tage an Bord so bereicherte. Ich schrieb von den guten Gesprächen, die mir gezeigt hätten, was wirklich wichtig im Leben sei – einfach alles, was mir auf dem Herzen lag. Als ich Rica um die Adresse ihrer Eltern bat und ihr erklärte wofür, war sie sehr gerührt.

Am nächsten Tag legten wir während des Frühstücks in Tanger an. Meine Unbegreifliche, ein anderes Paar und ich mieteten uns einen Kleinbus, um die Gegend in und um die Stadt herum auf eigene Faust zu erkunden. Wir kamen auf einen wirklich schön angelegten Markt, was nicht selbstverständlich ist in Marokko. An einem Stand sah ich einen kleinen Elefanten aus Holz mit hocherhobenem Rüssel und kaufte ihn als Geschenk für Ricas Sohn. Für Ricas Tochter fand ich eine hübsche kleine Puppe. Ich freute mich schon auf den Abend und auf Ricas Gesicht, wenn sie die kleinen Geschenke für ihre Kinder sehen würde.

Wieder zurück auf dem Schiff, es war erst Nachmittag, wollten wir uns oben auf das Sonnendeck legen. Doch genau neben uns im Hafen lag ein altes, vergammeltes und vom Rost zerfressenes Trampschiff. Ein kleiner Frachter, der so viel Ruß ausstieß, dass er auch die Luft über unserem Schiff verpestete, das ganze Pooldeck war von Rußpartikeln überzogen. Durch das Fenster erkannte ich, dass der Tramper aus Ecuador kam. Wie arm musste Ricas Heimatland sein, wenn es riskierte, derartige Rostklumpen auf den Ozean hinauszuschicken. Umso mehr atmeten alle auf, als einige Minuten später der Tramper ablegte und das Pooldeck wieder besucht werden konnte.

Am Abend ging ich voll Stolz und Vorfreude in die Bar, um Rica die Geschenke zu übergeben. Ich schaute hinein und sah alles, nur keine Rica. Wo war sie? Ein merkwürdiges Gefühl beschlich mich.

Nach einigen Minuten, es war noch immer keine Rica in Sicht, fragte ich den jungen Burschen, der jetzt hinter der Bar stand, nach ihr. Er zuckte nur mit den Schultern, schüttelte den Kopf und gab keine weitere Auskunft. Auch an der Rezeption konnte mir keiner weiterhelfen.

Ich war sehr traurig. Allein ging ich zu einer ruhigen Stelle auf dem Oberdeck, setzte mich in einen Stuhl und dachte nach. Dachte über mein Leben nach. Über meine Unbegreifliche. Über Rica. Über meine Tochter und meine Enkelkinder. Über alles. An diesem Abend fühlte ich mich allein. Später ging ich noch einmal zur Bar, doch noch immer war Rica weit und breit nicht zu sehen. So wie den ganzen Rest der Reise.

Von meiner Unbegreiflichen habe ich mich vor einigen Monaten getrennt. Anfang Dezember aber fand ich zwischen meiner Post einen großen Brief mit vielen fremdländischen Marken darauf. Sofort fiel mir Rica wieder ein. Immer wieder hatte ich mir den Kopf zermartert, wo sie abgeblieben sein könnte. Vielleicht hatte man sie aus der Bar abgezogen, weil sie jeden Abend weit länger als üblich mit immer dem gleichen Gast geplaudert hatte. Oder sie hatte sich selbst dafür entschieden, weil ich sie am letzten Abend so traurig gemacht hatte.

Als ich den Umschlag an meinem Küchentisch öffnete, hielt ich einen handgeschriebenen Brief in der Hand. Dort stand etwas auf Spanisch, das ich natürlich nicht entziffern konnte. Ich rief einen Freund bei der Volkshochschule an und der übersetzte mir noch am selben Tag Ricas Brief.

In dem stand, dass sie so unglaublich traurig gewesen sei ohne ihre Familie und vor allem ohne ihre Kinder. Die Gespräche mit mir hätten ihr die Augen geöffnet. Sie habe einfach nicht noch weitere Monate warten können, ihre Familie wiederzusehen. Also ging sie in Tanger von Bord und fragte auf dem Nachbarschiff, dem Rostklumpen, an, ob sie mit nach Ecuador fahren dürfe. Sie ließ alles an Bord unseres Schiffes zurück, meldete sich nicht ab und entschied endgültig, dass sie nur noch bei ihrer Familie zu Hause bleiben wollte. Nur das Trinkgeld, das ihr hier und da zugesteckt worden war, nahm sie mit nach Ecuador.

In dem Briefumschlag lag ein aktuelles Foto von ihr und ihrer Familie. In Ricas Augen dasselbe glückliche Funkeln wie damals in der Bar auf dem Foto ihrer Kinder. Sie hatte alle ihre Lieben im Arm, ihre Kinder, die sich seit dem letzten Foto merklich entwickelt hatten. Ihre Eltern winkten freundlich in die Kamera, ihr Mann legte schützend den Arm um Rica.

Das ist das schönste Foto, das ich je gesehen habe.

DIE 16. KREUZFAHRT

Unverhofft kommt oft

Lisa (25), Juwelierin, Bamberg,
über
Rico (31), Sicherheitsoffizier, Stuttgart

EINEINHALB JAHRE
AUF ALLEN SIEBEN WELTMEEREN

»Viele Leute schwirrten um die Gangway herum. Ein Mann hing mit einer Gondel außen am Schiff und pinselte die Lettern dort frisch nach. Ich war beeindruckt und begeistert. Restlos begeistert. Minutenlang stand ich einfach nur da und bestaunte wortlos mein neues Zuhause.«

Es war ein Freitag, als ich neben Christian in einem Hamburger Hotel aufwachte. Ich hatte furchtbar schlecht geschlafen, mich stundenlang von der einen auf die andere Seite gewälzt und dementsprechend gerädert fühlte ich mich beim Klingeln des Weckers. Bis mir wieder einfiel, wo und vor allem warum wir hier waren. Heute würde ich für die nächsten sechs Monate Deutschland verlassen, um an Bord eines großen und modernen Kreuzfahrtschiffes zu gehen. Ein neues Leben erwartete mich, ohne meine Familie, meine Freunde. Und ohne Christian. Er freue sich für mich, hatte er gesagt, als sich alles abzuzeichnen begann. Und wie es mit uns weitergehen würde, darüber schien er sich keine Gedanken zu machen.

Schon seit Längerem hatte ich das unbestimmte Gefühl, dass meine Beziehung mit Christian nicht von der Stelle kam. Fast sechs Jahre waren wir nun schon zusammen und hatten trotz der langen Zeit nicht einmal die nächstliegenden Dinge, eine gemeinsame Wohnung etwa, auf die Reihe gebracht. Von anspruchsvolleren Themen wie Familienplanung und dergleichen konnte schon gar keine Rede sein.

Das lag vielleicht auch an seiner Schreckschraube von Mutter. Die nämlich vereinte alle Eigenschaften in sich, die einen an das Wort »Schwiegermonster« denken lassen. Vermutlich wegen Frauen wie ihr hat man diesen seltsamen Kaktus mit den langen Stacheln Schwiegermutterstuhl genannt. Sie ist das schrecklichste Wesen, das je eine Dauerwelle auf dem Kopf hatte. Ihrer Meinung nach war ich nur mit ihrem Sohn zusammen, weil ich hinter seinem Geld her war. Und hinter seinen Häusern. Womöglich auch noch hinter seinen Klabusterbeeren ... Die wenigen Worte, die ich in den ganzen Jahren freiwillig mit ihr gewechselt habe, kann man an den Fingern zweier Hände abzählen. Und selbst diese Worte waren noch verschwendet.

Doch nicht nur sie war ein Störfaktor in unserer Beziehung, sondern auch Christians Unfähigkeit, seine Gefühle für mich zu formulieren. Er hatte in den ganzen sechs Jahren nicht einmal die drei magischen Worte zu mir gesagt. »Ich liebe dich« zu sagen schien für ihn so unmöglich, wie die Chinesische Mauer aus dem Stand zu überspringen. Solche Sentimentalitäten waren ihm fremd, deshalb ging er ihnen aus dem Weg, wo immer sie ihm drohten. Ich hatte ihm zum Beispiel ganz am Anfang in einem romantischen Moment ein zärtliches »Ich liebe dich« ins Ohr geflüstert, doch er tat einfach so, als ob er es nicht gehört hätte, und rettete sich in irgendein banales Thema. Es kam mir in diesem Moment vor, als hätte ich ein Tabu gebrochen oder gar um seine Hand angehalten. Ein fürchterliches Gefühl.

Obwohl ich mir sicher war, dass diese Beziehung keine Zukunft hatte, hielt ich an ihr fest. Bis zu jenem Tag, als ich an Bord eines Kreuzfahrtschiffs aufs offene Meer des Lebens hinaussegelte.

Weil ich mich nach meinem Abitur und anschließender Ausbildung in alle möglichen Richtungen orientieren wollte, nicht nur beruflich, sondern auch geografisch, hatte ich mich unter anderem bei einer Kreuzfahrt-Reederei als Juwelierin beworben. Ich wollte einfach sehen, wohin mich das Schicksal trieb. Und schon zwei

Tage, nachdem ich die Bewerbung abgeschickt hatte, wurde ich zum Assessment-Center, einer Art Aufnahmeprüfung für den Job, nach Flensburg eingeladen. Christian hatte dann gleich einen Kurzurlaub dort gebucht, um mir mit seiner Anwesenheit den Rücken zu stärken.

Um es kurz zu machen: Nach diesem Test hatte mich ein freundlicher Mitarbeiter mit den Worten verabschiedet: »Willkommen an Bord.«

Mir schlotterten die Knie, als ich Christian das erzählte. Er reagierte ganz anders, als ich es erwartet hatte. (Oder, wenn ich heute so darüber nachdenke, genauso verquer, wie unsere Beziehung die ganze Zeit über gelaufen war.) Als er mich in den Arm nahm, sah er nicht etwa besorgt aus, sondern jubelte geradezu: »Das ist ja der Wahnsinn ... dann siehst du ja die ganze Welt ... wie super ... das ist ja fast wie Urlaub machen ... ich freue mich ja so für dich ...« Was mit uns beiden in der langen Zeit werden sollte, schien ihn nicht zu beschäftigen.

Als ich einen Schritt zurücktrat, traute ich meinen Augen nicht. Ich sah Tränen. Freudentränen ganz offensichtlich. Da stand ich, frisch mit dieser mein ganzes Leben verändernden Nachricht im Gepäck, und mein langjähriger Freund weinte vor Glück, weil ich für mehrere Monate einen Job auf einem Kreuzfahrtschiff bekommen hatte. Wahrhaft eine verkehrte Welt.

Diese Szene ging mir beim Aufwachen in jenem Hamburger Hotelzimmer durch den Kopf. Ich schaute zu Christian hinüber, der noch seelenruhig schlief. In mir dagegen wirbelten tausend Gedanken. Was würde mich heute erwarten? Wie würde ich mich mit den anderen Kollegen verstehen? Wie sähe ab heute mein Arbeitsalltag für die kommenden sechs Monate auf dem Schiff aus? Fragen über Fragen, die sich gegenseitig wie auf einer zehnspurigen Autobahn ohne jede Geschwindigkeitsbeschränkung überholten. Dies war der Moment, in dem ich verstand, warum manche Leute einen Whiskey trinken, um in ihrem Kopf aufzuräumen. Den hätte ich auch gebrauchen können. Whiskey wäre eine tolle Autobahnpolizei gewesen.

Wir frühstückten im Hotel, Christian lenkte mich mit seinen banalen Gesprächsthemen gut vom Wesentlichen ab. Meine letzte Information war, dass ich mich bis zwölf Uhr mittags beim Crew Purser, der »Personalabteilung« des Schiffs, melden sollte. Dann brachen wir Richtung Hamburger Hafen auf. Während wir dorthin unterwegs waren, sprachen wir zum ersten Mal detailliert darüber, wie die Zeit ohne einander werden würde. Sechs lange Monate ohne den Mann, mit dem ich seit Jahren zusammen war. Doch während dieses Gespräches musste ich mir eingestehen, dass die Luft raus war aus unserer Beziehung. Niemals vorher war mir das so bewusst geworden wie in diesen Minuten auf dem Weg zum Hafen. Und auch Christian schien das zu spüren. Er war sowieso der Meinung, dass das, was da vor mir lag, kein ernsthafter Job sein würde, sondern mehr eine Mischung aus Abenteuer und Urlaub.

Er schien sich fast noch mehr zu freuen als ich, als wir das Schiff dann endlich im Hafen liegen sahen. Wir stiegen aus dem Auto aus und ich war fasziniert. Ich hatte noch nie ein Kreuzfahrtschiff in natura gesehen, es imponierte mir ungeheuer mit seiner mächtigen Größe und Schönheit. Modern und doch zeitlos lag es ruhig am Pier. Viele Leute schwirrten um die Gangway herum. Ein Mann hing mit einer Gondel außen am Schiff und pinselte die Lettern dort frisch nach. Ich war beeindruckt und begeistert. Restlos begeistert. Minutenlang stand ich einfach nur da und bestaunte wortlos mein neues Zuhause.

Dann drehte ich mich zu Christian um, der mittlerweile auch aus dem Auto gestiegen war, und zog die rechte Augenbraue hoch. Das sollte so viel heißen wie: So, da wären wir und jetzt heißt es Abschied nehmen. Er begriff, nahm mich in den Arm und plötzlich hörte ich ein unterdrücktes Schluchzen.

Christian weinte.

Aber diesmal nicht, weil er sich für mich freute. Es war Abschiedsschmerz, der ihn gerade übermannte. Und mich auch. Nur ohne Tränen. Ich war viel zu nervös in diesem Moment, die Autobahn in meinem Kopf war nach wie vor hoffnungslos überfüllt. Dann nahm Christian mein Gepäck aus dem Kofferraum, ging mit mir einige Schritte in Richtung Gangway und dann war der letzte gemeinsame Moment für die nächsten Monate gekommen. Wir nahmen uns noch einmal in den Arm und ich konnte es kaum glauben, als er mir ein »Ich liebe dich« ins Ohr flüsterte. Jetzt, nach all den Jahren. Und obwohl ich mir ursprünglich diese Worte sehnlichst von ihm gewünscht hatte, konnte ich mich in diesem Moment nicht so richtig darüber freuen.

Ein letzter Kuss. Das war's.

Ich ging zur Sicherheitsschleuse, winkte ihm ein letztes Mal zu und schritt mit einer Mischung aus Nervosität, Vorfreude und flauem Gefühl in der Magengegend zum Crew Purser Office. Unglaublich, wie ich mit dem ganzen Körper empfand, dass hier ein neuer Lebensabschnitt begann. Ich ging Schritt für Schritt aus meinem alten Leben heraus und in meine eigene aufregende Zukunft hinein. Es fühlte sich gut an. Dies hier war etwas, das ich nur für mich tat. Ganz allein. Ohne meine Eltern, ohne Christian und, vor allem, ohne meine Schwiegermutter. Ein Neustart, das konnte ich deutlich spüren.

»Hallo, ich bin Mandy und deine Shopmanagerin«, sprach mich eine hübsche junge Frau an und begleitete mich zu meiner Kabine. Nun gehörte ich offiziell zur Crew dieses Schiffes. In der Kabine angekommen, war ich erstaunt, wie klein mein neues Zuhause war. Selbst ich mit meinem Aufräumfimmel würde meine Schwierigkeiten haben, hier drin alles in Ordnung zu halten. Sechs Quadratmeter für zwei Crew-Mitglieder war nicht gerade üppig. Da hatte ein Känguru-Baby ja mehr Platz in seinem Beutel.

Dann lernte ich schnell meine neuen Kolleginnen im Shop kennen und war erleichtert, dass mich alle ebenso freundlich und offen wie Mandy empfingen. Besser konnte es nicht mehr kommen, dachte ich.

May, eine der Kolleginnen aus dem Shop, sagte gleich zu Beginn etwas, was ich nie vergessen werde und was ich selbst noch vielen neuen Crewmitgliedern sagen würde: »Man geht aufs Schiff, um sein Leben zu verändern. Man lässt alles hinter sich, was war. Einige machen es bewusst, die meisten jedoch unbewusst. Pass mal auf, was dir alles noch passieren wird ...« Ich hatte ja keine Ahnung, wie recht sie damit haben würde.

Nach einem kurzen Mittagessen und dem Verladen neuer Ware hatte ich um siebzehn Uhr meine »Induktion eins«. Für Laien: Ich sollte mit meiner Rettungsweste und meinem Cap auf Deck 6 Backbord kommen, für meine erste Einweisung durch den Sicherheitsoffizier. Nachdem ich mich mehrmals auf dem Weg dorthin verlaufen hatte und dabei ganz schnell lernen musste, wo Backbord und wo Steuerbord ist, kam ich wie durch ein Wunder doch noch pünktlich an. Ich stellte mich zu den anderen Crewmitgliedern und fühlte mich wie in einer anderen Welt. Überall Rettungswesten, die vielen Sprachen, in denen sich alle um mich herum unterhielten, und die Motorengeräusche des Schiffes, alles war so neu, aufregend, geradezu surreal. Dann teilte uns einer der Sicherheitsoffiziere in Gruppen aus deutschsprachigen und englischsprachigen Crewmitgliedern ein.

Schließlich kam der andere Sicherheitsoffizier ... und ... ich war wie versteinert. Er war ein Traum von einem Mann! Anbetungswürdig!

Ich konnte den Blick nicht von ihm wenden. Er stellte sich neben mich und lächelte mich an. So also fühlt sich Liebe auf den ersten Blick an, dachte ich. Es war grotesk. Da hatte ich vor wenigen Stunden meinen langjährigen Freund unten am Pier verabschiedet und nun schaute ich in die Augen meines Traummannes. Ich starrte ihn wohl fünf Minuten lang an und bekam nichts mehr um mich herum mit. Er hatte die schönsten blauen

Augen, in die ich je geblickt hatte. Und seine Uniform machte ihn auch noch unglaublich sexy. Ich fühlte mich wie von einem Magneten zu ihm hingezogen, von der ersten Sekunde an war ich ihm verfallen.

Drei Monate später machte mir Rico in New York an Bord »unseres« Schiffes einen Heiratsantrag. 2011 läuteten die Hochzeitsglocken. Das Schiff änderte tatsächlich mein Leben. Zum Glück.

DIE 17. KREUZFAHRT

Schnelle Nummer

Ben (26), Make-up-Artist, Berlin,
über
Juri (19), unbekannt, Köln

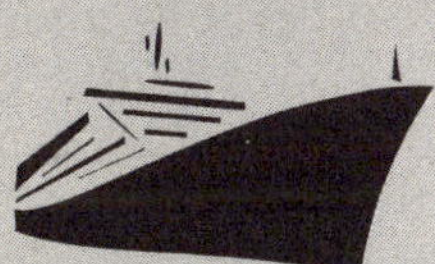

MALLORCA – VALENCIA – BARCELONA –
MONTE CARLO

»Ich ging tatsächlich zur Kabine, allerdings nur um mich kurz frisch zu machen und Kondome zu holen. Darauf achte ich penibel, ich nehme immer nur meine eigenen, man weiß ja nie. Dann machte ich mich auf den Weg zum Neunerdeck.«

Julia, ich hab schon wieder unglaubliche Lust auf ’nen Kerl.« Mit diesen Worten riss ich meine beste Freundin aus dem Schlaf. Wir lagen gerade an Deck unseres Schiffes. Da wir uns nichts Tolles hatten leisten können und trotzdem Urlaub auf dem Wasser machen wollten, waren wir auf einer Billig-Kreuzfahrt im Mittelmeer gelandet.

Für unsere Ansprüche war das genug, ich hatte mit Julia sogar eine Wette abgeschlossen, wer weniger Geld in diesen sieben Tagen ausgeben würde. Und weil bei ihr die Kaufsucht ausbricht, sobald sie einen Schuhladen auch nur von Weitem sieht, hatte ich keinen Zweifel an meinem Sieg. Ich würde sie einfach in die Innenstadt von Barcelona lotsen und vor den tollen Geschäften dort, eins mit höheren und schöneren High Heels als das andere, hätte sie keine Chance. Ich sah sie schon ihre Wettschulden einlösen: ein selbst gekochtes Drei-Gänge-Menü.

Doch erst einmal galt mein Heißhunger einem männlichen Glied. Verschlafen murmelte Julia: »Das ist eines der wenigen Dinge, mein lieber Ben, mit denen ich dir nicht aushelfen kann. Außerdem hast du doch am Abflugtag noch ordentlich Spaß gehabt.«

»Ich weiß. Ob ich mal 'ne Suchmeldung starte?«

»Ben, du wolltest doch hier auf dem Schiff für mich allein da sein. Außerdem schadet es dir auch nicht, wenn du mal eine Woche keinen Sex hast.«

»Hast ja recht. Und was zählt da alles als Sex mit rein?«

»Selbstbefriedigung natürlich nicht. Ich habe dich übrigens letzte Nacht gehört.«

»Dabei war ich extra leise.«

»Ich bin eine Frau. Ich höre nachts alles. Aber keine Sorge, ich habe versucht, nicht zu genau hinzuhören.«

»Haste ja auch nicht lang versuchen müssen, ging ja schnell.«

»Danke, die Info reicht mir.«

»Schnäuzchen, ich bin dann schon mal auf der Kabine zum Duschen. Kommst du später nach?«

»Ja, klar. Ich döse noch kurz eine Runde und bin in spätestens einer Stunde unten.«

Kaum hatte ich die Tür zu unserer Kabine hinter mir verschlossen, nahm ich mein iPhone zur Hand und startete eine Suche.

Ich bin auf einer Internetseite speziell für Schwule angemeldet. Dort kann man mithilfe der neuen iPhone-Technik seinen Standort bestimmen und ihn in eine Liste eintragen lassen. Jeder, der in der Nähe ist und ebenfalls Lust auf Sex hat, kann dich anschreiben. Und wenn es passt, trifft man sich innerhalb von Minuten und legt los. Meistens kennt man noch nicht einmal den Namen des anderen, geschweige denn das Alter oder ähnlich Persönliches. Aber seinen nackten Körper kennt man kurze Zeit später umso genauer.

Doch meine Suche blieb erfolglos. Kein anderer Kerl auf diesem Schiff schien die gleichen Bedürfnisse wie ich zu haben. Also versuchte ich es noch einmal. Wenig später hatte sich noch immer keiner gemeldet und daher musste meine rechte Hand herhalten, bevor Julia kam.

Zwei Tage später, wieder ein Seetag, vibrierte mein Handy, ich sah die Nachricht von einem »J.R.«. Er schrieb: »Ich habe gesehen, dass du auch an Bord des Schiffes bist und was Schnelles suchst. Lust habe ich auch. Also wenn du immer noch Lust hast, sag Bescheid, ich bin noch zwei Stunden flexibel.«

Klang das nicht super? Also ging ich auf sein Profil. Das Foto und das Alter stimmten und die anderen Daten wie Größe, Gewicht und Penislänge passten auch. Perfekt, dachte ich mir und antwortete: »Hey sexy J.R., natürlich hab ich noch Bock. Nur leider können wir uns nicht auf meiner Kabine treffen, Hetero-Alarm in Form meiner besten Freundin. Was schlägst du vor? Und was für Vorlieben hast du?«

J.R. antwortete umgehend: »Bei mir geht es leider auch nicht. Aber es gibt auf Deck 9 eine Behindertentoilette, die ist sehr geräumig. In fünfzehn Minuten? Vorlieben können wir ja dann besprechen.«

Ich schrieb nur ein kurzes O.K. und erzählte Julia etwas von kurz auf der Kabine ausruhen oder so. Und dass ich bald wieder zurück sei. Wir saßen gerade am Pooldeck und hatten uns mit einem Hetero-Pärchen angefreundet. Julia kam also für einige Zeit auch ohne mich klar. Ich ging tatsächlich zur Kabine, allerdings nur um mich kurz frisch zu machen und Kondome zu holen. Darauf achte ich penibel, ich nehme immer nur meine eigenen, man weiß ja nie. Dann machte ich mich auf den Weg zum Neunerdeck.

Klopf, klopf. Klick, J.R. schloss die Tür der Behindertentoilette von innen auf und öffnete sie einen Spaltbreit für mich. Ich schlüpfte hinein und schon hatte er wieder hinter uns abgeschlossen. Juri, so hieß er in voller Länge, hatte nicht viel Zeit. Deshalb spürte ich schon im nächsten Moment seine Zunge im Mund. Super, das ist mir am liebsten. Gar nicht groß herumreden, gleich loslegen.

Nachdem wir so viele Positionen und Stellungen ausprobiert hatten, wie es in einem so engen Raum bei so wenig Zeit möglich war, saßen wir verschwitzt nebeneinander auf dem gekachelten Fußboden.

»Das hatte mir noch zum perfekten Urlaub gefehlt«, sagte ich.

»Ja, sehr schön, diese Internetseite. Und so unkompliziert.«

»Absolut. Ich hatte schon gedacht, dass das nur in Berlin so gut funktioniert.«

»Aber siehe da, geht auch auf hoher See.«

»Morgen noch mal?«, fragte ich ihn. Er nickte nur und küsste mich noch einmal.

Wir plauderten noch ein bisschen, wir waren uns sympathisch und Sex ist schließlich nicht alles. Als wir unsere Klamotten wieder anzogen, sagte er noch: »Ach, eins noch. Solltest du mich auf dem Schiff nicht allein sehen, sag bitte nichts. Tu einfach so, als ob wir uns nicht kennen würden. O.k.?«

Dasselbe Spiel am nächsten Tag noch einmal: schneller Sex auf dem Klo. Genauso die Tage danach. Dann ging unser Urlaub auch leider schon dem Ende zu. Aber wir versprachen, in Kontakt zu bleiben und uns gegenseitig mal zu besuchen. Er war wirklich schnuckelig, ich hätte mich über ein Wiedersehen gefreut.

Am Abreisetag standen Julia und ich in der Schlange an der Rezeption, um zu bezahlen und auszuchecken. Da sah ich Juri tatsächlich, er wollte anscheinend auch zahlen. Aber wie versprochen sagte ich nichts zu ihm. Wir schauten uns nur einen Moment lang an, ein flüchtiges Lächeln, das war alles.

Kurz nach ihm kam eine junge, hübsche Blondine, stellte sich direkt neben ihn und sagte: »Ach Schatz, lass mich ruhig bezahlen.« Mir blieb fast die Spucke weg. Schatz? Was sollte das denn heißen? War er etwa doch eine Hete?

Ich hatte ihn die ganze Reise über – bis auf unsere schnellen Nummern – nicht auf dem Schiff gesehen. Er schaute mich kurz an und erkannte, dass mir alle Gesichtszüge entgleist waren. Dann sagte er hastig zu ihr: »Ach, ich mach das schon. Du kannst ja an der Gangway warten, ich komme gleich nach.« Sie schaute etwas verdutzt, beharrte aber auf ihrem Angebot: »Wir haben doch das ganze Geld von der Hochzeit auf meinem Konto, es ist einfacher, wenn ich das hier bezahle.«

Ihm trat der Schweiß auf die Stirn. Er hatte wohl Angst, dass ich ihn sofort hochgehen lassen könnte. Ich schaute auf seinen Finger: ein Ring. Und das identische Gegenstück, nur mit Steinchen daran, an ihrem. Oh Gott, ich habe mit einer verheirateten Hete geschlafen? Hatte er zwischendurch etwa auch mit ihr? Bähhh, dachte ich mir.

»Was ist denn mit dir? Du siehst so komisch aus, geht's dir nicht gut?«, fragte ihn seine Frau.

»Nein, nein. Alles in Ordnung. Dann gehe ich schon mal vor. Bis gleich.« Er schaute mich an, ohne eine Miene zu verziehen und ging davon.

Ich aber legte den Arm um meine Julia und sagte zu ihr: »Es ist verblüffend, wie recht du immer hast. Eine Woche ohne Sex ist wirklich kein Verlust. Ich sollte viel öfter auf dich hören.«

DIE 18. KREUZFAHRT

Schokoladen-dose

Rolf (77), Rentner, Grünheide,
über
Manfred (56), im Vorruhestand, Hoyerswerda

ODESSA – SEWASTOPOL – CHERSON –
SAPOROSCHJE – KIEW

»Ich nahm die beiden Flaschen, drehte mich um und ging davon. Auf dem Weg zum Schiff kam mir Freund Manfred entgegen, ich wusste ja, dass er auch zum Kiosk wollte. Und das Schöne war, er ahnte noch nicht, dass er diesen Gang umsonst machen würde.«

Wann kam man schon mal zu DDR-Zeiten ins Ausland? Und weil meine Frau Liane und ich uns nach jahrelanger harter Arbeit als Selbstständige etwas Luxus gönnen wollten, hatten wir uns 1985 eine sozialistische Art der Kreuzfahrt ausgesucht: 15 Tage lang von Odessa den Djnepr hinauf bis Kiew. Es war ein kleines Schiff, vielleicht um die achtzig Passagiere waren an Bord. Und obwohl ich heute, mit 77 Jahren, das eine oder andere Mal etwas vergesse, erinnere ich mich an jedes der verrückten Details der Reise so genau, als wäre es gestern gewesen. Heutzutage, davon bin ich überzeugt, würde mir so etwas nicht mehr widerfahren. Doch so abstoßend manches auch gewesen sein mag – ich würde nichts davon missen wollen.

Die ersten beiden Tage verliefen ruhig. Wir hatten an Bord ein sympathisches Pärchen in unserem Alter kennengelernt, beide waren sie Apotheker. Und was sie besonders sympathisch machte: Sie schienen außer uns die Einzigen an Bord zu sein, die nicht in der Partei waren.

Den dritten Tag der Reise verbrachten wir auf dem Schiff, weil wir an diesem Tag keinen Hafen ansteuerten. Um die Mittagszeit herum gab es eine Animation. Und der Animateur suchte, neben einem Mann in meinem Alter und einer jungen Dame, ausgerechnet mich aus, um seine Spielchen zu spielen. Na schön, dachte ich mir, für einen Spaß bin ich immer zu haben. Nur: Was waren das bloß für Späße.

Um die Wette Kartoffeln schälen mit einem stumpfen Messer, das war natürlich eine ganz besonders originelle Herausforderung. Dann musste unsere Mitspielerin ein Baby mimen, welches schreiend auf dem Boden liegt, und wir anderen beiden hatten die Aufgabe, sie zu beruhigen. Zuerst versuchte es mein Spielpartner: Er nahm sich von irgendwoher einen Schnuller und steckte ihn der Frau in den Mund. Sie spuckte ihn wieder aus und plärrte weiter. Er streichelte sie. Sie schrie. Er sang ihr sogar vor. Sie brüllte.

Also war ich jetzt an der Reihe. Meine Frau verdrehte schon die Augen und sagte zu unseren Bekannten: »Na, so wie ich meinen Mann kenne, versucht der nicht solchen Quatsch.« Und schon ging ich zu der plärrenden Baby-Frau, warf sie mir über die Schulter – zum Glück war sie federleicht – und setzte mich mit ihr auf einen Stuhl am Rand der Tanzfläche. Dann legte ich sie mir zurecht und versohlte ihr den Hintern, rein symbolisch natürlich. Und siehe da, ich hatte Erfolg. Das Baby brüllte zwar immer noch, aber jetzt vor Lachen, so wie die ganzen Zuschauer um uns herum.

Nur einer in der Runde lachte nicht: ein Parteifunktionär namens Manfred, der sich im Verlauf der Reise als mein wahrhaft »bester Freund« herausstellen sollte. Der kam gleich, nachdem mich der Animateur erlöst hatte, zu mir und gestikulierte wild in der Gegend herum. »Sind Sie denn völlig verrückt? Wie können Sie so etwas vor den Leuten machen?« Er überschlug sich fast vor körperlicher Entrüstung, ich wollte ihn nicht unterbrechen in seinem Ausdruckstanz. »Sie haben damit das Ansehen der DDR beschmutzt. Als wenn wir unsere Kinder verprügeln, wenn sie mal schreien.«

Ich musste mir auf die Zunge beißen, um nicht laut loszulachen. Oder um zu sagen, dass ihm in der Kindheit wohl eine kräftige Tracht Prügel ganz gutgetan hätte. Stattdessen begnügte ich mich mit einem »Jetzt hab dich mal nicht so« und ging weg. Hatte ich ihn gerade geduzt? Ich war noch nie gut darin, meine Antipathie zu verbergen.

Der nächste Tag sorgte für eine weitere »Überraschung«. Irgendwann nahm mich meine Liane zur Seite und sagte: »Schatz, wir beide essen ab jetzt an Bord kein Fleisch mehr.« Zuerst hielt ich das für einen Scherz, schließlich weiß sie doch, dass ich ein absoluter Fleischfresser bin und normalerweise nicht ohne kann. Hätte ich zur Zeit der Neandertaler gelebt, wäre ein ganzes Mammut für mich allein die Ration für gerade mal drei Tage gewesen.

»Nein, das war leider kein Scherz. Ich habe gerade etwas wirklich Widerliches gesehen, so widerlich, dass Fleisch für den Rest der Reise tabu ist. Ich war gerade oben an der frischen Luft und stand an der Reling, als ich unten die Lebensmittelverladung gesehen habe. Und die russische Polizei lief da auch rum.«

»Und?«

»Und als sie dachten, es sieht keiner, da hat einer von ihnen in die Fleischbox einen … na ja … einen saftigen Charlottenburger geschneuzt.«

Am Abend beim Essen fühlte ich mich wie eine Kuh. Grünzeug lag auf meinem Teller und meine Gabel stach mitten hinein. Aber lieber Gras fressen, als das grüne Zeug aus der Nase eines Polizisten. Und ich konnte mir auf meine unfreiwillige vegetarische Ernährung noch nicht mal die Kante geben. Michael Gorbatschow hatte damals nämlich ein Alkoholverbot verhängt. Wenn es kommt, dann kommt es gleich dicke.

Am nächsten Tag warteten wir unten an der Gangway auf unseren Ausflugsbus. Mein spezieller Freund Manfred stand mit einer Kollegin auch da. Sie sah aus wie eine – so würden es meine Enkel heute nennen – Kampflesbe mit dem starren Gesicht eines

Terminators. Ihr Kreuz war breiter als das von Muhammad Ali und so viel Kraft brauchte sie auch für die ganzen Partei-Abzeichen, die sie an ihrer Kleidung mit sich herumschleppte. An der war vermutlich ein Kerl verloren gegangen.

Ich ging zu den beiden hinüber und wollte sie diskret auf die Qualität des Essens an Bord hinweisen. Nicht unbedingt auf die Sache mit dem Fleisch. Sondern dass es ganz allgemein nicht so sei, wie ich es von so einer Reise erwartet hätte.

»Wenn ich eine kleine Kritik anbringen dürfte: Das Essen ist wirklich nicht besonders gut. Wissen Sie, woran das liegen könnte?« Ich wollte es mit Freundlichkeit versuchen. Doch dass ich damit nicht weit kommen würde, spürte ich schnell.

»Kann gar nicht sein«, fauchte Manfred.

»Dann will ich es mal klarer formulieren: Diesen Fraß würde ich nicht mal meinen Schweinen vorsetzen, wenn ich welche hätte.«

»Ich weiß nicht, was Sie meinen. Das Essen ist hervorragend«, mischte sich jetzt die Terminatorfrau ein. Sie schien ebenso kritikresistent wie Manfred zu sein.

»Also, wenn Sie dieses Katzenfutter lecker finden, bin ich froh, dass ich nicht Ihr Mann bin. Sonst müsste ich womöglich jeden Tag solches Zeug fressen.«

Damit hatte ich alles gesagt und ging zurück zu meiner Frau und unseren Bekannten. Der Bus war inzwischen so stark verspätet, dass unserem Apotheker Wolfgang seine Herzprobleme zu schaffen machten. Und weil der Arzt ihm geraten hatte, er solle nicht lange stehen, sondern sich lieber hinsetzen, tat er das dann auch, und zwar mitten auf der Straße. Aus Solidarität setzte ich mich zu ihm, damit er nicht als Einziger dumm angestarrt wurde. Wir erzählten uns gerade ein paar Witze, als Manfred auf einmal vor mir stand.

»Also einen Sitzstreik bezüglich der Mahlzeiten werden wir nicht dulden …«

Lachen hilft, hatte mir mein Vater immer gesagt, selbst bei so viel Borniertheit. Das taten wir dann auch, und zwar alle, nur der Herr Parteisekretär verzog keine Miene.

Doch das war nicht die letzte Gelegenheit, Manfred so richtig zu ärgern. Am nächsten Vormittag belauschte ich, wie er im Gespräch mit seiner Mannfrau erwähnte, dass der Kiosk am Hafen, bei dem man unter der Hand sogar etwas Alkohol kaufen könne, um 14 Uhr aufmachte. Meine Ohren waren so gespitzt wie die von Mr Spock. Für 13 Uhr war ein ganz spontaner Ausflug für alle Passagiere zu einem Lenin-Denkmal geplant, aber der würde ohne mich stattfinden. Ich versteckte mich in der Nähe des Kiosks und sah, gut getarnt und aus sicherer Entfernung, dass auch Herr Manfred, welch Wunder, sich im Hafen herumdrückte. Nur, dass ich den besseren Platz hatte.

Punkt 14 Uhr öffnete die Besitzerin ihren Kiosk und ich sprang sofort aus meiner Deckung hervor ans Verkaufsfenster. Alles Alkoholische, was sie hatte, waren eine Flasche Sekt und eine Flasche Rotwein. Ich nahm beides und bezahlte eine enorme Summe dafür. Alkohol war zu Zeiten des Verbots eine zweite Währung, so begehrt waren die Tropfen. Ich nahm die beiden Flaschen, drehte mich um und ging davon. Auf dem Weg zum Schiff kam mir Freund Manfred entgegen, ich wusste ja, dass er auch zum Kiosk wollte. Und das Schöne war, er ahnte noch nicht, dass er diesen Gang umsonst machen würde. Er sah mich mit den beiden einzigen Flaschen im Arm, mein Triumphgefühl in diesem Moment war grenzenlos, umso mehr, als ich hinter mir hörte, mit welcher Lautstärke er seine Wut austobte.

Zwei Tage danach folgte jedoch meine schlimmste Erfahrung dieses Urlaubs.

Wir machten einen Ausflug in eines jener heruntergekommenen Dörfer, die damals leider keine Ausnahme darstellten. Und durch das viele Herumlaufen meldete sich bald mein Darm zu Wort, ich musste dringend aufs Klo. Das Schlimme daran war, dass ich durch das ganze Grünfutter der letzten Tage nicht den festesten Stuhl hatte. Und weil es inzwischen eher eine Sache von Sekunden als von Minuten war, blieb mir nichts anderes übrig, als Manfred nach einer Toilette zu fragen.

Kaum hatte ich die Toilettentür geöffnet, hätte ich sie am liebsten gleich wieder geschlossen – und zwar von außen. Denn da war nichts als ein weiß gefliester Raum mit einem Loch im Boden. Doch meine Frau, die vor der Toilette wartete, versicherte mir, dass ich hier ganz richtig sei. Also zog ich nicht nur die Hose und den Slip, sondern auch die Schuhe aus. Ich wollte so gut es ging nicht nur heil, sondern auch sauber aus dieser Sache wieder herauskommen. Ich stellte mich breitbeinig über das Loch, suchte eine halbwegs stabile Position und ließ der Natur endlich ihren Lauf. Kurze Zeit später war ich erlöst und suchte nun nach Toilettenpapier – wenn auch vergeblich. Wischten die sich hier etwa nicht hinterher ab?

Dann sah ich über mir eine Dose von der Decke hängen. Und ganz oben aus der Dose guckte ein Zipfelchen Papier. Na, die haben ja tolle Möglichkeiten der Toilettenpapieraufbewahrung, dachte ich mir noch, streckte mich und griff beherzt in die Dose. Doch was ich ertastete, war keine Rolle Klopapier, nein, es waren weiche, klebrige Papierfetzen. Ich nahm meine Hand langsam wieder aus der Dose und meine Finger sahen aus, als ob ich in eine Schokoladentorte gegriffen hätte. Jackpot.

Das war anscheinend die Dose, in der die gebrauchten Zipfelchen abgeladen wurden, weil es ja keine Wasserspülung gab. Da stand ich nun, nackt von der Gürtellinie abwärts, breitbeinig über einem Loch und streckte so weit es ging meine linke, braungefärbte Hand von mir weg. Was für ein Albtraum.

Ich zog mich mit der anderen Hand mehr schlecht als recht wieder an und ging aus der Tür. Denn nirgendwo in diesem buchstäblich beschissenen Klo gab es ein Waschbecken. Liane sagte nur: »Ich dachte schon, du bist im Stehen eingeschlafen.« Ich biss die Zähne zusammen und zischte: »Ach, hör bloß auf. Und lass uns ein Waschbecken finden.« Innerlich beschloss ich, meinen Slip auf dem Schiff unbemerkt wegzuschmeißen. Diese Flecken würde man nie wieder rausbekommen.

Mein Freund Manfred sagte nur so von der Seite: »Hatte ich etwa nicht erwähnt, dass man sich Toilettenpapier selbst mitbringen muss?« Mein Blick hätte bestimmt jeden Braunbär verjagt. Und fast hätte ich ihm mit der linken Hand die Schulter getätschelt.

Die nächsten drei Tage hatte ich nur eine Hand. Die rechte. Obwohl ich Linkshänder bin.

DIE 19. KREUZFAHRT

Wer sich in Gefahr begibt …

Vanessa (30), Journalistin, Berlin,
über
Ganger (29), IT-Spezialist, Tyros

SAVONA – BARCELONA – CÁDIZ - MALAGA

»Ich tat einfach das, was mir in den Sinn kam, und ließ ihn alles machen, was sich gut anfühlte. Erst als wir nur noch mit Slip und Boxershorts bekleidet auf dem großen Bett lagen, wurde er zaghaft und schaute mich fragend an.«

YOU ARE MY FIRST BOY …«, log ich in das Gesicht über mir. Ich entdeckte eine Spur von Erleichterung auf seinem Gesicht, als er das hörte. »And you're my first girl«, antwortete er mit zitternder Stimme. Ich lag auf dem Rücken in Kabine 5161 auf Deck 5, irgendwo auf einem Kreuzfahrtschiff im Mittelmeer, über mir der erregte Danger.

Es war der letzte gemeinsame Urlaub mit meinen Eltern, schließlich war ich schon 17, und da es etwas ganz Besonderes werden sollte, buchten sie eine zehntägige Kreuzfahrt im westlichen Mittelmeer. Das Schiff war wunderschön, es lag in seiner ganzen Pracht im Hafen von Savona und schrie förmlich nach jungem Gemüse wie mir. Denn so toll und modern das Schiff auch war, die meisten Leute an Bord waren es leider nicht. Und auch auf einem Kreuzfahrtschiff erkennt man eindeutig die Deutschen an Bord, denn selbst hier tragen sie tatsächlich braune Römerlatschen mit bis zu den Knien hochgezogenen weißen Tennissocken.

Am ersten Tag der Kreuzfahrt beschloss ich, mich an den Pool zu legen und mir einen Eindruck von den Passagieren zu machen. Einige Jugendliche in meinem Alter schienen diese Idee auch gehabt zu haben. Das bot also die perfekte Möglichkeit, gleich mal die Urlaubsflirt- und Kontaktmöglichkeiten abzuchecken. Zuallererst stellte ich fest, dass das Bild hier am Pooldeck sich von dem eines Hotelstrands nicht groß unterschied. Auch hier sah man die sonnenbrandgeplagten Dampframmen rund um die Poolbar verteilt. Das Naturschauspiel war besser als jedes Kinoprogramm. Einer Hundertkilodame zum Beispiel sah ich dabei zu, wie sie sich auf ihrem Liegestuhl von rechts nach links und wieder zurück wälzte, bis sie endlich eine Position gefunden hatte, um auf die eigenen massigen Beine zu kommen und neue zuckerreiche Cocktails zu holen. Und ich dachte, so was sieht man nur am Strand von All-inclusive-Hotels. Da lag ich also am Pooldeck dieses tollen Schiffs und beobachtete die Menschen um mich herum, als ich ihn um die Ecke kommen sah. Hätte ich nicht schon gelegen, wäre ich nach hinten umgefallen.

Wie in diesem Werbespot für Duschgel, in dem sich ein nahezu perfekter Männerkörper unter einem Wasserfall abseift, lief der Traumtyp langsam an mir vorbei in Richtung Pool. Und nicht nur ich bemerkte ihn. Sämtliche weibliche Augenpaare zwischen zwölf und fünfzig Jahren gafften ihm hinterher.

Obwohl ich mir innerlich befahl, ihn nicht zu sehr anzustarren, wenn er an mir vorbeiging, dachten meine Augen gar nicht daran, dem Verstand zu gehorchen. Mit jedem Schritt, den er näher kam, sah er noch besser aus. Braun gebrannt, ein markantes, vollkommenes Gesicht mit wohlgeformten Lippen und nussbraunen Augen, jeder Muskel am ganzen Körper dezent dort zu erkennen, wo er hingehörte.

Zu meinem Erstaunen erkannte ich die Andeutung eines Lächelns, als er im Vorbeigehen kurz zu mir schaute. Und er ließ mich einige Sekunden nicht aus den Augen, ehe er in den Pool sprang, sodass ich nicht anders konnte, als ihm einen verführerischen Blick zuzuwerfen. Jetzt gefiel mir diese Reise gleich noch viel besser.

Wann gibt es einen besseren Zeitpunkt für ein kühles Bad als jetzt, dachte ich und tat es ihm nach. Ich ging, mit eingezogenem Bauch versteht sich, kurz nach ihm zum Pool und sprang hinein. Allerdings nicht, ohne ihm zuvor einen kurzen Blick auf meinen Allerwertesten zu erlauben. Und die Wirkung ließ auch nicht lange auf sich warten. Nach wenigen Minuten lag er neben mir auf der großen Unterwassermassagebank und ließ sich genauso wie ich die Düsen in den Rücken pressen. Über ein kurzes Gespräch zum Wetter fanden wir den Einstieg in eine lockere Unterhaltung, natürlich auf Englisch, bis er mich nach meinem Namen fragte. »My name is Vanessa, and you?«

»Danger.« Und weil er meine nächste Frage vielleicht schon ahnte, fügte er gleich noch hinzu: »From Libanon.«

Danger? Heißt doch auf Deutsch »Gefahr«, oder? Was ist denn das für ein Name? Wenn allerdings manche ihr Kind nach der Stadt, in der sie es zeugten, Paris oder San Diego taufen, dann können andere Eltern ihr Kind wohl auch Gefahr nennen.

Wir plauderten ein bisschen, lauter belangloses Zeug, und ich war froh, dass ich im Englischunterricht immer gut aufgepasst hatte. Andernfalls wäre mir Danger bestimmt durch die Lappen gegangen. Dann verabredeten wir uns noch für den gleichen Abend auf einen Drink und ich machte mich sofort an die Arbeit, in meiner Kabine das richtige Outfit zusammenzustellen. Ganz zum Leidwesen meiner Eltern besetzte ich für bald drei Stunden die Nasszelle.

Am Abend stellte sich heraus, dass Danger wider Erwarten ziemlich schüchtern war. Wir wussten beide nicht so genau, wie wir uns begrüßen sollten, als wir uns nach dem Abendessen am Oberdeck zur Poolparty trafen. Ich hatte das Gefühl, dass er etwas rot wurde, als wir uns beide entschieden, uns fürs Erste nur die Hand zu geben. Er wirkte jetzt so ganz anders auf mich als am Pooldeck vorhin. Dass so ein gut aussehender Typ so zart und einfühlsam war, hatte ich gar nicht erwartet – aber warum eigentlich nicht? Er fragte nach meinen Neigungen, meinen Hobbys, meinen kurzfristigen Zielen und den Erwartungen an die Zukunft, den Freunden zu Hause und – ganz nebenbei – ob ich einen Freund hätte, was ich wahrheitsgemäß verneinte.

Sobald ich nur noch einen letzten Schluck in meinem Glas hatte, bestellte er schon ein neues nach. Aufmerksam war er also auch noch. Ich fühlte mich immer unbeschwerter und redete mehr, als ich es mir vorgenommen hatte. Wie immer in solchen Momenten. Vorsätze sind ja auch dafür da, umgangen zu werden. Ich breitete meine ganzen persönlichen Erfahrungen vor ihm aus und er beantwortete auch jede meiner Fragen ausführlich. Ich spürte schon nach wenigen Stunden, dass ich mich womöglich für einen Urlaubsflirt zu wohl fühlte.

Dieser schöne Abend fand jedoch ein jähes Ende, als meine Mutter auftauchte und mich mit ins Hotelzimmer dirigierte. Ich war schließlich noch nicht volljährig. Im Bett dachte ich über die letzten Stunden nach und spürte ein leichtes Kribbeln in meinem sonnenverbrannten Bauch. Am nächsten Morgen trafen wir uns nach dem Frühstück auf dem Pooldeck wieder. Zuvor hatte ich vergeblich nach ihm Ausschau gehalten, hatte sogar um sieben Uhr morgens freiwillig den Job meiner Mutter übernommen und mit den Handtüchern – typisch deutsch, wie peinlich – an Deck unsere Liegen reserviert, in der Hoffnung, ihn vielleicht beim Joggen zu sehen. Denn dass er jeden Morgen vor dem Frühstück laufen ging, hatte er mir am Vorabend erzählt.

Als er endlich vor mir stand, fragte er mich, ob wir zusammen zum Heck gehen und ein wenig quatschen wollten, da sei es doch sicherlich etwas ruhiger. Ich fühlte mich wie ein kleines Mädchen, das gerade zum Eisessen eingeladen wurde. Wir redeten wieder über Gott und die Welt und ich erfuhr, dass er schon in zwei Tagen von Bord gehen würde. Aber wie sollte ich dann die letzten Tage ohne Depression die Krampfadern- und Dritte-Zähne-Gespräche überstehen? Nach einer wie im Flug vergangenen Stunde kehrten wir wieder zum Pooldeck zurück, wo er mich plötzlich an der Hand nahm und mich zu zwei Liegen am Ende der Reihe führte.

Ich vermutete, dass die beiden Personen, vor denen wir nun Hand in Hand standen, seine Eltern waren. Er erzählte ihnen etwas in seiner Landessprache, worauf die beiden sofort aufstanden und mich herzlich begrüßten.

Ich versuchte mich kurz auf Englisch vorzustellen, doch er übersetzte und daraus schloss ich, dass sie kein Englisch sprachen. Seine Eltern lächelten mich immer wieder herzlich an, ich nahm an, dass Danger gerade von mir und meinem Leben in Deutschland erzählte.

Als ich an meinem Arm herunterschaute, bemerkte ich, dass er noch immer meine Hand fest in der seinen hielt. In diesem Moment beschlich mich eine leise Panik. Ich verstand ja kein Wort von dem, was er da erzählte. Stellte er mich vielleicht gerade als seine Freundin vor? Freuten sich seine Eltern vielleicht deshalb so, weil sie dachten, wir würden bald heiraten?

Zum Glück spürte Danger nicht, wie aufgewühlt ich innerlich war. Als wir wieder allein waren, berichtete er: »Ich hatte ihnen heute schon beim Frühstück von dir erzählt und ich wollte dich nur noch persönlich vorstellen. Sie haben gefragt, ob du vielleicht heute mit uns zum Dinner gehen möchtest. Doch ich erzählte von deinen Eltern, die bestimmt nicht erfreut sein würden, wenn du den ganzen Abend ohne sie verbringst.«

So schnell wie sie gekommen war, hatte sich meine Panik wieder gelegt. Ich hatte mich da wohl in ein Hirngespinst hineingesteigert, aber das konnte ich schon immer ziemlich gut. »Dinner? Schöne Bezeichnung für das Buffet an Bord«, sagte ich, die Erleichterung in meiner Stimme war sicher nicht zu überhören. Schließlich hatte ich mich schon mit einem Ring am Finger gesehen.

»Genau genommen essen wir im separaten Restaurant des Schiffes.«

»Ja? Warum das denn?«, fragte ich neugierig.

»Wir sind Ehrengäste. Mein Vater ist Geschäftsmann und hat einige berufliche Termine mit diesem Urlaub verbunden. Unter anderem auch mit dem Kapitän des Schiffes. Und daher genießen wir unsere Mahlzeiten im abgetrennten Restaurant.«

»Ach, deshalb wart ihr heute nicht beim Frühstück. Ich hatte dich schon gesucht.«

»Genau. Möchtest du heute Abend vielleicht doch mit uns essen? Ich würde mich sehr freuen.« Immer mehr nahm er mich mit seiner charmanten Art gefangen.

»Nein, vielen Dank. Ich möchte mich noch nicht so ganz bei meinen Eltern ausklinken. Vielleicht sehen wir uns danach wieder an der Bar?«

»Oder wieder hier?«, sagte er leise, schaute mich halb schüchtern, halb verführerisch mit seinen dunkelbraunen Augen an und ich spürte wieder ein leichtes Kribbeln in der Magengegend. »Ja, warum eigentlich nicht«, sagte ich, während ich meinen Blick senkte.

Ich ging, wie verabredet, nach dem Abendessen an Deck. Meinen Eltern sagte ich, dass ich mit mehreren Leuten unterwegs, spätestens aber um zwölf auf dem Zimmer sei. Kurz nachdem ich ankam und mich auf die Liege neben dem Pool setzte, sah ich Danger näherkommen. Er setzte sich neben mich und zeitgleich hatten wir dieselbe Idee. Nämlich, uns rückwärts auf eine weitere Liege fallen zu lassen und in den sternenklaren Himmel zu schauen. Ganz leise hörte man die Schiffsmotoren, leicht spürte ich den Wind und die laue Salzluft. Ich liebe dieses Gefühl, es riecht förmlich nach Freiheit.

»Stört es dich, wenn ich noch einmal deine Hand nehme?«, fragte er zaghaft. Ich schob meine Hand unter seine, damit war alles klar. Dann lagen wir einfach nur da, schauten in den Himmel, hörten dem Rauschen der Wellen zu, während er sanft meine Hand streichelte. Ich fühlte mich so geborgen wie schon lange nicht mehr.

Nach einer halben Ewigkeit richtete er sich auf und fragte: »Kommst du mit ins Wasser?« Ohne zu zögern zogen wir uns aus – zum Glück hatte ich noch meinen Bikini drunter – und gingen in das angenehm warme Wasser des Whirlpools an Deck. Niemand sonst war da, die allabendliche Show lief ja noch. Und weil der Pool unbeleuchtet war, fühlten wir uns erst recht unbeobachtet.

Mein Herz schlug wie wild, als er mich heranzog und mir ins Ohr flüsterte: »Ich muss dich einfach fragen…«, er atmete tief ein, dann hörte ich ein Zittern in seiner Stimme, »… darf ich dich küssen?«

Wie eine Erlösung fühlte sich die erste Berührung unserer Lippen an, immer stärker kribbelte es in mir. Er schlang seine Arme um meine Taille und hielt mich fest, sein Atem verriet, dass er genauso erregt war wie ich. Gerade zog ich mit dem Zeigefinger die Konturen seiner Muskeln am Oberkörper nach – als mich eine vertraute Stimme aus allen Träumen riss: »Vanessa … Vaneeeeeeeeessa? Bist du hier? Vaneeeeessa …«

Mutter! Was macht meine Mutter jetzt hier? Und was würde sie tun, wenn sie mich hier im Wasser mit einem für sie Wildfremden rumknutschen sah? Auch Danger erkannte sofort, wer da nach mir rief. Wir ließen sofort voneinander ab und ich sprang aus dem Wasser, zum Glück saß der Bikini noch genau an den Stellen, an denen er sitzen sollte.

»Vanessa«, sagte sie wütend, als sie mich endlich erspäht hatte, »es ist schon nach ein Uhr. Ich hab mir Sorgen gemacht. Und was machst du überhaupt im Pool?« Zum Glück entging ihr in der Dunkelheit wenigstens, dass Danger noch im Wasser war.

Eine Stunde und eine saftige Standpauke später lag ich im Bett und konnte nicht einschlafen. Ich war so aufgewühlt von dem Verlangen, das Danger in mir geweckt hatte, dass ich jede Sekunde zählte, bis ich ihn endlich wiedersehen würde. Doch aus den Sekunden wurden Stunden, lange Stunden. Den ganzen Tag lang suchte ich nach ihm, beim Landgang hielt ich in jedem Laden und in jeder Gasse nach ihm Ausschau – alles vergebens. Hatte er sich zurückgezogen, um mich vor dem Argwohn meiner Eltern zu schützen? Gentleman, der er war, hätte ich ihm das durchaus zugetraut.

Doch dann, es war inzwischen wieder Abend geworden und ich ging gerade mit meinen Eltern zum Essen, sah ich ihn von Weitem. Wieder traf mich sein Anblick wie ein Blitz, immerhin hatte ich noch die Kraft, ihn heranzuwinken, um ihn meinen Eltern als Urlaubsbekanntschaft vorzustellen. Zum Glück sprechen meine Eltern ebenso gut englisch wie ich arabisch, deshalb war das Ganze nach einem kurzen Händeschütteln auch schon wieder vorbei. Wenigstens konnten wir uns in einem unbeobachteten Moment einen flüchtigen Kuss geben und sofort war es wieder um mich geschehen. Dangers Lippen waren einfach suchtverdächtig.

Er nahm meine Hände und flüsterte mir ins Ohr: »Heute ist mein letzter Abend und wenn ich mich jetzt nicht traue, gibt es keine zweite Chance.« Und dann: »Ich würde gern nachher mit dir allein sein. Ich sage dir jetzt einfach meine Kabinennummer und lasse mich überraschen, ob du kommst – 5161.« Dann gab er mir einen zarten Kuss auf die Stirn und ging einfach davon, bevor ich noch etwas sagen konnte.

Welches Alibi ich meinen Eltern damals vorgeschwindelt habe, weiß ich nicht mehr. Aber gut muss es gewesen sein, denn schon bald nach dem Essen klopfte ich an die Tür mit dem Schild 5161. Danger öffnete, zog mich wortlos zu sich herein und schloss mich in die Arme. Wieder küsste er mich mit seinen weichen Lippen und wieder stieg die Lust in mir auf. Ich ließ mich fallen wie noch bei keinem Mann vor ihm. Kein Gedanke daran, dass er meine Oberschenkel zu dick oder meinen Po zu breit finden könnte, dass ich etwas falsch machen oder verklemmt wirken könnte. Ich tat einfach das, was mir in den Sinn kam, und ließ ihn alles machen, was sich gut anfühlte. Erst als wir nur noch mit Slip und Boxershorts bekleidet auf dem großen Bett lagen, wurde er zaghaft und schaute mich fragend an.

Dann tat ich etwas, was mich selbst schockierte: Ich log. Ohne Grund und ohne Not. Ich blöde Kuh log ihm ins Gesicht, dass er mein »First Boy« sein werde. Kaum hatte ich es ausgesprochen, hätte ich mich selbst für diese dreiste Lüge ohrfeigen können. Aber wie hätte ich das jetzt noch zurücknehmen können? Etwa nach dem Motto: »Du, Danger, so ganz stimmt das eigentlich nicht. Aber abgesehen von einem skrupellosen Weiberhelden und einem Abenteuer unter der Dusche hatte ich in der letzten Zeit wirklich keinen Sex ...«? Und schon war meine Unbeschwertheit dahin.

Ja, wir schliefen miteinander. Und ja, ich denke, dass es wirklich das erste Mal für ihn war. Aber leider konnte ich mich nicht mehr so hingeben, wie dieser Traummann es verdient gehabt hätte. Ich hoffe bis heute, dass er davon nichts bemerkt hat. An seinem Abreisetag gab er mir noch seine Adresse. Jetzt erst erkannte ich, dass ich ihn die ganzen Tage über mit einem falschen Namen angesprochen hatte. Er hieß nicht Danger, Gefahr, sondern Ganger, doch er war taktvoll über mein Missverständnis hinweggegangen. Oder ihm war anderes an mir wichtiger gewesen.

Monatelang schrieb er mir, dass er sich auf dem Kreuzfahrtschiff Hals über Kopf in mich verliebt habe und dass ich ihn so schnell wie möglich besuchen sollte. Doch mein schlechtes Gewissen über meine Lüge mit dem »First Boy« blieb, und irgendwann ließ ich den Kontakt zu diesem wunderbaren Mann abreißen. Wer sich in Gefahr begibt ...

DIE 20. KREUZFAHRT

Dampf abgelassen

Christian (31), Schiffsmechaniker, Leer,
über
Annie (99), Rentnerin, Lahti

BIS HEUTE AUF ALLEN
SIEBEN WELTMEEREN

»Dort angekommen, war ich schon mal erleichtert, dass kein Rauch aus dem Türschlitz drang. Wir acht Männer brachten uns in die Positionen, die wir alle bei unseren Übungen geprobt hatten, Aufregung machte sich in mir breit.«

Auf einem Kreuzfahrtschiff zu arbeiten war eine ganz neue Erfahrung für mich. Normalerweise bin ich Mechaniker für Schiffsmotoren und allen anderen technischen Kram, der zu einem großen Schiff dazugehört. Zur See zu fahren war schon als kleiner Junge mein Traum. Mit der Zeit hatte ich aber auch die Nachteile des Berufs kennengelernt, nämlich dass man jeden Tag an einem anderen Ort ist und nur die eigene Kajüte sein Zuhause nennen kann. Die Familie oder die Freunde sind in der Heimat und man sieht sie nur selten.

Doch es gibt auch einen großen Vorteil: In jedem Hafen gibt es schöne Frauen. Und noch besser ist, dass sie sich untereinander unmöglich kennen können. Jackpot für jeden jungen Mann. Also für mich.

2001 wurde ich als Springer eingesetzt. Springer bedeutet, dass ich für andere Crewmitglieder als Urlaubs- oder Krankheitsaushilfe arbeitete. So landete ich schließlich auf einem Kreuzfahrtschiff auf der Ostsee und begriff schnell, dass diese Art von Seefahrt nicht meiner bisherigen Arbeit entsprach. Hier war alles so sauber, Glamour überall und es funkelte an jeder erdenklichen

Ecke. So viele Leute waren an Bord, Musik und lautes Lachen in allen Räumen. Äußerst spannend, das musste ich zugeben.

Ungewohnt war auch meine erste Notfallrettungsübung. Es war warm draußen und ich bereitete mich auf eine der üblichen, in Fleisch und Blut übergegangenen Routine-Übungen vor. Das bedeutete, dass alle Crewmitglieder den Ernstfall proben und jeder Einzelne wissen muss, was seine Aufgabe ist, wenn dem Schiff dasselbe wie der Titanic widerfährt. An diesem Tag jedoch entschied ein Verantwortlicher, dass es warm genug sei, um eine Mann-über-Bord-Übung mit einem lebenden Objekt zu testen. Ich war glücklich, dass nicht ich es war, der sich ins kühle Nass stürzen musste, denn selbst im Sommer ist das Wasser der Ostsee kälter als das der Karibik im Winter. Die sind echt verrückt hier, dachte ich mir.

Auf diesem Kreuzfahrtschiff also sollte ich für vier Wochen einspringen. Meine Aufgabe als wachhabender Decksmann war unter anderem, regelmäßig alle Feuerpunkte auf dem Schiff zu kontrollieren. Dafür machte ich mich zu jeder vollen Stunde auf den Weg und brauchte etwa dreißig Minuten, bis ich die Runde gemacht hatte.

Zu meinem Glück waren einige Feuerpunkte auch in den Saunen, eine willkommene Abwechslung zu den sonst so langen und monotonen Runden. So musste ich regelmäßig zwischen den nackten Damen und Herren meinen Kontrollgang machen. Viele Frauen waren empört, dass ein voll bekleideter Mann durch die Sauna marschierte. In diesen vier Wochen reicherte ich meinen Wortschatz um einige saftige Fäkalbeleidigungen aus aller Herren Länder an. Nachdem ich anfangs noch versucht hatte, jedem der schimpfenden Passagiere zu erklären, warum ich das hier mache und dass es der Sicherheit an Bord diene, hörte ich mir irgendwann das Gepöbel nur noch kommentarlos an.

Am fünften Arbeitstag an Bord machte ich nachmittags wie üblich meinen Kontrollgang, diesmal mit dem Höhepunkt, dass mir eine ältere adipöse Dame in der Sauna ein »Sie Spanner, Sie«

an den Kopf warf. Ich hatte diese Runde fast beendet, als mein Pieper am Gürtel Alarm schlug. War das vielleicht eine Übung?

Nein, dessen war ich mir sicher. Der Pieper zeigte »F« für Feueralarm und »R« für Rauchalarm. Mein Herz schlug höher: Feuer an Bord? Ich ging drei Decks nach unten auf Deck F zu meinem Sammelplatz. Dort trafen zeitgleich die sieben anderen Mitglieder meines Löschtrupps ein. Drei Mann nahmen einen Feuerlöscher, die anderen fünf die schweren Schläuche, um vor Ort löschen zu können. Mit Gasmasken und voller Ausrüstung machten wir uns auf den Weg zur Kabine 241 auf Deck F.

Dort angekommen, war ich schon mal erleichtert, dass kein Rauch aus dem Türschlitz drang. Wir acht Männer brachten uns in die Positionen, die wir alle bei unseren Übungen geprobt hatten, Aufregung machte sich in mir breit.

Ich, allen voran, fasste zuerst die Metalltür an, um zu testen, ob sie heiß war.

Nein, sie war kalt. Gutes Zeichen. Minimale Erleichterung, das Zimmer schien also noch nicht komplett abzubrennen.

Klopf, klopf ... Keine Reaktion. Klopf, klopf, klopf ... Nichts.

Ich nahm meine Universalkarte und steckte sie in den vorgesehenen Schlitz des Türöffners. Adrenalin schoss durch meinen Körper. Ich stieß die Tür auf und brachte mich zeitgleich mit meinem Schlauch in Position. Etwas nebelig war die Luft, ich konnte nicht sofort erkennen, was sich in dem Zimmer abspielte. Doch was ich beim zweiten Hinsehen erblickte, verschlug mir einen Moment den Atem. Ich hatte mit einem kleinen Feuer gerechnet, mit einem Bett, das vor sich hin kokelte oder mit einem durchgebrannten Föhn, einer angesengten Leitung. Aber das?

Da standen wir, acht Männer mit Gasmasken, fünf von uns mit Wasserschläuchen vom Durchmesser meiner Oberschenkel, die drei weitere mit großen Feuerlöschern im Anschlag, und starrten auf eine 89-jährige Dame in knielangem Rock und Unterhemd, die gerade mit einem Dampfbügeleisen das Hemd ihres Gatten bügelte. Mit einem Dampfbügeleisen? Direkt unter einem Rauchmelder?

Die Dame schaute uns schockiert an und just in diesem Moment stieß das Bügeleisen eine weitere Dampfwolke aus. Die Rauch- und Feuermelder über ihr blinkten und leuchteten um die Wette. Ich konnte es kaum fassen.

Natürlich war ich erleichtert, das waren wir schließlich alle. Die Dame jedoch dachte bei unserem Anblick, dass ein Feuer an Bord ausgebrochen sei. In ihrer Panik fuchtelte sie mit den Armen herum und wollte sich von uns retten lassen. Der Gatte saß derweil seelenruhig daneben und blickte uns nur fragend an. In seinem Unterhemd, mit offenem Gürtel und dem Hut auf dem Kopf hätte der 94-jährige Herr nicht gelassener wirken können. Spätestens bei diesem Anblick konnten wir uns das Lachen nicht mehr verkneifen, sogar der Opa ließ sich davon anstecken. Nur seine Frau warf immer noch hektische Blicke um sich, als schwebe sie in Lebensgefahr.

Da die beiden aus Finnland kamen, passte es gut, dass einer unserer Kollegen mit Feuerlöscher ein Landsmann von ihnen war. Er fand die richtigen Worte, um sie zu beruhigen – und um uns zu übersetzen, wie es zu diesem Missverständnis gekommen war. Die Dame hatte ihrem Mann noch schnell ein frisches Hemd für das abendliche Dinner bügeln wollen, doch weil sie beide nahezu taub waren, hatten sie weder den Rauchmelder noch unser verzweifeltes Klopfen gehört. Bis sie von einer achtköpfigen Bande mit Schläuchen und Feuerlöschern aus ihrer Idylle hochgeschreckt wurden. Das Exklusiv-Menü, das ihnen der Kapitän später zum Trost an seinem Tisch spendierte, dürfte sie jedoch genug für den Schreck entschädigt haben.

DIE 21. KREUZFAHRT

Stürmische See

Alex (29), DJ, Münster,
über
Sue (24), Rezeptionistin, Brüssel

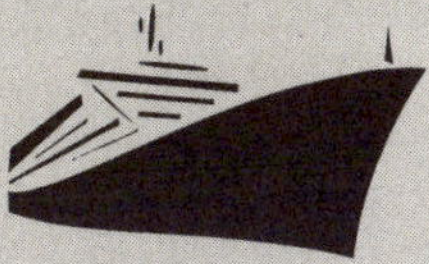

SECHS MONATE AUF ALLEN
SIEBEN WELTMEEREN

»Sue küsste leidenschaftlich. Sinnlich. Vielseitig. So, als beherrschten ihre Lippen eine ganz eigene Sprache, mit der sie mir vermittelte, was sie gerade empfand. Ich lehnte mich gegen eine Wand, sie presste sich an mich. Wir küssten uns wieder.«

DIE TURNTABLES LIEFEN HEISS. Die Stimmung war super. Wie immer, wenn wir eine Party in der Crewbar machten. Unter Deck, die Crew unter sich. Es war heiß da unten, und damit meine ich nicht nur die Temperatur. Ich hatte schon lange ein Auge auf sie geworfen. Auf Sue. Sue war an Bord kein Kind von Traurigkeit, ebenso wenig wie ich. Also, was sprach schon dagegen?, hatte ich mich immer öfter gefragt. Und genau das sagte ich ihr jetzt. Sie schien keine Probleme damit zu haben, wenn ein Mann Tacheles spricht, das gefiel mir. Die meisten Frauen sind immer so kompliziert, danach. Als wenn man mit seinem Sperma ein Pachtvertrag unterschrieben hätte. »Warum meldest du dich denn nicht mehr?« bedeutet normalerweise bei Frauen so viel wie »Du hast mit mir geschlafen, also hast du jetzt eine Verpflichtung!«

Das war genau einer der Gründe, warum ich auf dem Schiff als DJ angeheuert hatte. Womöglich das letzte Mal im Leben keine Verpflichtungen zu haben und genauso kam es. Das war eine super Zeit.

»Wollen wir hoch ans oberste Deck?«, fragte Sue in verführerischem Ton, als wir die Crewbar verließen.

»Klingt super.« Als Crewmitglied kennt man nach wenigen Wochen jede Ecke auf dem Schiff. Na ja, bis auf den Maschinenraum vielleicht. Und man weiß ganz genau, wo viele Leute hingehen und wo wenige anzutreffen sind. Wir suchten uns eine ruhige Ecke und fingen gleich an, uns zu küssen. Normalerweise gehört das für mich eher zum Pflichtprogramm. Doch bei Sue begann schon damit die Kür. Deshalb blieben wir eine ganze Weile nur beim Küssen.

Sue küsste leidenschaftlich. Sinnlich. Vielseitig. So, als beherrschten ihre Lippen eine ganz eigene Sprache, mit der sie mir vermittelte, was sie gerade empfand. Ich lehnte mich gegen eine Wand, sie presste sich an mich. Wir küssten uns wieder. Doch dieses Mal sprach sie mit ihrem ganzen Körper. Ihre Hüften bewegten sich rhythmisch, sie massierte mit ihrer Scham durch die Jeans hindurch meinen Penis. Der war schon seit der ersten Berührung unserer Lippen so voll gepumpt, dass ich ohne Probleme daraus zwei Liter Blut hätte spenden können.

Sie umfasste meinen Hals, zog mich näher an sich heran.

Ich packte sie um die Taille, küsste sie fordernder. Ich begann, ihr Kleid hochzuschieben und ihre Brüste kamen zum Vorschein, nackt kamen sie mir noch größer vor. Sie waren wunderschön. Ich liebkoste sie. Sie stöhnte leicht. Ihre Hüften sprachen Bände. Meine Hände waren überall an ihrem Körper. Nur noch nicht an den empfindlichsten Stellen. Die wollte ich mir noch für später aufsparen. Ich schob ihr das Kleid über den Kopf und warf es neben uns. Sie zog mir das Shirt vom Leib, kratzte leicht mit den Fingernägeln über meinen Rücken und meine Brust. Überall Gänsehaut. Sie nahm mein Gesicht zwischen ihre beiden Hände, trat ein paar Zentimeter zurück, schaute mich an. Um dann noch intensiver meine Lippen zu suchen und dabei ihre Hände über meinen ganzen Körper tanzen zu lassen.

Ich fuhr mit den Händen ihren Rücken entlang, hinunter zu ihrem runden wohlgeformten Po. Ich genoss es, ihn zu streicheln, während sie meinen Schwanz massierte. Ich ging mit einer Hand nach vorn und strich über ihre Scham. Sie stöhnte auf, wollte mehr davon. Ich fuhr mit einer Hand in den Slip, alles war nass, Wahnsinn, wie mich das anmachte. Sie öffnete meine Hose, befreite meinen Schwanz. Einige Lusttropfen hatten ihn auch schon feucht gemacht. Sie warf den Kopf in den Nacken, zog mit einer Hand den String beiseite. Ich schob meine Jeans etwas weiter nach unten und holte aus meiner Tasche ein Kondom, zog es über. Sie schaute mir in die Augen, ganz tief, als sie sich endlich, ganz langsam, auf mich setzte.

Wellen brachen. Körper schwitzten. Lippen küssten. Winde wehten. Hände forschten. Stimmen stöhnten.

Sie ritt mich, wie es noch keine vor ihr getan hatte. Ich kam viel zu schnell. Jedoch nicht, bevor sie nicht auch gekommen war.

Wann hat man schon mal so tollen Sex? Vielleicht ein von zwanzig Mal? Oder noch seltener? Und dann noch unter freiem Himmel? Auf See? Es war wie in einem Traum. Und mir war etwas passiert, was mir noch nie widerfahren war. Ich erkannte mich nicht wieder. Ich, der Gigolo.

Ich hatte mich – beim Sex – in eine Frau verliebt. In Sue.

DIE 22. KREUZFAHRT

Filmriss

Jana (27), Vermögensberaterin, Berlin,
über
Mandy (29), Geschäftsführerin, Berlin

MALLORCA – BARCELONA – SAVONA – NEAPEL

»Wieder keine Reaktion. Dann, etwa eine halbe Minute quälender Stille später, standen die beiden auf. Svenja warf mir einen bösen Blick zu und ging. Jetzt war klar, dass ihre miese Laune etwas mit mir zu tun haben musste.«

HELL. NEIN, GRELL. Hat jemand einen Scheinwerfer genau vor mir aufgestellt und ihn mit 5800 Watt auf mich gerichtet?, fragte ich mich. So hell kann die Sonne doch gar nicht in mein Gesicht scheinen. Es brannte in meinen Augen. Ich kniff sie lieber noch zu, bis ich mich an die Helligkeit gewöhnt hatte. Mir war furchtbar flau im Magen. Da waren auch noch hämmernde Kopfschmerzen, jeder Gedanke tat weh.

Ich lag anscheinend im Bett. Und das Bett schien in meiner Kabine zu stehen. Das war schon mal ein gutes Zeichen. Nur: Wie bin ich bloß hierhergekommen? Und vor allem wann? Ich blickte nach rechts. Alles drehte sich, schwindelig war mir also auch noch. Aber immerhin lag der richtige Mann neben mir, wenigstens etwas. Er schlief noch und röchelte, diese blöden Klimaanlagen in den Schiffskabinen waren seiner Atmung nicht gerade förderlich. Mein Mund war trocken und es schmeckte, als hätte ich gebratene Ratten mit Anchovis zum Abendessen gehabt.

Ich fuhr mit den Händen an meinem Körper entlang. Ich hatte nichts weiter an als Socken. Socken? Ich hatte doch gestern gar keine angezogen, ich war mit Flipflops unterwegs gewesen. Schritt für Schritt ging ich den Abend im Kopf durch, auch wenn ein hämmernder Kopfschmerz mir im Weg stand. Noch nie in meinem an Partys so reichen Leben hatte ich solche Schwierigkeiten gehabt, mich an die vergangene Nacht zu erinnern.

Das ist auch der Grund, warum ich schon immer großen Respekt vor Drogen hatte. Die Sorge, dass ich die Kontrolle verlieren könnte, hatte mich bisher immer davor zurückschrecken lassen. Und von Leuten, die irgendeine Art von Drogen brauchen, um einen schönen Abend zu erleben, halte ich erst recht nichts.

Dass Alkohol allerdings auch eine Droge mit Nebenwirkungen ist, spürte ich an diesem Morgen im Bett am eigenen Leib. Und ich fühlte mich hundeelend. Ich versuchte noch immer mühsam, meine einzelnen Bildfetzen im Kopf chronologisch zu ordnen. Vielleicht geht es besser, wenn ich mich hinsetze und etwas trinke, dachte ich, und schlug die Augen auf. Noch immer war es viel zu hell hier drin, wir hätten vielleicht doch eine Innenkabine buchen sollen. Da gibt es keine Fenster und nur die Hand am Lichtschalter bestimmt, ob es hell oder dunkel ist. Ich entschied mich, doch liegen zu bleiben und dabei tief in meinem Gedächtnis zu graben.

Mein Mann und ich hatten nach dem Abendessen in der Diskothek des Schiffes getanzt, die Musik war einfach hervorragend gewesen und die Stimmung ausgelassen. Zwei mit uns befreundete Paare waren ebenfalls bei dieser Mittelmeerkreuzfahrt an Bord. Svenja kenne ich von meinem Geburtsvorbereitungskurs. Und da wir uns auf Anhieb gut verstanden, sahen wir uns seitdem regelmäßig mit den Kindern. Svenja ist offen, witzig und nimmt sich selbst nicht zu ernst. Ihr Ehemann Manuel ist etwas ruhiger als sie, jedes einzelne Wort muss man ihm wie einen dicken, festsitzenden Popel aus der Nase ziehen.

Das andere Paar in unserer Runde waren Oliver und Mandy. Der sympathische Oliver war schon seit einigen Monaten mit meinem Mann befreundet, Mandy seine On-off-Beziehung. Die beiden konnten nicht die Finger voneinander lassen, taten zwar alles genau wie ein Pärchen, denn sie knutschten, hatten Sex, stritten, flirteten miteinander und machten Kompromisse. Trotzdem betonten die beiden bei jeder Gelegenheit, dass sie kein Paar seien.

Schließlich gab es in unserer Runde noch Viktor, einen guten Bekannten mit russischen Wurzeln. Als wir ihm vor Monaten von unseren Urlaubsplänen erzählt hatten, schloss er sich spontan mit seiner Familie an. Gestern Abend nun war er in der Bar zu uns sechs gestoßen, Kinder und Frau hatte er in der Kabine zurückgelassen.

Viktor, Oliver und Mandy hatten neben uns getanzt, alles war eigentlich wie die Abende zuvor gewesen. Svenja und Manuel standen an der Bar und diskutierten, wahrscheinlich hatte wieder einer von beiden einen falschen Blick auf irgendeinen falschen Arsch geworfen. Eifersüchtig sind sie beide, aber irgendwie süß dabei, weil sie sich stets höchst unterhaltsam fetzen. Steht man dabei in ihrer Nähe, ist das besser als jede Comedy im Fernsehen.

Nach kurzer Zeit war Viktor auf die Idee gekommen, meinen Mann Marco zu einem Trinkduell herauszufordern. Ausgesprochen hatte er es zwar nicht, aber eins plus eins konnte ich zusammenzählen, als alle paar Minuten die Bedienung ein halbes Dutzend kleine Wodka pur brachte. Svenja, Mandy, Olli und ich hatten getanzt, Manuel saß allein auf einer Couch, also war bis dahin alles wie immer.

Viktor hatte an diesem Abend anscheinend seine Spendierhosen angehabt, denn er ließ mit jeder zweiten Bestellung auch einen süffigen Wein für mich mitbringen. Und hier, das erkannte ich jetzt im Bett, hatte mein Problem begonnen. Ich hatte diesen Wein getrunken, ohne mir Gedanken darüber zu machen, dass Alkohol, je mehr man davon trinkt, früher oder später seine Wirkung entfalten würde.

Einige Gläser Wein später hatte ich dann meinen Mann und Viktor auf der Tanzfläche entdeckt. Mein Mann grinste, wackelte lustig zur Musik und rauchte eine Zigarre, Viktor torkelte zum Takt. Die Bedienung war auch nicht mehr zum Tisch gekommen, um Nachschub zu bringen. Viktor schien demnach verloren zu haben. Ein volles Glas Wein wartete noch auf mich, Manuel hatte mir damit zugeprostet. Mandy schien genauso gut drauf zu sein wie ich, auch sie hatte ständig einen neuen Drink in der Hand und grinste vor sich hin, während ihre Wangen sich immer mehr röteten.

Als ich mich nach einem Sitzplatz umschaute, weil meine Füße vom Tanzen trotz der flachen Flipflops schon brannten, fiel mein Blick auf Viktor. Sein gequälter Gesichtsausdruck erinnerte mich an jemanden, der einen gewaltigen Durchfall im Anmarsch spürt und weiß, dass das nächste Klo zehn Minuten entfernt ist.

Kaum hatte ich diesen Gedanken zu Ende gedacht, sah ich, wie es ihn würgte und er sich in die eigenen Hände erbrach. Und das auch noch in einer gut gefüllten Diskothek auf der Tanzfläche. Dann starrte er erschrocken erst auf seine Handflächen und dann auf seine Umgebung und entschied sich schließlich für den kürzesten Weg der Entsorgung seines Abendessens mit Wodkasoße. Ich traute meinen Augen nicht: Er schlürfte das ganze Zeug auf, ohne eine Miene zu verziehen, und schluckte es herunter. Ich schüttelte mich vor Ekel. Dieses Bild verfolgt mich noch immer, wenn Viktor mir bei einer gelegentlichen Begegnung die Hand entgegenstreckt, um mich zu begrüßen. Jetzt aber, am Morgen danach, bekam diese Erinnerung meinem alkoholgeplagten Magen erst recht nicht.

Am Vorabend in der Disco hatte ich unmittelbar nach dem Ausbruch zu meinem Mann hinübergeblickt. Auch er schien alles genau gesehen zu haben, doch statt sich zu ekeln, schüttete er sich aus vor Lachen. Nur Männer können über so etwas Widerliches lachen, dachte ich noch, im nächsten Moment zog Marco als wahrer Freund Viktor zur Seite und führte ihn aus der Disco, vermutlich in dessen Kabine. Was dessen arme Frau wohl noch alles hatte mit ansehen müssen in dieser Nacht.

Ich war geblieben und bahnte mir nun meinen Weg zu jener Couch, von der sich Manuel den ganzen Abend nicht wegbewegt hatte. Doch das war ein weiter Weg. Mein Körper wollte überallhin, nur nicht direkt zur Couch. Machte ich eine zu schnelle Bewegung mit dem Kopf, wurde mir sofort so schwindlig, dass ich mich an irgendeinem Arm oder einem Tisch festgehalten musste. Dabei kicherte ich wie ein kleines Mädchen, das gerade Wasserbomben auf Jungs geworfen hatte. Als ich dann nach drei Anläufen am Ziel war, ertappte ich Manuel und Mandy dabei, wie sie sich köstlich über mich amüsierten. Der Rest war Filmriss.

Dann bewegte sich das Bett, Marco drehte sich um. Ein Erdbeben erschütterte meinen Schädel. So starke Kopfschmerzen hatte ich das letzte Mal, als mich vor einem Jahr die Schweinegrippe heimgesucht hatte.

»Guten Morgen«, hörte ich meinen Mann neben mir flüstern. »Mandy ist erst vor einer halben Stunde auf ihre Kabine gegangen, willst du nicht lieber noch etwas schlafen?«, sagte er und klang irgendwie glücklich dabei.

Was sagte er da? Mandy war hier und ich bin nackt? Mein Magen rebellierte schon wieder. Auf dem kurzen Weg in die Nasszelle stieß ich drei Mal gegen die Wände, zum Glück schaffte ich es noch rechtzeitig. Während mein Kopf über der Kloschüssel hing, überlegte ich vergeblich, wann ich das letzte Mal von zu viel Alkohol gekotzt hatte. Danach hatte ich immerhin so viel Kraft, mir gründlich die Zähne zu putzen, und krabbelte wieder ins Bett. Ich wollte Marco noch fragen, was er mit dem Spruch über Mandy gemeint hatte, doch da war ich schon wieder eingeschlafen.

Klopf ... Klopf ... »Zimmerservice«, hörte ich jemanden ganz weit entfernt rufen. Und rums, schlug die Tür gegen den Kabinenschrank und schon stand ein Bordsteward vor unserem Bett. Die Decke war anscheinend heruntergerutscht, nur mit Socken bekleidet lag ich vor ihm auf dem Bett. Seine Augen wurden so groß wie die eines Makis, er stammelte: »Oh, I'm sorry. Ähm, I come back, ähm ... later. Sorry. Bye.« Und so schnell, wie er in der Kabine gestanden hatte, war er auch schon wieder draußen.

Ich setzte mich auf und siehe da, es ging mir besser. Meine Kopfschmerzen waren fast erträglich, das Denken tat kaum noch weh. Marco saß im Bett, hielt eine Flasche Wasser in der Hand und grinste mich an: »Na, Schnapsdrossel? Wie geht es dir und deinem Magen?«

»Jetzt um einiges besser, danke.«

»Der hat ja auch ganz schön was ertragen müssen. Könnte er sich einen Anwalt nehmen, hättest du jetzt eine Schmerzensgeldklage am Hals.« Seinen Humor hatte er also nicht im Wodka ertränkt. Er lachte kurz, nahm noch einen Schluck aus der Flasche und ich flüsterte verlegen in seine Richtung: »Sag mal, was meintest du vorhin damit, dass Mandy gerade weg ist? War sie etwa hier?«

Er nahm gleich noch einen Schluck und selbst beim Trinken schien er zu grinsen. »Na, weißt wohl gar nichts mehr, wa?« Die Schadenfreude stand ihm tiefschwarz auf die Stirn geschrieben. Ich guckte ihn weiterhin fragend an und er sagte: »Na komm, lass uns erst mal zum Frühstück gehen, das gibt es nur noch zwanzig Minuten.« Erschöpft vertagte ich das Frage-Antwort-Spiel auf später.

Die Restaurants an Bord dieses Schiffes waren besonders schön. Man schmiert hier seine Brötchen vor einer atemberaubenden Kulisse. Die Sonne scheint durch die bodentiefen Fenster, der Blick geht hinaus aufs weite Meer, die Sonne spiegelt sich in dem leichten Seegang. Ich kann mir keinen schöneren Ausblick für mein Frühstück vorstellen. Das ist Kreuzfahrt.

Im Frühstücksraum, in dem Svenja und Manuel an einem großen Tisch saßen, warf ich mein Gute-Laune-Lächeln an – warum sollten die beiden erkennen, was ich für einen Kater hatte?

»Guten Morgen«, rief ich, so fröhlich es ging, in die kleine Runde.

Manuel nickte und schenkte mir einen kurzen, diskreten Blick, Svenja ignorierte mich. Vielleicht ist ja wieder irgendein tiefer Ausschnitt vorbeigelaufen und Manuels Augen waren gezwungen gewesen, den Ausschnitt zu erkunden, dachte ich mir. Also holte ich mir einen Kräutertee, ein trockenes Brötchen und setzte mich neben Manuel. Svenja schaute ostentativ aus dem Fenster.

»Was für ein Abend gestern. Mannomann ...«, sagte ich und wieder regte sich keiner der beiden. Ich schaute zu Marco hinüber, er zuckte nur mit den Schultern.

Nach einigen Minuten beschloss ich, noch einen letzten Anlauf zu nehmen, und sprach Svenja, die ja eigentlich eine gute Freundin war, direkt an: »Und, hast du gut geschlafen?«

Wieder keine Reaktion. Dann, etwa eine halbe Minute quälender Stille später, standen die beiden auf. Svenja warf mir einen bösen Blick zu und ging. Jetzt war klar, dass ihre miese Laune etwas mit mir zu tun haben musste.

Als die Kellner hektisch um uns herum alles abräumten und schon für das Mittagessen eindeckten, beschlossen wir, die Kabine von Mandy und Olli auf Deck 5 aufzusuchen. Keiner öffnete, das musste die Strafe vom lieben Gott persönlich sein. Doch weil mir Svenjas eisiger Blick keine Ruhe ließ, fragte ich Marco, ob er mir an Deck alles erzählen könne, was er von der letzten Nacht noch wusste. Er sah, dass ich litt.

Oben auf Deck 12 angekommen, streckten wir uns auf den Liegen direkt an der Reling aus. Hier wehte eine wohltuende frische Brise. Doch auch hier war nichts von Olli oder Mandy zu sehen.

Ich beschloss, das Frage-Antwort-Spiel mit meinem Mann zu beginnen: »Und, was habe ich gestern gemacht? Ich weiß wirklich nichts mehr.«

»Seit wann genau fehlt dir denn die Erinnerung?«

»Irgendwann, als Viktor das Klo für sein Abendessen nicht gefunden hatte.«

»Ach, das weißt du noch. Das war echt eklig. Aber dann fehlt dir ja eigentlich gar nicht mehr so viel.«

»Ja? Sind wir danach gleich ins Bett gegangen?«

»Etwa eine Stunde später, ja. Und ich kann dich auch beruhigen, Mandy war nicht mehr mit auf unserem Zimmer.« Erleichterung machte sich in mir breit. Nicht, dass ich Mandy von der Bettkante stoßen würde, so ist es nicht. Aber ich hätte von diesem Abenteuer, wenn es denn so gewesen wäre, gern etwas mitbekommen.

»Und was ist dann mit Svenja los? Sie scheint wirklich sauer auf mich zu sein.«

»Ich habe keine Ahnung. Als ich zurück zur Disco kam, hast du an der Bar gehangen und dem Barkeeper gerade eine Wette vorgeschlagen. Du wolltest mit ihm ein Glas Wein um die Wette trinken. Und der Verlierer von euch beiden sollte sich dann im nächsten Hafen ein Brustwarzenpiercing stechen lassen.«

»Nein, oder? Du verarschst mich ...« Gleichzeitig griff ich mir an die Brust, ob ich heute früh vielleicht etwas übersehen hatte.

»Doch, aber keine Sorge, ich hab dich dann mit auf die Kabine genommen.«

»Und wo waren Svenja und die anderen?«

»Svenja und Manuel waren schon weg, die hatte ich nicht mehr gesehen. Mandy und Olli haben besoffen rumgeknutscht.«

»Nichts Ungewöhnliches also. Warum ist dann nur Svenja so sauer auf mich? Das lässt mir keine Ruhe. Ich kann mich auch beim besten Willen nicht erinnern. Auch an den Wettversuch mit dem Barmann nicht.«

»Na ja, etwas war in der Tat ungewöhnlich.« Er schien in seiner Erinnerung zu kramen.

»Na los, sag schon. Was meinst du?«

»Jana, ich habe auch einige Drinks gehabt. Ganz ohne war der Abend auch nicht für mich. Als wir gegangen sind und den beiden noch Gute Nacht gesagt haben, da meinte Olli, wir könnten Mandy ruhig mitnehmen. Deshalb mein Scherz heute Morgen.«

»Wie kam er denn darauf?«

»Gute Frage. Ich war auch eine ganze Weile weg. Ich musste mit der Wodkaleiche erst mal zur Toilette, Hände waschen. Dann bin ich mit ihm zur Rezeption auf die unteren Decks gegangen, er konnte sich nämlich an seine Kabinennummer nicht erinnern und dann, bis ich ihn bei seiner beleidigten Frau abgegeben hatte, ist bestimmt eine ganze Stunde vergangen. Zwischendurch hat er auch noch zweimal über die Reling gekotzt, das Essen und der Wodka wollten einfach nicht drinbleiben. Keine Ahnung, was du in der Zwischenzeit im Club gemacht hast.«

Na super, ich war so lange allein. Und das in meinem Zustand letzte Nacht. Wer weiß, wie locker meine Zunge gesessen hatte. Vielleicht war Svenja sauer, weil ich ihr gesagt habe, was ich über ihr Outfit letzte Woche dachte. Oder dass ich das Stöhnen der beiden neulich gehört hatte, als sie versehentlich das Fenster offen gelassen hatten.

Dann plötzlich sah ich, dass Svenja und Manuel an Deck kamen. Ich sprang auf und lief den beiden entgegen, Svenja drehte auf dem Fuße um und ging wieder zurück zu den Aufzügen. Manuel blieb kurz stehen und wollte mir etwas sagen, doch dann rief ihn Svenja zu sich und er gehorchte wie ein Hündchen. Jetzt wurde mir die ganze Sache auch zu blöd, ich ging hinterher. »Hey, wartet mal. Was ist denn los? Hab ich gestern etwas Falsches gesagt? Wenn ja, dann tut es mir leid. Ich kann mich nur leider an den halben Abend nicht mehr erinnern.«

Der Aufzug kam und während die beiden einstiegen, sagte Svenja: »Ja, das würde ich an deiner Stelle jetzt auch sagen. So bist du fein raus. Clever, Jana.« Und klapp, waren die Türen zu.

Jetzt musste ich unbedingt Mandy und Olli finden. Zwischenzeitlich waren wir allerdings schon in den nächsten Hafen eingelaufen, die Passagiere strömten zum Sightseeing von Bord. Wir beschlossen, den Tag trotz allem zu genießen und uns den Jachthafen anzuschauen.

Gefühlte dreihundert Millionärs-Jachten und Luxuskähne später saßen wir in einem hübschen mediterranen Café, als Mandy und Olli um die Ecke bogen. Sie kamen an unseren Tisch und wenigstens freuten diese beiden sich, uns zu sehen. Olli frotzelte, nachdem er mich kurz gedrückt hatte: »Hey, du lebst ja noch.

Ich dachte, du liegst komatös im Bett und ich sehe dich erst im Flugzeug nach Deutschland wieder.«

Auch Mandy umarmte mich kurz, also legte ich sofort los: »Ich erinnere mich an das Ende der letzten Nacht nicht mehr. Könnt ihr mir vielleicht auf die Sprünge helfen?«

Mandy kicherte verlegen, Olli aber fing laut zu lachen an: »Dir fehlt echt das Beste des Abends?«

Ich nickte und wartete mit gemischten Gefühlen, bis Mandy sich räusperte: »Da geht es uns beiden ja ähnlich. Mir fehlen auch einige Fetzen, aber das meiste weiß ich noch.« Ich lächelte und fühlte mich gleich viel besser, dann war der vorausgegangene Abend nicht nur für mich neu zu entdecken.

Olli begann: »Also, wir tanzten alle und Marco hat mit Viktor ordentlich einen gesoffen ...«

»Ja«, unterbrach ich ihn, »das weiß ich noch. Erst als Marco Viktor ins Bett gebracht hat, fehlt mir alles bis heute früh.«

»Dann erzähle ich von da an. Marco war kurz weg und du hast auf der Couch neben Manuel gesessen. Mandy saß auf der anderen Seite neben ihm und ihr habt euch unterhalten. Svenja gesellte sich dann zu euch und ließ sich neben dir nieder, aber du warst in das Gespräch mit Mandy vertieft ...«

Jetzt sprach Marco dazwischen: »Siehst du, Jana, nichts Schlimmes passiert. Wahrscheinlich hat Svenja auch nur einen Kater, wie wir alle.«

Olli sagte dann mit gerunzelter Stirn: »Na ja, ich kann mir schon vorstellen, weshalb sie sauer ist. Manuel saß zwischen euch und plötzlich habt ihr zwei Mädels genau vor seiner Nase wie wild rumgeknutscht.«

Ich schaute zu Mandy rüber und sie wurde etwas rot. »Echt? Und dann? Was haben wir dann gemacht?« fragte ich neugierig.

»Ihr seid immer näher zusammengerückt und habt zuletzt fast auf Manuels Schoß gesessen.« Was für ein Schock, was für ein Tag.

»Oh Gott, ich kann mich wirklich nicht erinnern. Was hat Svenja dazu gesagt?«

»Sie riss Manuel entsetzt zwischen euch weg. Dann sind die beiden sofort verschwunden. Dass Svenja die Halsschlagader nicht geplatzt ist, ist ein Wunder.«

Schon fühlte ich mich besser, denn nun wusste ich, dass ich nichts Falsches gesagt, sondern nur etwas zu Freizügiges gemacht hatte. Und das ist nicht unüblich für mich, wenn ich etwas zu viel getrunken habe, ob mit oder ohne Filmriss. Ich würde ihr später einfach erklären, dass Manuel mich etwa so anturnt wie Heino und dass sie sich deshalb keine Gedanken zu machen braucht.

Mandy ergänzte lachend: »Aber du musst mit dem Küssen angefangen haben, da bin ich mir sicher.«

Na ja, wer weiß. Bei Mandy hatte ich mir noch nie in dieser Richtung etwas vorgestellt, geschweige denn, es auf sie abgesehen. Mandy ist sehr hübsch, ja. Aber sie ist eben die »Freundin« von Olli und ich hatte sicher nicht vor, sie in ein Schäferstündchen bei uns mit einzubinden. Einen Dreier würden wir nie mit Freunden machen, das ist ein ungeschriebenes Gesetz.

Olli wiegelte ab: »Ist ja auch egal, wer angefangen hat. Aber die Sachen, die du dann noch machen wolltest, waren ganz sicher nicht von uns geplant.«

Jetzt grinste er, Mandy grinste auch und sagte: »Du wolltest mit Olli und mir unbedingt noch mal zur Kabine von Svenja ...«

Olli erzählte weiter: »... und ehe wir uns versahen, hattest du uns in Richtung Fahrstuhl gezogen. Und du hast auf Anhieb die Kabine der beiden gefunden. Reife Leistung, für etliche Flaschen Wein in deiner Blutbahn.«

»Und haben wir geklopft?«, fragte ich zögernd.

»Wir? Du hast geklopft! Und zwar laut und ausdauernd, bis Svenja rauchend wie eine Dampflok die Tür aufgemacht hat.«

»Auweia, warum habt ihr mich denn nicht gebremst?«

Olli lachte wieder: »Weil du voll lustig warst. Und außerdem hatten wir alle ein bisschen was getrunken. Es war ein schöner Partyabend und da sollte keiner von uns zu viel hineininterpretieren.«

Mandy: »Ja, das denke ich auch. Und Svenja soll sich mal nicht so haben, Spaß muss einfach ab und zu mal sein. Außerdem haben die Nachbarn ja nicht bei der Rezeption angerufen, wie sie es angedroht hatten.«

»Was? Warum?«

»Du hast ein ganz schön lautes Organ, wenn du über zwei Gläser hinausgehst. Und die Wände sind auch nicht aus Beton, schon vergessen? Kreuzfahrtschiff, Jaaaana.«

»Ja, ja. Und was hat Svenja dazu gesagt? Langsam verstehe ich, warum sie sauer ist.«

Olli sagte: »Dass wir ihr auf die Nerven gehen und sie schlafen möchte. Und Manuel auch. Dann hat sie uns die Tür vor der Nase zugeschlagen.«

»Und dann sind wir in den Club zurück?«

»Na ja, nicht ganz. Im Fahrstuhl bist du wieder über Mandy hergefallen.« Da wurde ich auch rot. »Und dann wolltest du unbedingt noch auf dem Pooldeck nackt baden.«

Mandy sagte jetzt: »Aber da das strikt verboten ist und man deshalb sogar von Bord fliegen kann, haben wir das natürlich nicht zugelassen.«

Mir fiel nichts mehr ein. Und wenn sie nicht den Fotoapparat dabeigehabt und mir einige Schnappschüsse von dem Abend gezeigt hätten, hätte ich es auch nicht wahrhaben wollen. Immerhin, Spaß scheine ich ja gehabt zu haben, wie die Bilder zeigten.

Am gleichen Abend hatte ich ein klärendes Gespräch mit Svenja, sie konnte mir ja nicht auf Lebzeiten ausweichen. Und erst recht nicht an Bord eines Schiffes.

Ich war vor allem enttäuscht über ihre Verständnislosigkeit mir gegenüber. Hätte sie mir morgens nur kurz gesagt, dass sie die letzte Nacht erst mal verdauen muss und wir später drüber reden, hätte ich nur Bauchschmerzen wegen meines Katers gehabt und sonst wegen nichts. Sie stellte alles auch viel dramatischer dar als Olli und Mandy. Wir hätten ihren Manuel fast vergewaltigt. Er jedoch sah durchaus zufrieden aus. Ich denke, dass er es genossen hat, zwei Frauen so hautnah am Geschehen erlebt zu haben.

Svenja und ich aber durchliefen wie im Lehrbuch alle klassischen Phasen eines solchen Streits. Erst waren wir beide sauer, dann erklärten wir uns unsere Standpunkte und schließlich fielen wir uns weinend um den Hals und konnten kaum aufhören, uns zu entschuldigen. Was hätten wir es leicht gehabt, wenn wir uns rechtzeitig an das Zitat aus *Hot Shots*, den einzig wirklich sinnvollen Satz aus dem ganzen Film, erinnert hätten: »Nimm das Leben nicht so ernst, du kommst da eh nicht lebend raus.«

DIE 23. KREUZFAHRT

Hängen geblieben

Björn (33),Tanzlehrer, Berlin,
über
Wladimir (44), Friseur, Köln

HERAKLION – SANTORIN – NAXOS – PAROS – MYKONOS

»Da wir die ganze letzte Nacht durchgefeiert und noch kein Auge zugemacht hatten, suchten wir wieder einen Platz an Deck, fläzten uns gemütlich in eine Ecke und tranken Kaffee, als der blauäugige Grieche wieder auftauchte. Konnte das Zufall sein?«

VIER SCHWULE IM FLIEGER NACH GRIECHENLAND, na das kann ja heiter werden«, sagte ich, als wir von Berlin in Richtung Kreta starteten. Und damit auch jeder um uns herum mitbekam, wie aufgekratzt wir waren, frotzelte Wladimir, der Älteste in unserem Quartett, als Erstes die Stewardess an: »Einmal Prosecco intravenös, bitte.« Die rollte nur kurz mit den Augen, sie schien Kummer gewohnt.

»Du hast es aber auch jedesmal drauf, es dir in Rekordzeit mit den Damen zu verscherzen«, sagte mein Freund zu Wladimir. Wladimir kannte ich kaum, den Vierten im Bunde gar nicht. Mit 22 Jahren fährt man eben auch mal mit fast Unbekannten in den Urlaub. Am wichtigsten waren mir ohnehin die gemeinsamen vier Wochen mit meinem Freund.

Wir beide waren damals schon einige Jahre zusammen. Der Urlaub war immer die schönste Zeit für uns. Nicht nur, weil wir viel Zeit zusammen verbringen konnten, sondern weil wir uns dann wenigstens nicht verstecken mussten. Mein Freund hatte sich nämlich bisher nicht geoutet und würde es auch weiterhin nicht tun. Damit hätte ich leben können, doch schlimm für mich war, dass er eine feste Freundin hatte. Für seine Familie und Freunde mimte er den treu sorgenden Hetero. Das Wochenende und den Urlaub verbrachte er dann mit mir und konnte das ausleben, was er wirklich war. Was er seiner Freundin erzählte, wo und mit wem er die ganze Zeit ohne sie verbringen würde – danach fragte ich erst gar nicht.

Die erste Urlaubsüberraschung erwartete mich am Gepäckband des Flughafens von Heraklion. Alles ging zügig vonstatten, doch was nicht kam, war ausgerechnet mein Koffer. Als er endlich sein erstes weißes Fähnchen vorausschickte, standen zum Glück nur noch wir vier am Band. Denn dieses weiße Fähnchen war nichts anderes als eine meiner Unterhosen mit einem kiffenden Snoopy an strategisch wichtiger Stelle. In gebührendem Abstand folgten der Unterhose meine Waschtasche, meine Badelatschen, Socken und, und, und. Während sich die anderen drei mit anzüglichen Witzen über meinen Wäschegeschmack ausließen, pflückte ich hastig meine Sachen vom Band, denn schon näherten sich die nach uns gelandeten Passagiere. Jetzt konnten sich diese Herrschaften schon mal ein Bild davon machen, was ich die nächsten vier Wochen auf dem Leib tragen wollte. Denn ungefähr die Hälfte meines Kofferinhaltes fehlte immer noch. Als dann auf dem Laufband auch noch mein Spielzeug für gewisse Stunden angefahren kam, schlug eine Oma neben mir beide Hände vor dem Mund zusammen und stieß ein entsetztes »Himmel Herrgott« hervor. Hoffentlich hatte sie ihre Herztabletten dabei.

Zu guter Letzt kam dann auch irgendwann mein Koffer. Weit geöffnet natürlich, aber wenigstens unbeschädigt. Also machte ich mich unter Dutzenden von neugierigen Augenpaaren daran, meine intimsten Kleidungsstücke in der Flughafenhalle neu zu verpacken, bis wir endlich zum Ferienhaus meines Freundes fahren konnten. Na ja, es gehörte nicht ihm, sondern seinen Eltern. Die waren wohlhabend, wenn nicht sogar reich. Ihretwegen, so vermute ich bis heute, hat er sich nicht geoutet. Manche Eltern enterben ja die Kinder, wenn sie sich zu ihrer Homosexualität bekennen. Ja, so etwas Engstirniges soll es auch heute noch geben.

Zurück zum Haus. Es hatte eine herrliche Lage direkt am Strand, war eher eine Villa als ein schlichtes Haus und ganz modern eingerichtet. Im Garten wartete ein großer Pool auf uns. Und so verbrachten wir die nächsten drei Wochen ausschließlich mit Baden, Sonnen und Herumalbern. Mein Freund und ich genossen die gemeinsame Zeit und auch mit den beiden anderen, die nicht miteinander liiert waren, verstanden wir uns prächtig.

Doch selbst bei perfektem Wetter kann es einem im Urlaub langweilig werden. Also beschlossen wir eines Abends bei Wein und Feta, mit der täglichen Fähre über Santorin, Naxos und Paros nach Mykonos überzusetzen – eine Art Mini-Kreuzfahrt durch die Ägäis. Mykonos ist ja die heimliche griechische Hochburg der Schwulen. Also blieb uns gar nichts anderes übrig, als die Insel unsicher zu machen, wenn wir doch schon mal in Griechenland waren.

Schon am nächsten Abend fuhren wir zum Hafen und suchten die Fähre nach Mykonos. Doch was ich mir als kleines gemütliches Schiff vorgestellt hatte, war einfach nur riesig, ein wahrer Koloss für mehr als 2000 Passagiere und entsprechend viele Autos. Das Erste, was ich roch, als wir an Bord gingen, war frische Farbe. Das Schiff sah ziemlich heruntergekommen aus, dieser Eindruck sollte wohl mit Pinsel und Farbe verwischt werden – wenn auch mehr schlecht als recht.

Wir hatten für die kleine Kreuzfahrt keine Kabine gebucht, deshalb saßen wir, kaum hatte das Schiff abgelegt, gemütlich an Deck und freuten uns auf die milde Sommernacht, die uns auf dem Mittelmeer erwartete. Bald fiel uns ein Grieche auf, der die ganze Zeit um uns herumscharwenzelte und jedes Mal, wenn wir ihn ansahen, freundlich zurücklächelte. Aber mit was für einem Lächeln: mit hellblauen Augen, jener Art von Blau, das man einfach nur schön findet. Seine Statur ist auch nicht von schlechten Eltern, dachte ich und fühlte mich einen Augenblick lang ertappt. Nein, meinem Freund würde ich immer treu sein, das stand fest. Aber wenigstens hinschauen würde man wohl mal dürfen.

Die Fahrt verlief ruhig und trotz des wenig vertrauenerweckenden Zustands der Fähre ohne ernsthafte Zwischenfälle. Wir kamen nach 18 Stunden – und gefühlten 344 Zwischenstopps an jeder verdammten griechischen Insel – endlich an.

Wenn schwule Reizüberflutung einen Namen hätte, würde sie Mykonos heißen. Die Insel platzte vor Unseresgleichen schier aus den Nähten, ich fühlte mich pudelwohl. Wir feierten fünf Tage durch, hatten viel Spaß und liefen ab und an diesem geheimnisvollen Griechen vom Schiff über den Weg. Spätestens hier war jeder Zweifel beseitigt: Er war definitiv schwul.

Wir wären gern noch länger auf der Insel geblieben, deshalb ärgerten wir uns, dass wir nicht schon viel eher auf die Idee mit Mykonos gekommen waren. Aber nun mussten wir zurück nach Kreta, unsere Sachen packen und ab in den Flieger nach Hause. Die letzte Fähre, die wir nehmen konnten, um das alles noch zu schaffen, bestiegen wir dann. Und als ob ich es geahnt hätte: Es war der Seelenverkäufer von der Hinfahrt.

Diesmal legte er bereits am Vormittag ab. Da wir die ganze letzte Nacht durchgefeiert und noch kein Auge zugemacht hatten, suchten wir wieder einen Platz an Deck, fläzten uns gemütlich in eine Ecke und tranken Kaffee, als der blauäugige Grieche wieder auftauchte. Konnte das Zufall sein? Wie auch immer – wir freuten uns alle vier, ihn zu sehen, boten ihm von unserem Kaffee an und schon war das Eis gebrochen.

Er konnte sich ein wenig auf Deutsch verständigen, den Rest überbrückten wir mit Englisch. Nach ein paar Minuten waren wir zwei in ein Gespräch über unsere Erfahrungen in den Clubs auf Mykonos vertieft. Línos, wie unser blauäugiger Fremder hieß, hatte so viel Charme, dass ich schon fürchtete, mein Freund würde eifersüchtig werden. Doch Wladimir schien er geradezu in seinen

Bann zu schlagen. Also lenkte ich das Gespräch geschickt um, rief Wladimir näher zu uns heran und zog mich dann dezent zurück, als ich sah, wie Wladimirs Augen zu leuchten begannen. Ich hatte ihn die letzten Tage mit vielen Kerlen gesehen, doch bei keinem hatte er so aufmerksam und schon fast glücklich ausgesehen. Auch den anderen beiden blieb das nicht verborgen und so kam es, dass wir nach und nach immer weiter abrückten und Wladimir und Línos einander überließen.

Es dauerte keine Stunde, da knutschten die beiden wild herum. Es sah irgendwie zärtlicher aus, als ich es die letzten Tage von Wladimir in den Clubs erlebt hatte. Und Línos' Blicke schienen ebenso gefühlvoll wie seine streichelnden Hände. Ein »Süß, oder?« flüsterte ich meinem Freund zu, als ich aufstand und unter Deck zu den Toiletten ging. Als ich zurückkam, waren Línos und Wladimir weg. »Wo sind sie denn hin?«, fragte ich die beiden, die noch immer an Ort und Stelle saßen. »Gute Frage. Vielleicht auf der Suche nach einer Besenkammer?«

Wir liefen in Heraklion ein, da tauchten die beiden grinsend wieder auf. Wladimir sagte uns, dass er noch kurz einen Abstecher zu Línos nach Hause mache, aber pünktlich zum Rückflug am Flughafen sei. Ich erklärte mich bereit, seine Sachen zu packen und sie mit zum Flughafen zu bringen.

Gesagt, getan. Wir standen an unserem Gate und warteten, warteten, warteten. Wladimir kam einfach nicht, deshalb checkten wir schon mal ohne ihn ein. Die Damen vom Gate sagten uns, dass noch fünf Minuten Zeit seien, wenn Wladimir sein Gepäck auch noch aufgeben wollte. Wir wussten nicht, was wir machen sollten. Sein Gepäck für ihn aufgeben? Dafür hätten wir seinen Pass gebraucht und den trug er bei sich. Ging also nicht. Aber wenn wir den Koffer einfach stehen ließen, würde er womöglich gesprengt werden, weil sein lila Lieblingswecker darin tickte. Doch genau in diesem Moment kam er mit Línos um die Ecke gebogen. Er sah abgehetzt, aber glücklich aus, er grinste bis über beide Ohren.

Dann nahm er seinen Koffer und als wir ihn gerade in Richtung Schalter schieben wollten, sagte er: »Ich bleibe hier.«

»Bis wann?«, fragte ich.

»Ich bleibe hier bei Línos. Meinen Beruf als Friseur kann ich auch hier ausüben.«

»Guter Scherz. Aber dafür haben wir wirklich keine Zeit, der Flieger geht in weniger als einer halben Stunde«, sagte ich und versuchte zu lachen.

»Ich meine das absolut ernst. Ich bleibe hier und komme nicht mehr mit zurück.«

Das war sein letztes Wort. Er ist tatsächlich bei Línos in Heraklion geblieben.

Seit diesem Urlaub definiere ich das Wort »spontan« ganz neu. Und mein damaliger Freund ist heute nicht mehr mein Freund, sondern »Hetero«-Ehemann und Vater. Irgendwann hatte ich das Spiel nicht mehr mitgemacht. Sicher erledigt meinen Job bei ihm jetzt ein anderer.

DIE 24. KREUZFAHRT

Stillvergnügt auf dem Pooldeck

Mandy (29), Rettungsassistentin, München,
über
Sascha (33), Rettungsassistent, München

SHANGHAI – CHEJU – PUSAN –
FUKUOKA - SHANGHAI

»Dann öffnete ich die Tür, schritt lasziv auf meinen High Heels heraus und trat vor ihn hin. Er hatte gerade den Fernseher an und saß vorn auf der Bettkante. Perfekte Position, um ihn zu besteigen, dachte ich mir.«

WIE HATTE ICH NUR AUF DIE IDEE KOMMEN KÖNNEN, dass wir auf unserer Hochzeitsreise durchs Chinesische Meer das Bett nur zum Essen verlassen würden? Warum hätte sich alles ändern sollen, bloß weil wir jetzt einen Trauschein hatten? Ich habe nun einmal einen der wenigen Männer, die nicht so oft Sex benötigen wie ein durchschnittlicher Homo sapiens.

Trotzdem liebe ich ihn über alles, seit immerhin schon mehr als zehn Jahren. Aber sollte es jetzt schon vorbei sein mit unserem wilden, hemmungslosen Sex von früher? Die ganze Nacht bis zum Morgengrauen durchgevögelt zu werden? Sollte ich etwa wirklich nicht mehr vor lauter Lust aufschreien, weil er mich schier um den Verstand brachte?

Ich konnte mich beim besten Willen nicht mehr daran erinnern, wann er das letzte Mal über mich hergefallen war. Mich verführt, mich überrascht hat. Unser Sexualleben beschränkte sich inzwischen auf einmal Sex pro Woche, bei dem das Licht gelöscht ist und er nach knapp fünf Minuten in der Missionarsstellung kommt. Je nachdem, wie gut ich drauf bin, komme ich schnell noch hinterher. Oder ich muss mindestens eine Woche warten auf den nächsten Versuch. Aber manchmal haben wir außerhalb der Reihe, sozusagen in der Halbzeitpause, einen Quickie. Und ich habe es sogar schon einmal geschafft, dabei zu kommen. Das war eine Revolution für meine Vagina gewesen.

Doch schließlich waren wir hier auf der Hochzeitsreise, deshalb wollte ich für mich und meinen Höhepunkt ordentlich Werbung machen. Also ging ich in die Nasszelle und hübschte mich auf. Ich zog mir heiße schwarze Strapse an, die ich mir extra für meine Verführungsnummer gekauft hatte. Einen BH, der eigentlich nur aus Bügeln bestand und bei dem der ganze spannende Rest schon freilag. Ich hatte schon Wochen zuvor kein Dessert oder Ähnliches mehr gegessen, damit in diesem Fummel ja kein Fältchen oder Pölsterchen zu sehen war. Ich schminkte mir Smoky Eyes und ölte mir sogar meinen Po ein, damit er schön verlockend zum Draufhauen aussah. Ich musterte mich im Spiegel und hätte mich beinahe selbst vernascht, wenn ich das Zeug dazu gehabt hätte.

Dann öffnete ich die Tür, schritt lasziv auf meinen High Heels heraus und trat vor ihn hin. Er hatte gerade den Fernseher an und saß vorn auf der Bettkante. Perfekte Position, um ihn zu besteigen, dachte ich mir. Da stand ich also gekleidet wie eine Stripperin vor ihm und stemmte demonstrativ meine Arme in die Hüften.

»Hallo Schatz«, sagte ich so sinnlich wie möglich.

»Psssst. Geh mal kurz aus dem Weg.«

»Wie bitte?«

»Da kommen gerade die Bundesligaergebnisse.«

»Wie spannend. Hast du mal gesehen, wie ich hier vor dir stehe?«

»Ja, gleich. Moment. Hmmm, sieht nett aus.«

»Schatz, die Ergebnisse sind morgen noch dieselben. Wenn abgepfiffen wird, schießt in der Regel keiner mehr ein Tor.«

»Hmmm, ja. Moment noch. Ist in fünf Minuten vorbei.«

Na toll. Und den habe ich geheiratet? Wie lange kann man eine Ehe eigentlich noch annullieren lassen?

Jetzt war meine ganze Stimmung, die sich im Bad aufgebaut hatte, dahin. Alkohol wäre in diesem Moment eine willkommene Ablenkung gewesen. Aber zum Ersten war es erst Mittagszeit. Und zum Zweiten bekomme ich nach zwei Gläsern Sekt immer Lust auf Sex. Mit meinem Mann oder mit einem anderen. Bei weiteren zwei Gläsern steigert sich dann die Lust auf Sex mit zwei Männern. Weiter habe ich es lieber noch nicht ausgetestet. Vielleicht endet das womöglich bei drei Männern und einer Frau, mit denen ich im Whirlpool herumfummle. Fantasien sind schon eine feine Sache.

Ich ging zurück ins Bad, schminkte mich ab, zog mich um und wartete darauf, dass ich sauer wurde. Doch ich wurde es nicht. Wahrscheinlich, weil ich es irgendwie nicht anders erwartet hatte. Weil ich einfach nicht damit gerechnet hatte, dass er über mich herfallen und mich vernaschen würde. Vielleicht musste ich ihm einen Terminkalender kaufen und vorher unsere Sexdates darauf festhalten? Sollte es wirklich so weit kommen? Ich beschloss, ein Gespräch mit ihm zu suchen. Doch erst einmal wollte ich mir nicht die Laune verderben lassen und ging mit meinem XL-Handtuch und einem Buch an Deck zum Sonnenbaden.

Oben angekommen, war es überfüllt wie auf dem Ballermann. Aber hier gab es doch noch ein anderes Sonnendeck, erinnerte ich mich. Und bald wurde ich fündig. Dort war es wesentlich ruhiger. Und optisch abgetrennt, denn es handelte sich um ein FFK-Sonnendeck. Wenn mein Mann mich schon nicht nackt sehen wollte, dann würde ich es eben der Sonne zeigen. Also machte ich es mir in einer ruhigen Ecke gemütlich und nahm mein Buch zur Hand.

Ein erotischer Roman. Ich las von einer jungen Frau, die in einem Café einen Fremden kennengelernt hatte und nun im Begriff war, ihn auf der Toilette zu verführen. Ich las, wie sie ihm langsam die Hose herunterzog und ein prachtvoller, halbsteifer Penis zum Vorschein kam. Ich habe eine bildliche Vorstellungskraft und schon malte ich mir diese Szene in allen Einzelheiten aus. Dann blies sie ihn nach allen Regeln der Kunst, brachte ihn zum Beben. Oh Gott, welche Lust hätte ich heute auf so etwas gehabt. Ich las weiter. Er setzte sie auf den Waschtisch, nahm ihre Beine über seine Schultern und verwöhnte ihre Klitoris, ihre Spalte und alles, was es zu verwöhnen gab.

Die Sonne blendete mich und ich beschloss, das Buch lieber beiseitezulegen. Sonst wäre meine Lust noch mit mir durchgegangen und ich hätte womöglich versucht, über den Barkeeper an der Poolbar herzufallen.

Ich schloss die Augen, genoss die Sonne und hatte Bilder der eben gelesenen Szene vor meinem inneren Auge. Wie es wohl weitergehen würde? Was hätte ich an ihrer Stelle getan, fragte ich mich. Hätte ich mich auf ihn gesetzt? Oder mich von hinten nehmen lassen? Ich spielte verschiedene Varianten in meinem Kopf durch und spürte, wie ich feucht wurde. Zum Glück ist das bei uns Frauen nicht so offensichtlich wie bei einem Mann.

Es kribbelte zwischen meinen Beinen, ich wollte mich unbedingt dort anfassen. Also nahm ich mein extragroßes Handtuch, das legte ich mir über die Beine und zog es bis zum Bauchnabel hinauf. Mein linkes Bein stellte ich so hin, dass keiner sehen konnte, was ich da vorhatte. Rechts neben mir war nur noch die Blende, durch die der FKK-Bereich vor Blicken geschützt war. Ich fuhr mit der rechten Hand meinen Bauch hinab, berührte endlich meinen vor lauter Lust und Fantasie angeschwollenen Kitzler und spürte, das ich nicht nur feucht war, sondern richtig nass. Sofort drang ich mit einem Finger in mich ein und hielt kurz inne. Ich vergewisserte mich noch einmal, dass niemand etwas sehen konnte. Alles safe.

Ich schloss die Augen, dachte mich in die eben gelesene Szene zurück und versetzte mich in die Frau auf der Toilette.

Er leckte mich, spielte mit meiner Klitoris, mal zart, mal härter. Ich ersetzte seine Zunge durch meinen Mittelfinger und massierte meine Perle. Er nahm dann seine andere Hand dazu und drang mit zwei Fingern in mich ein. Wow, was für ein tolles Gefühl. Ich war nun auch mit zwei Fingern in mir und bewegte sie rhythmisch, erst langsam, dann immer schneller. Ich musste mir auf die Lippen beißen, um keinen Laut von mir zu geben. Ich atmete schneller, meine Lust war schon zu groß.

Er stand nun auf, sein Schwanz war prall und groß, seine Eichel war wunderschön. Er drückte ihn langsam in mich, um ihn dann wieder herauszuziehen und ihn mit einem harten Stoß in mich zu rammen. Er füllte mich wundervoll aus, er war wie für mich geschaffen. Meine Finger spielten abwechselnd mit meiner Klitoris, massierten, rieben sie, rutschten dann tief in mich hinein, so als ob der Unbekannte auf der Toilette wahrhaftig vor mir wäre. Es dauerte nur wenige Minuten, meine Atmung wurde schneller und ich kam mit einem heftigen Orgasmus.

Auf der Liege im FKK-Bereich.

Mein Mann hatte sich für den Abend etwas Tolles einfallen lassen. Champagner und Erdbeeren auf die Kabine. Es geht also doch, dachte ich und war mit mir und der Welt zufrieden.

DIE 25. KREUZFAHRT

Geburtstagssekt

Peggy (32), Kauffrau für Gesundheitswesen, Berlin,
über
Brian (46), Restaurantchef, Warnemünde

ZEHN MONATE AUF DER OSTSEE

»Kein Geburtstagsgeschenk hätte schöner sein können. Und als wir am Morgen zusammen das Frühstücksbuffet für die Gäste vorbereiteten, war alles wie immer. Doch kleine Blicke können so viel sagen. Es war wunderschön geheim, was letzte Nacht passiert war.«

Mit blutjungen 26 Jahren hatte ich mich als Servicekraft auf einem kleinen Kreuzfahrtschiff beworben. Kurzkreuzfahrten über drei bis fünf Tage auf der Ostsee waren genau das Richtige für mich. Nicht zu lang, nicht zu kurz. Immer wieder neue Passagiere. Und mit ausschließlich deutschen Gästen würde auch keinem auffallen, dass mein Englisch so gut war wie mein Japanisch.

Ich wollte nach meiner Ausbildung und einigen Jahren monotonem Stapeln von Akten etwas Neues ausprobieren. Und es hatte auf Anhieb geklappt. Im Februar 2005 war ich in Warnemünde zum Vorstellungsgespräch eingeladen. Ich hatte mich extra hübsch gemacht, weil ich den Job unbedingt haben wollte.

Ich wurde in das Zimmer des Chefs gerufen. »Guten Tag. Bitte setzen Sie sich«, sagte ein Mann und schaute dabei in meine Bewerbungsunterlagen. Er saß hinter einem großen Schreibtisch. So einer, wie man sie ständig in Hollywoodfilmen sieht. Er blickte auf und lächelte. Ebenfalls hollywoodverdächtig – eine Mischung aus George Clooney und Richard Gere. »Alter Schwede«, staunte ich unhörbar vor mich hin und ging zu dem Sessel, den er mir angeboten hatte. Das Einzige, was wie eine Stubenfliege in diesem Traumbild störte, war die Frau auf dem Foto, das auf seinem Tisch stand. Seine Frau? Wenn ja, dann prost. Ich konnte ihre Haare auf den Zähnen schon durch die schmalen Lippen ahnen. Ob sie dafür eine spezielle Zahnbürste bräuchte? Oder eher einen Spezialkamm? – »Sie möchten also gern als Servicekraft bei uns arbeiten …«

»Willkommen an Bord, wir freuen uns auf Sie«, las ich vier Wochen später auf einem Zettel. Er lag auf der neuen Arbeitsschürze auf meinem Bett in einer kleinen Kabine des untersten Decks. Ein kleines Schokoladenherz lag daneben. Wie schön. Im Vorstellungsgespräch hatte ich schon erfahren, dass an Bord alle ziemlich familiär miteinander umgingen und besonders auf die liebevollen kleinen Details achteten. Und dieser Empfang passte genau ins Bild, das ich mir von der Crew gemacht hatte.

An meinem ersten Tag schaffte ich es, dass drei Gläser und eine Flasche Wein zu Bruch gingen. Am zweiten Tag nur noch ein Glas. Am dritten Tag waren es dann wieder zwei Gläser und zwei Flaschen Bier.

»Jeder muss sich erst mal an die Wellen gewöhnen«, sagte Herr Gramm mit seinem Hollywoodlächeln zu mir. »Ich bin mir sicher, dass Ihnen das ganz schnell gelingt.«

Beim Vorstellungsgespräch hatte ich noch gedacht, dass er ausschließlich an Land tätig war. Doch weit gefehlt. Und ich musste zugeben, ich freute mich gleich noch ein bisschen mehr auf die Arbeit. In den folgenden Wochen lernten wir uns etwas genauer kennen, denn wir arbeiteten oft zusammen im Restaurant.

Brian Gramm war groß, etwa 1,90 Meter. Er strahlte so viel Männlichkeit aus, wie es sonst nur ein Silberrücken vor einer Horde Gorillaweibchen tut. Aber nicht auf eine äffische, sondern auf eine höchst charmante Weise. Seine wenigen grauen Haare an den Seiten machten ihn noch sexyer, als er es eh schon war.

Wegen eines solchen Mannes muss das Wort »Eleganz« erfunden worden sein.

Eines Abends waren wir allein im Restaurant, weil zwei unserer Kellnerinnen mit Magenverstimmung in der Kabine lagen. Jeder verdammte Tisch war belegt und ich geriet langsam, aber sicher in Hektik. Herr Gramm dagegen war so relaxt, wie ich es höchstens (und selbst dann nicht immer) nach einer ganzen Stunde Yoga bin. Er spürte, dass ich leicht gestresst war, und sagte zu mir, als wir gerade Getränke hinter der Theke zapften: »Ich bewundere Ihre positive Ausstrahlung. Die ist auch noch da, wenn hier jede Menge zu tun ist.«

Ich muss rot angelaufen sein. Das war ein tolles Kompliment. Und mir blöder Kuh fiel nichts Gescheites darauf ein. Ich schaute ihn nur an und lächelte. Er lächelte zurück und sagte: »Das Glas ist voll.« Mist. Fast ein halbes Bier war mir in meiner Unachtsamkeit über den Rand gelaufen. Umso peinlicher, als ihm meine heimliche Schwärmerei offensichtlich nicht entgangen war.

Ich wusste ja, dass er verheiratet war. Und ich kannte seine Frau. Ja, die Stubenfliege. Sie hätte ich mir auch gut in einem Bootcamp als Drill Instructor vorstellen können. Ab und an war sie für eine Kurzreise mit an Bord und ersetzte dann die Kollegin, die wegen Krankheit, Urlaub oder sonst was nicht an Bord war. Und zwei Mal war sie auch mit im Restaurant. Eine einzige Katastrophe, diese Frau. Ich konnte beim besten Willen nicht erkennen, weswegen er sie geheiratet hatte. Das hätte ich ihn gern mal gefragt.

Doch so privat waren wir nicht. Er war – bis auf das kleine Kompliment – immer äußerst professionell gewesen, den Angestellten gegenüber wahrte er eine höfliche, wenn auch liebenswürdige Distanz. Diesen Drahtseilakt bekam er super hin. Jeder hatte größten Respekt vor ihm und fand ihn gleichzeitig warmherzig und aufmerksam.

Dann kam eines Tages jene Situation, von der ich nicht einmal zu träumen gewagt hätte.

Es war kurz vor Mitternacht. Mein 27. Geburtstag stand ins Haus und ich hatte die fünftägige Kreuzfahrt zugesagt, obwohl ich ebenso gut zu meiner Familie nach Hause hätte gehen können. Die Stubenfliege war zum Glück nicht an Bord, sie war zu Hause bei den beiden Kindern geblieben.

Ich hatte gerade Feierabend gemacht und saß in meiner Kabine, als es an meiner Tür klopfte. Ich hatte nur noch ein Top an und zog mir nichts weiter drüber, weil ich um diese Uhrzeit nur mit meiner Freundin Romy rechnete, die ebenfalls im Restaurant arbeitete. Doch als ich die Tür öffnete, stand Brian Gramm davor und lächelte mich an. Er hatte einen kleinen Kuchen in der einen und eine Flasche Sekt in der anderen Hand. Mein Herz machte einen Luftsprung. Und meine Muschi auch. Ich hatte mir in meiner Fantasie schon längst die intimsten Dinge mit ihm vorgestellt, ich konnte mich einfach nicht dagegen wehren.

»Ich wollte Ihnen eine kleine Aufmerksamkeit vorbeibringen. Sie haben doch gleich Geburtstag.« Ich muss mit offenem Mund dagestanden haben. Eher hätte ich damit gerechnet, dass Liza Minnelli vor meiner Kabine stand. »Oh, ich bin ganz, ähmmm …, ich freue mich sehr. Vielen Dank«, sagte ich und nahm ihm die beiden Geschenke ab.

»Wollen Sie den Sekt denn ganz allein trinken? Immerhin ist es gleich Mitternacht.«

»Na ja, wenn Sie gern reinkommen möchten? Ich würde mich sehr freuen.«

»Gegen einen Geburtstagssekt hätte ich nichts.«

Und schon saß er in meiner Kabine auf dem Bett und ließ den Korken knallen.

»Ich müsste noch Sektgläser aus dem Restaurant besorgen«, sagte ich verlegen.

»Wassergläser reichen vollkommen«, wischte er meinen Einwand weg und nahm sich zwei davon. Meines goss er halb voll und schenkte sich selbst nur einen kleinen Schluck ein. Er will bestimmt gleich wieder los, dachte ich mir. Er macht das bestimmt bei jedem Angestellten zum Geburtstag.

Dann setzte er sich neben mich und schaute auf die Uhr. »Ein besseres Timing gibt es gar nicht.« Er streckte den Arm aus, mir wurde ganz warm, legte ihn um mich und sagte leise direkt neben meinem Ohr: »Herzlichen Glückwunsch, Peggy.« Peggy? Mein Vorname?

»Vielen, vielen Dank.« Er hielt mich immer noch fest.

»Und dass Sie uns noch lange auf diesem Schiff erhalten bleiben, Sie sind eine Bereicherung. Für das Team und für mich.« Und plötzlich, ich hatte wirklich nicht damit gerechnet, küsste er mich. Zart, liebevoll. So, wie ich es mir immer in meinen Fantasien ausgemalt hatte. Ich zitterte, ich konnte mein Glas kaum noch halten. Er küsste mich lange, intensiv und doch unaufdringlich. Noch nie hatte ich einen ersten Kuss als so schön empfunden.

Als er einige Stunden später ging, wurde es draußen schon hell. Kein Geburtstagsgeschenk hätte schöner sein können. Und als wir am Morgen, meinem Geburtstag, zusammen das Frühstücksbuffet für die Gäste vorbereiteten, war alles wie immer. Doch kleine Blicke können so viel sagen. Es war wunderschön geheim, was letzte Nacht passiert war. Wir siezten uns natürlich weiterhin, es durfte ja keiner etwas merken. Selbst das machte mir Spaß.

In der Nacht darauf kam er noch einmal zu mir. So ging das einige Wochen lang. Selbst wenn seine Frau an Bord war, fanden wir die eine oder andere sichere Ecke, um uns zu küssen.

Gefühle kommen schnell bei mir auf. Und er machte vor mir kein Geheimnis daraus, dass es ihm so ging wie mir. Doch er machte auch keines daraus, dass er seine Frau nicht verlassen würde. Deshalb kündigte ich nach insgesamt zehn Monaten an Bord, sonst hätte ich noch ganz mein Herz an ihn verloren. Wir trafen uns einige Male an Land und blieben in Kontakt. Doch nach und nach konnten wir beide loslassen. Schade – und auch wieder gut so. Wer weiß, ob er mir treu gewesen wäre als mein

fester Partner. Das ist immer der bittere Beigeschmack, wenn man einen Mann auf diese Art und Weise kennenlernt.
Würde ich wieder eine Affäre mit einem verheirateten Mann haben?, fragen mich Freundinnen ab und zu, wenn ich ihnen davon erzähle. Und ich antworte dann jedes Mal ohne nachzudenken: »Absolut!«

DIE 26. KREUZFAHRT

Härtetest

Natascha (40), Bankkauffrau, Kiel,
über
Igor (25), Künstler, Moskau

SOUTHAMPTON – CÁDIZ – MESSINA –
DUBROVNIK – VENEDIG - GIBRALTAR

»Ich sprang die Treppen hinunter, einmal quer durch das ganze Schiff und setzte mich in das Theater. Dort war ich allein. Und das war es auch, was ich wollte. Ganz allein sein. Und realisieren, was ich eben gehört hatte.«

Zu unserem zehnten Hochzeitstag vor zwei Jahren hatten wir einen alten Traum wahr gemacht und uns eine Luxuskreuzfahrt durchs Mittelmeer gegönnt. Wie hätte ich ahnen können, dass diese Kreuzfahrt ein Härtetest für unsere Ehe werden sollte?

An dem Schiff allerdings lag es nicht, dass unser Leben in stürmische See geriet. Wohin wir auch blickten – der Luxus um uns herum übertraf selbst unsere kühnsten Erwartungen. Alles blitzte, alles blinkte. Alle Gesichter, in die ich sah, lächelten. Konnte das alles Wirklichkeit sein?, fragte ich mich.

Wir kamen in die Kabine und es verschlug mir fast die Sprache. Ich war ja schon in so einigen High-Class-Hotels abgestiegen, doch wenn etwas das Prädikat »Luxus« verdient hatte, dann war es das hier. Alles in hellen Tönen gehalten, edelste Ausstattung, geschmackvollste Details. Eine große Balkontür am anderen Ende des Raumes, den ich eigentlich viel kleiner erwartet hatte. So überwältigend schön war das, dass ich spontan beschloss, peinlichste Ordnung zu halten – etwas, das im Urlaub nicht gerade zu meinen Stärken zählt.

Am Anreisetag hatten wir Manuela und Björn, ein Pärchen in unserem Alter, kennengelernt. Sie saßen beim Willkommensdrink neben uns, wir kamen schnell ins Gespräch. Vor allem die Männer verstanden sich super. Gleich am ersten Abend gingen sie gemeinsam ein Bier trinken, als wir Frauen schon zu müde waren, um noch etwas zu unternehmen. Ich fragte mich, ob für Männer ein gemeinsames Feierabendbier dasselbe bedeutet, wie für uns Frauen gemeinsam auf die Toilette zu gehen. Ein Beweis dafür, dass man den anderen mag und man vertrauter miteinander sprechen möchte? Ich würde zu gern mal wissen, worüber Männer dann so alles reden. Brüsten sie sich mit ausgefallenen Sexerlebnissen? Mit der Anzahl der Frauen, die sie schon im Bett gehabt haben? Oder sprechen sie auch mal über Probleme, über Potenzprobleme womöglich?

Auf der Reise in Richtung Mittelmeer hatten wir erst einmal ein paar reine Seetage und Manuela und ich machten fast nichts anderes, als uns auf der Liege bräunen zu lassen. Die Männer waren entweder beim Volleyball (ja, auch das gab es an Bord) oder saßen mit einem Bier im Whirlpool. Ich zog mir einen fiesen Sonnenbrand zu und musste gleich am zweiten Tag zum Bordarzt. Aber das war schon am vierten Tag wieder vergessen. Wir lernten uns immer besser kennen, keine Frage, dass wir auch nach der Reise noch in Kontakt bleiben wollten.

Mit meinem Mann hatte ich auch endlich mal wieder wunderschöne Stunden im Bett verbracht, dazu hatten wir in den letzten Monaten wenig Zeit gehabt. Und auch zu wenig Lust, um ehrlich zu sein. Ich genoss die Zeit mit ihm. Bis zu dem Tag, bevor wir in Gibraltar anlegten. Da nahm unser bis dahin so gelungener Urlaub eine Wendung.

Ich hatte den beiden Männern zwei Bier an der Bar gekauft und wollte sie ihnen zum Pool bringen, um sie damit zu überraschen. Die beiden konnten mich nicht kommen sehen, denn sie saßen mit dem Rücken zu mir allein im Pool. Ich schlich mich von hinten an und hatte schon ein breites Grinsen auf dem Gesicht vor lauter Freude darauf, ihnen beiden gleich ein kühles Bier vor die Nase zu halten.

»Warum hast du das denn gemacht?«, sagte mein Mann zu Björn. Ich hielt etwa einen Meter hinter den beiden an und lauschte.

»Ach, ich weiß auch nicht. Wahrscheinlich, weil ich mir sicher war, dass es nie rauskommen würde.«

»Und wie oft?«

»Nur zwei Mal. Dann hat sie gesagt, dass sie mehr will. Und ich habe daraufhin die Reißleine gezogen und die Sache beendet.« Das hörte sich fast so an, als würden sie gerade darüber reden, wie Björn Manuela betrogen hatte. Ich wurde neugierig.

»Und warum warst du dir so sicher, dass sie es Manuela nicht sagen wird?«

»Ganz einfach. Sie hat selbst einen Mann.« Es wurde immer interessanter. Ich trat einen Schritt näher heran, sie bemerkten mich noch immer nicht.

»Aber den hätte sie ja anscheinend für dich verlassen. Dann kann die Liebe ja nicht mehr so groß gewesen sein.«

»Ja, aber da er sie aushält, wird sie nicht freiwillig gehen. Erst, wenn sie einen neuen Versorger hat.«

»Typisch. Und, wie war's?«

»Die war der Hammer im Bett. So versaut wie die war Manu noch nie.«

»Was hat sie alles gemacht?«

»Alles. Die hat beim ersten Mal sogar anal gewollt.«

»Echt jetzt? Das ist aber selten.« Mein Mann klang fast bewundernd. Steht er etwa auf Analsex?, fragte ich mich.

»Aber auf Dauer muss ich so eine auch nicht zu Hause haben.«

»Da hast du recht. Meine Frau würde ich auch nie gegen eine andere eintauschen.« Was für ein schönes Kompliment.

»Und dir ist noch nie ein Ausrutscher passiert?« Natürlich nicht, da war ich mir sicher.

»Na ja, einmal schon.« Meine Knie wurden weich. »Es war ganz klassisch bei einer Weihnachtsfeier auf dem Flughafen.« Was? Er ist fremdgegangen?

»Und kam das raus?«

»Um Himmels willen, nein. Natascha hätte mich sofort verlassen.« Ja, das stimmte allerdings.

Mir wurde ganz schwindelig, ich musste die Bierflaschen abstellen. In diesem Moment hörten mich die beiden und drehten sich um.

»Was machst du denn hier?«, fragte mich mein Mann. In seiner Stimme lag Angst. Angst, mich verletzt zu haben.

»Ich habe genug gehört«, sagte ich und ging weg. Ich hörte, wie mein Mann aus dem Whirlpool stieg, um mir hinterherzurennen. Doch ich war schneller, wollte auf keinen Fall mit ihm reden. Ich sprang die Treppen hinunter, einmal quer durch das ganze Schiff und setzte mich in das Theater. Dort war ich allein. Und das war es auch, was ich wollte. Ganz allein sein. Und realisieren, was ich eben gehört hatte.

Das Theater war riesig, reichte über zwei Etagen. Und trotzdem hatte ich ein beklemmendes Gefühl. Ich ging die Worte, die ich Minuten zuvor aus dem Mund meines eigenen Mannes gehört hatte, im Kopf noch einmal durch. Er hatte mich auf einer Weihnachtsfeier betrogen? Mit wem denn bloß? Und vor allem wann? Bei der letzten Weihnachtsfeier konnte es nicht gewesen sein, da war er krank zu Hause. Vielleicht vor drei Jahren mit dieser Rebecca? Sie hatte einige Male wegen Banalitäten bei uns angerufen. Er hatte immer auf sie geschimpft, weil sie so aufdringlich sei.

Ich hatte ihn mal von der Arbeit abgeholt, und da war sie mir über den Weg gelaufen. Sie war um einiges jünger als ich. Aber das war auch das einzig Anziehende an ihr gewesen, jedenfalls aus meiner Sicht. Sie wog mindestens zehn Kilo mehr als ich, hatte fransige Haare und Dolly-Buster-Lippen. Wer steht denn schon auf so eine?, hatte ich mich damals gefragt. Und so wie es jetzt aussah, stand mein eigener Mann auf sie. Tausend Fragen schossen mir durch den Kopf. Liebte er mich etwa nicht mehr? War ich ihm nicht sexy genug? Hätte ich damals nicht was merken müssen? Hatte er mich vielleicht schon öfter betrogen und war das, was er Björn gerade erzählt hatte, nur die Spitze des Eisbergs?

Ich hielt mir die Hände vors Gesicht und dann, als wenn ich das alles erst in diesem Moment begriffen hätte, schossen mir die Tränen in die Augen. Dann hörte ich, dass Menschen auf die Bühne kamen. Es waren anscheinend einige Akrobaten, die trainieren wollten. Und ich saß weinend vorne in der zweiten Reihe. Ein hübscher junger Mann sah mich, sagte den anderen, dass sie schon mal allein anfangen sollten, kam zu mir und sprach mich auf Russisch, meiner Muttersprache, an. Ich bin zwar in Kiel geboren, aber weil meine Mutter Russin ist, bin ich zweisprachig aufgewachsen.

»Sie sehen sehr unglücklich aus. Kann ich Ihnen irgendwie helfen?«, fragte mich der junge Mann freundlich. Mein Blick blieb an seinen stählernen Muskeln hängen. Wie viele Stunden täglich er wohl mit seinen Hanteln in der Folterkammer verbrachte?

»Mir geht's gut, danke«, log ich dann.

»Darf ich mich kurz zu Ihnen setzen?«

»Sie sitzen ja schon«, sagte ich und lächelte ein wenig.

»Haben Sie mit jemandem Streit?«

»Ich will eigentlich nicht darüber reden.«

»O.k., das kann ich verstehen. Dann sitzen wir beide eben still hier und schauen meinen Kollegen zu, wie sie proben.«

»Warum wollen Sie bei mir bleiben? Müssen Sie nicht auch trainieren?«, fragte ich leicht verwirrt. Mein Blick pendelte zwischen seinem Bizeps und der Brustmuskulatur hin und her, die sich unter seinem engen Shirt abzeichnete.

»Ich müsste natürlich auch trainieren, ja. Aber meine Mutter sagte immer zu mir, dass ich auf meinen Bauch hören soll, wenn er spricht. Und das tat er eben, als ich Sie hier sitzen sah.«

»O.k., dann bleiben wir hier und schauen den anderen da oben zu.«

Zehn Minuten lang saßen wir nun einfach nur da und verfolgten schweigend, wie die anderen Tänzer Hebefiguren, Saltos und Choreografien übten. Doch dann packte es mich: »Er hat mich betrogen.«

»Dein Freund?« Waren wir schon beim Du angekommen?

»Mein Mann.«

»Hier auf dem Schiff?«

»Nein. Vor einigen Jahren auf einer Weihnachtsfeier.«

»Und warum hat er es dir jetzt gesagt?«

»Hat er nicht. Ich habe gehört, wie er es einem Freund erzählt hat.«

»Und wie klang er dabei?«

»Ach, was weiß denn ich«, sagte ich etwas genervt und schon wieder liefen mir die Tränen über die Wangen.

»Und was willst du jetzt machen?«

»Ist das ein Verhör? Es fehlt ja nur noch die Lampe, die Sie mir ins Gesicht halten. Entschuldigen Sie. Meine Nerven sind gerade nicht die stärksten. Sind wir eigentlich schon beim Du?«

»Ich dachte … ja.«

»Ich denke trotzdem, dass er mich liebt.«

»Das denke ich auch. Und ganz sicher war es nur ein Ausrutscher, oder?«

»Hoffentlich. Sonst grille ich morgen seine Hoden.«

Er lachte kurz und schlug instinktiv die Beine übereinander. Er schien eine bildliche Fantasie zu haben.

»Was hast du jetzt vor?«

»Ich hatte eigentlich nicht vor, meine Ehe einfach hinzuschmeißen. Aber ich kann mir auch irgendwie nicht vorstellen, mit diesem Gedanken tagtäglich zu leben.«

»Eine Ehe ist wie ein Baum, hat mir meine Mutter immer gesagt.«

»Sie hat dir aber viel gesagt.«

»Sie war die Beste. Sie konnte mir immer einen Rat geben und hat damit auch immer ins Schwarze getroffen.«

»Ein Baum?«

»Genau. Neu gepflanzt ist er anfällig für Wind und Wetter. Langsam und mit viel Geduld wird er größer, dicker und bekommt einen festen Stand.«

»Der Vergleich gefällt mir.«

»Und dieser Betrug, wie du ihn empfindest, ist ein Holzfäller mit einer Kettensäge. Ob er es schafft, ihn zu fällen, liegt an euch.«

»So jung und schon so weise. Das ist zu viel für mich.« Jetzt musste ich sogar ein wenig lachen.

»Es gibt nichts Schöneres als die Familie, oder?«

»Stimmt. Sie ist einfach immer da. Freunde verliert man auch mal im Leben. Die Familie dagegen kann man nicht austauschen.«

»Rede mit ihm und versuche zu verstehen, wie ihm das passieren konnte.«

»Hast du Familie?«

»Leider kaum noch. Meine Mutter starb vor einem Jahr an Krebs. Der Rest der Familie ist über die ganze Welt verteilt.«

»Das tut mir leid.«

»Ach, braucht es nicht. Das hier ist jetzt meine Familie. Und es erfüllt mich.« So wie er sprach, erinnerte er mich eher an einen Professor als an einen jungen Mann, der gerade der Pubertät entwachsen war.

Wir saßen noch ungefähr eine Stunde da und plauderten. Es tat mir so gut, dass ich mit ihm über alles reden konnte, darüber, wie ich mich fühlte und wie verletzt ich war.

Er riet mir, meinen Mann zu verstehen, ihn erzählen zu lassen, was da auf jener Weihnachtsfeier in ihn gefahren sei. Und ich sollte ihm dann mit ruhigen Worten erklären, was das in mir ausgelöst hätte.

Gesagt, getan. Ich habe mich mit meinem Mann ausgesprochen. Es war dann zwar noch lange nicht alles gut, aber so einige Fragezeichen in meinem Kopf hatte er immerhin ausgewischt. Mit dem Rest konnte ich leben. Und unserem Baum Zeit geben, seine Rinde wieder nachwachsen zu lassen.

Igor sah ich am letzten Abend auf der Bühne. Ich saß mit meinem Mann genau dort, wo ich Tage vorher mit ihm gesessen hatte. Er zwinkerte mir einmal zu und nickte, kaum erkennbar für die anderen. Nach der Show ging ich zu ihm und fragte ihn, ob wir in Kontakt bleiben wollten.

Er nahm mich in den Arm, wie eine große Schwester, und sagte: »Wenn es so sein soll, dann werden wir uns irgendwann noch einmal treffen. Ich finde es viel spannender zu schauen, ob das Schicksal uns noch einmal aufeinandertreffen lässt.«

Ich bin gespannt.

DIE 27. KREUZFAHRT

Reste-Turn

Monique (33), Finanzwirtin, Oranienburg,
über
Fritz (34), Sternekoch, Kiel

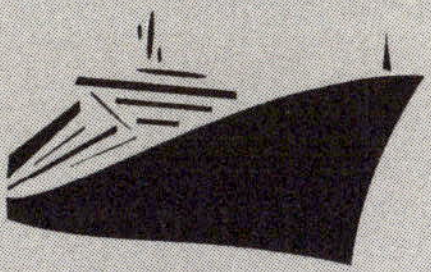

WARNEMÜNDE – OSLO – KOPENHAGEN –
WARNEMÜNDE

»Jede Frau musste einen Zettel ziehen und sich dann mit dem Mann, dessen Name darauf stand, eine Viertelstunde lang unterhalten. Danach sollte sie ihn der ganzen Gruppe vorstellen. Und wie mein Pech es wollte, stand auf meinem Zettel der Name Manfred. Super.«

Ein unglücklicher Single ist wie ein großer gelber Pickel auf der Stirn, den man nicht los wird. »Einfach jeder spricht einen darauf an«, sagte ich zu meiner Freundin Manu, die mich stirnrunzelnd ansah. Ich erzählte ihr gerade von meiner letzten Date-Blamage einige Tage zuvor.

»Der kam doch tatsächlich mit braunen Ost-Sandalen zum Essen«, erinnerte ich mich kopfschüttelnd. Das an sich wäre ja nicht das Schlimmste gewesen, aber dazu auch noch die von mir verabscheuten Tennissocken zu tragen, das war schon fast halsbrecherisch. Vielleicht hätte ich ihm vorher sagen sollen, dass ich nicht nur Single bin, sondern vor allem Augen im Kopf habe.

»Vielleicht hat der Arme nur einen ganz kleinen Spiegel und der reicht ihm bloß vom Scheitel bis zum Kinn«, spottete Manu und nahm noch einen Schluck Ingwer-Zitronengras-Tee, den ich gerade für unsere wöchentliche Klatsch-und-Quatsch-Runde aufgebrüht hatte. Wir lachten das Thema einfach weg, doch damit war das Problem nicht gelöst: Wie lerne ich einen vernünftigen Mann fürs Leben kennen? Einen Mann, der nicht mehr mit Mitte dreißig bei seinen Eltern wohnt. Jemanden, der nicht mit seinen

Vorstrafen eine Turnhalle tapezieren kann. Jemanden, der nicht auf die Frage nach seinem Job antwortet, dass er seit neun Jahren auf Arbeitssuche ist.

»Versuch es doch mal mit einer Single-Kreuzfahrt. Das hat schon mal eine Bekannte von mir gemacht. Und sie schwört, das würde sie jederzeit wieder tun«, warf Manu in den Raum. Eine Single-Kreuzfahrt? Ich wusste bis jetzt gar nicht, dass es so etwas überhaupt gibt. Aber warum nicht? Nach meinem jüngsten Reinfall konnte es nur noch besser werden.

Mittlerweile zweifelte ich schon an mir selbst. Ich war damals 29 Jahre alt und hatte bisher nur Männer getroffen, die entweder Frauenskalps jagten, sich noch von Mutti die Wäsche waschen ließen oder die ewig ihrer letzten Freundin hinterherjammerten. Einer hatte bei einem Zwei-Stunden-Date geschlagene hundert Minuten über seine Ex geredet. War ich denn die einzig Normale, die nicht unter die Haube kam? Mein 30. Geburtstag stand kurz bevor und derweil raste meine biologische Uhr im ICE-Tempo voran. Also noch einmal: Kreuzfahrt – warum nicht?

Deshalb gab ich, als ich am Abend wieder allein war, in die Onlinesuchmaschine einfach den Begriff »Singlekreuzfahrt« ein. Ich sah mir die erste mögliche Seite zu diesem Thema an und einige Klicks später stand fest, dass es in vier Wochen schon losgehen könnte. Das Einzige, was mich etwas stutzig machte, war, dass es nur zwei Altersgruppen gab: Die eine von fünfzig aufwärts, in die andere, die Gruppe der 29- bis 49-Jährigen, rutschte ich als Greenhorn noch ganz knapp mit hinein. Aber wie kommen bei dieser starren Einteilung beispielsweise die vierzigjährigen, von der Midlife-Crisis geplagten Männer an ihre gerade mal volljährigen Mädchen?

Vor allem: Hoffentlich hatten sich die männlichen Teilnehmer der Kreuzfahrt nicht gerade noch von oben her in meine Altersgruppe hineingeschummelt, kurz vor ihrem fünfzigsten Geburtstag. Ich ahnte bereits Böses. Aber wenn es denn so sein sollte, dachte ich achselzuckend, würde ich eben für mich allein vier schöne Tage auf See verbringen.

Die erste Etappe ins Kreuzfahrt-Glück bildete die Busreise von Berlin nach Rostock. Nachdem ich irgendwann den Hafen gefunden hatte, sah ich dort von Weitem nur ein einziges Schiff, das mir gefiel. Es war jedoch kein Luxusliner, sondern ein Dreimastsegler, allerdings einer der Extraklasse. Mein Kreuzfahrtschiff, so erfuhr ich dort, würde erst in einer Stunde anlegen. Also setzte ich mich in ein Restaurant und lernte dort drei zukünftige Reisegefährtinnen kennen, die so wie ich zu früh angereist waren und sich nun hier die Zeit bis zur Abreise vertreiben wollten.

Einen ersten Vorgeschmack auf das männliche Single-Angebot an Bord hatte ich unmittelbar davor bekommen: Ein Mann so um die Mitte vierzig war von seinen Eltern am Hafen abgesetzt worden und wurde von seiner Mutter mit Ermahnungen verabschiedet, dass es ein Ohrenschmaus für jeden Comedy-Fan gewesen wäre: »Und denk dran, immer schön die Jacke zumachen, es zieht ganz bestimmt auf dem Schiff. Und nicht, dass du wieder krank wirst.« Die besorgte Mutter redete so laut, dass es jeder hören konnte. »Ich habe dir deinen Schal mit eingepackt, nur für alle Fälle.« Dann gab sie ihm noch einen Kuss auf den Mund, ehe sie mit dem Gatten von dannen zog. Der Sohn, der sich mir kurz darauf als Manfred vorstellte, schien in den Boden versinken zu wollen. Wenn alle Männer hier von diesem Schlag sind, dachte ich, werde ich mir wohl eine Frau suchen müssen.

Mit den drei Damen im Restaurant kam ich schnell ins Gespräch. Nur, dass sich Manfred mit dazusetzte und mich anzubaggern versuchte, nervte ein bisschen. Die anderen am Tisch, die mir auf Anhieb sympathisch gewesen waren, merkten zum Glück, wie der Hase lief, und vertieften das Gespräch mit mir, sodass ich Manfred – wenigstens so gut es ging – ignorieren konnte.

Obwohl ja eigentlich die Ersten, waren wir dann die letzten fünf der Reisegesellschaft, die an Bord gingen. Die anderen Singles standen dort schon mit einem Gläschen Sekt in der Hand und harrten der Dinge, die da kommen sollten. Wir gesellten uns dazu und ich nutzte die Gelegenheit, den Blick über das nun erweiterte Männerangebot schweifen zu lassen. Einer stach mir sofort ins Auge: groß, sportlich schlank, gut gestylt – Geschmack war also vorhanden, jedenfalls, sofern er sich am Morgen selbst, ohne die Hilfe der Mutter, angezogen hatte. Und er trug eine Brille. Brillen können ein Gesicht schmücken, bei ihm war das definitiv der Fall.

Damit wir uns rasch kennenlernen konnten, hatten sich die Veranstalter ein Spiel ausgedacht. Jede Frau musste einen Zettel ziehen und sich dann mit dem Mann, dessen Name darauf stand, eine Viertelstunde lang unterhalten. Danach sollte sie ihn der ganzen Gruppe vorstellen. Und wie mein Pech es wollte, stand auf meinem Zettel der Name Manfred. Super. Ich sah unauffällig zu dem hübschen Mann hinüber, auch er hatte nicht gerade das große Los gezogen, denn ihm saß eine laute, überschminkte und aufgetakelte Tussi gegenüber. Zum ersten Mal in meinem Leben hätte ich gern Partnertausch betrieben. Für die wäre Manfred sicher ein gefundenes Fressen gewesen.

Zum Glück war nach dieser Vorstellungsrunde der offizielle Teil für diesen Tag vorüber. Nach einem kurzen Plausch in der Frauenrunde wollte ich mich in die Kabine zurückziehen, auf dem Weg dorthin kam ich an dem attraktiven Brillenträger vorbei. Er lächelte mich an und sagte: »Kommste aus Berlin, wa?«

»Ne, aus da Umjebung, 'nen bisschen nördlich im Speckgürtel«, antwortete ich und ging weiter den Gang entlang. In der Kabine angekommen, schlug ich die Tür hinter mir zu und hätte mich selbst ohrfeigen können. »Aus der Umgebung??? Was hab ich denn da für einen Mist erzählt? Hätte mir nicht was Besseres einfallen können?«, schimpfte ich leise vor mich hin. Da spricht mich der niedlichste Typ dieses Schiffs an und ich erzähle nur Gülle und gehe weiter?

Ich nahm mir vor, ihn am nächsten Tag anzusprechen. Aber erst einmal würde ich genau darüber nachdenken, was ich ihm diesmal erzählte.

Am nächsten Morgen ging ich nach einem leckeren Frühstück an Deck und wen sah ich? Ihn. Seit der Vorstellungsrunde wusste ich, dass er Fritz hieß. Er hatte eine Kamera in der Hand, spontan fragte ich, ob ich ihn fotografieren sollte, sonst wäre er ja selbst nie auf den Fotos drauf. Ich war so überrascht von mir und meiner Spontanität, dass ich alle Gesprächsthemen, die ich vergangene Nacht in Gedanken durchgespielt hatte, über Bord warf. Und schon waren wir mitten im Gespräch, standen oder saßen den ganzen Vormittag an der Reling und redeten über Gott und die Welt. Nie kam ein peinliches Schweigen auf, wir verstanden uns, als ob wir uns schon lange kennen würden.

Nach dem Mittagessen waren wir in Oslo angekommen, machten in der großen Gruppe einen Spaziergang und spielten anschließend Volleyball am Strand. Dort sah ich Fritz zum ersten Mal oben ohne, sein Traumkörper zog meine Blicke auf sich. Am Abend tranken wir Caipirinha, grillten alle zusammen und später folgten wir noch der lauten Livemusik zum nahegelegenen Strand. Dort waren so viele Menschen, dass ich, benachteiligt durch meine 1,58 m Körpergröße, nur Schultern vor mir sah. Fritz erkannte das sofort und nahm mich auf seine Schultern. Ich bekam heftiges Bauchkribbeln.

Obwohl der Tag einfach genial gewesen war, hatte ich mir für den nächsten vorgenommen, nicht mehr so an Fritz zu kleben. Würde er meine plötzliche Zurückhaltung richtig verstehen und deshalb von sich aus meine Nähe suchen?

Kopenhagen erreichten wir am folgenden Nachmittag. Nach einem langen Spaziergang landeten wir alle in einer Brauerei. Ausgerechnet Manfred saß mir genau gegenüber, doch zum Glück schien er begriffen zu haben, dass nicht er, sondern Fritz der Mann meiner Begierde war. Er würde sich wohl damit trösten müssen, weiter bei seiner Mama zu wohnen und sich den Schal hinterhertragen zu lassen.

Fritz verstand meinen Wink und suchte tatsächlich meine Nähe. Ich war selig vor Glück.

Wieder zurück auf dem Schiff, sagten wir uns nach dem Abendessen alle Gute Nacht. Fritz und ich umarmten uns kurz. Jetzt könnte er mich aber langsam mal küssen, dachte ich mir. Doch vielleicht war er noch zu schüchtern, jedenfalls kam es nicht dazu, also zog ich mich in meine Kabine zurück. Später trieb es mich noch einmal über den Flur auf die Toilette. Auf dem Rückweg stieß ich fast mit Fritz zusammen, dessen Kabine meiner genau gegenüberlag. Wie gestern beim Volleyball war er oben ohne, mir stockte kurz der Atem. Offensichtlich war er auf dem Weg zur Dusche. Er blieb vor mir stehen und gab mir einen ganz zarten Kuss. Bauchkribbeln und unbändige Freude breiteten sich in meinem Körper aus.

Als ich im Bett lag, fragte ich mich selbst, ob es wirklich so einfach sein sollte. Sollte ich auf einer Single-Kreuzfahrt wirklich meinen Traummann getroffen haben? Ist das möglich?, fragte ich mich immer wieder.

Oder verbirgt sich irgendwo, versteckt wie so oft im Detail, der berühmte Haken? Steht er womöglich auf SM? Mag er vielleicht härtesten Dirty-Talk, wenn er mitten dabei ist? Ist er ein Serienmörder auf der Suche nach einem neuen Opfer? Oder grunzt er beim Lachen? Obwohl, Letzteres wäre sogar niedlich.

Ich starrte an die Decke in meiner Kabine, die Wellen schlugen leise gegen die Bordwand und ich konnte nicht aufhören, an ihn zu denken. Wie konnte ein so attraktiver Mann noch Single sein? Hatte er, so wie ich, wirklich nur viel Pech gehabt? Mit diesen Gedanken schlief ich schließlich ein und immer wieder spürte ich den leichten Kuss auf meinen Lippen.

Nachdem die restliche Zeit an Bord ebenso harmonisch zwischen uns verlaufen war, tat ich etwas, was sehr untypisch für mich ist. Ich nahm ihn direkt von Rostock mit zu mir nach Hause. Er hatte noch zwei Tage Urlaub, bis er wieder arbeiten musste. Und am Tag nach unserer Rückreise war mein dreißigster Geburtstag. Perfekt also, um gleich die Probe aufs Exempel zu machen; ihn der vollen Wucht meiner Freunde und meiner Familie auszusetzen. Würde er das erfolgreich auf sich nehmen, konnte er nur der Richtige sein.

Meine Freundin Manu nahm mich während der Feier in der Küche zur Seite und sagte: »Mensch Moni, er ist super. Wo hast du den denn her?«

»Er war auch auf dem Schiff. Kaum zu glauben, oder? Und er hat keine Ostsandalen, ich habe seinen Kofferinhalt gesehen.«

Sie grinste mich an und nahm mich in den Arm. Dann kehrten wir lächelnd, und ich zusätzlich mit einer Portion Schmetterlinge im Bauch, ins Getümmel zurück.

2009 haben wir geheiratet, ein Kind ist mittlerweile auch schon in Planung. Fritz und ich führen eine harmonische Beziehung, voll bedingungslosem Vertrauen und höchstem Respekt voreinander. Er liebt mich so, wie ich bin.

Und das alles, weil er auf demselben Schiff war wie ich. Zufall? Oder Schicksal?

DIE 28. KREUZFAHRT

Hart, aber fair

Timmi (29), Fitnesstrainer, Suhl,
über
Jolina (27), Nageldesignerin, Zingst

EIN JAHR AUF ALLEN
SIEBEN WELTMEEREN

»Ich meine, so was können doch auch nur Frauen denken, oder? Welcher Mitarbeiter auf einem Schiff, Animateure in Hotelanlagen eingeschlossen, sucht unter den Gästen nach der Frau fürs Leben? Na also. Doch darüber schienen die beiden Damen nicht nachgedacht zu haben.«

ES WAR FÜRCHTERLICH HEISS. Wie jeden Morgen ging ich auch an diesem Tag im Juli 2009 hinauf und setzte mich in meinen Lieblingsstuhl auf Deck 10. Von dort aus schaute ich mir immer für einige Minuten die Hafenstadt an, vor der wir gerade lagen, oder wenn wir auf hoher See waren, blickte ich hinaus auf die Weite des Meeres. Das war die einzige Zeit des Tages, in der ich allein sein wollte, um über mich, Gott und die Welt nachzudenken.

Ich war nun schon über vier Monate an Bord. Anfangs lebte ich wie in einem Traum, fühlte mich wie eine Biene auf einer riesigen Wiese voller Blumen. Nicht nur, dass ich meinen Job als Animateur, den ich liebte, täglich ausüben konnte, sondern weil die Frauen mir nur so zu Füßen lagen. Ich konnte mich vor paarungswilligen Damen an Bord kaum retten. Dabei war ich ein eher durchschnittlicher Typ, also durchaus kein Schönling. Na ja, vielleicht etwas trainierter als die meisten Männer, das brachte der Beruf nun einmal so mit sich. Und das Gute war, dass die Frauen nach spätestens zwei Wochen wieder weg waren. Kein Stress, keine Verpflichtungen, also Spaß und Abwechslung pur.

Außerdem hatte ich das Glück, dass immer die schönsten und sportlichsten Frauen in meinen Kursen landeten. Ich brauchte mir nur eine von ihnen auszusuchen, ihr dann öfter als den anderen ein Lächeln zu schenken und oft hatte ich sie noch am gleichen Tag im Bett. Viele Frauen waren auf einen Urlaubsflirt aus. Und es machte ihnen anscheinend nichts aus, dass sie bei mir nur eine Nummer auf meiner persönlichen Eroberungstafel waren. Animateure sind ja dafür bekannt.

Ich hätte nie gedacht, dass mich das irgendwann einmal nerven würde. Tat es aber. Und zwar seit Wochen schon. Immer, wenn ich so wie heute auf Deck vor mich hin träumte, wurden mir die Schattenseiten meines Lebens an Bord bewusst. Ich war es allmählich satt, wie ein Papagei die ewig gleichen Fragen der Mädels zu beantworten: Wo kommst du her? Wie lange bist du noch an Bord? Was machst du hier in deiner Freizeit? Hast du eine Freundin? Worauf stehst du sonst so? Was ist dir wichtig bei Frauen? Was ist, wenn du dich mal in einen Passagier verliebst? Wie bin ich im Bett? Und, und, und. Irgendwann würde ich meinen Lebenslauf und alle Antworten auf ein Diktiergerät sprechen, um sie jeder Frau einfach vorzuspielen. Damit könnte man sich die lästige Fragerei ersparen, die die Zeit für den Beischlaf nur unnötig verkürzte.

Zum Glück hatte es in den ganzen vier Monaten nur zwei Frauen gegeben, die glaubten, sie hätten mit mir den Mann fürs Leben gefunden. Ich meine, so was können doch auch nur Frauen denken, oder? Welcher Mitarbeiter auf einem Schiff, Animateure in Hotelanlagen eingeschlossen, sucht unter den Gästen nach der Frau fürs Leben? Na also. Doch darüber schienen die beiden Damen nicht nachgedacht zu haben.

Die Erste hatte mir ja noch richtig leidgetan. So schonend wie möglich versuchte ich ihr beizubringen, dass das mit uns beiden keine Zukunft hätte. Noch Wochen später hielt ich den Kontakt per E-Mail aufrecht. Ich finde, ich habe wirklich Zartgefühl gezeigt.

Bei der Zweiten einige Wochen später fand ich es dann nur noch nervig. Janine war zwar ein sehr hübsches Mädchen und wir hatten so viel Spaß im Bett, dass sie sogar für eine Nacht bei mir schlafen durfte. Ein wenig einfältig vielleicht, aber süß. Doch süß war sie nur bis zu dem Tag ihrer Abreise.

Da nämlich fragte sie mich, wann ich sie zu Hause besuchen würde. Sie hätte ihren Eltern schon am Telefon von mir erzählt, sagte sie. Und wenn in drei Monaten meine Saison hier auf dem Schiff zu Ende sei, könnte ich bei ihrem Vater im Restaurant arbeiten. Sie würde sich schon einmal um eine Wohnung kümmern, hatte sie mir freudestrahlend angekündigt. Ich war so perplex, dass ich erst gar nichts sagen konnte. Und das soll schon was heißen. Doch dann stellte mein Sprachzentrum automatisch den Schongang ab.

»Babe, pass mal auf. Wir hatten viel Spaß zusammen und du bist wirklich süß. Aber ich suche momentan keine Freundin. Und selbst wenn ich eine suchen würde, würdest du es nicht sein. Ich wollte dir das eigentlich nicht sagen, aber die Hellste bist du eben auch nicht. Tut mir leid. Aber der Sex war wirklich super mit dir.« Sie starrte mich sprachlos an, also dampfte ich weiter voran: »Babe, sei nicht böse. Es war doch jetzt gut so, wie es war. Und dein Traumprinz hoch zu Ross wartet sicherlich auch schon irgendwo in deinem Dorf auf dich.«

Mit Tränen in den Augen rannte sie weg. Gesehen oder gehört habe ich seither nichts mehr von ihr. Weder an Bord noch danach. Das fand ich auch nicht weiter schlimm. Alles, was zu sagen war, hatte ich gesagt. Hart, aber fair.

Meinem Kabinennachbarn hatte ich etwas später bei einem Bier davon erzählt. Das Einzige, was er dazu zu sagen wusste, war ein unmissverständliches: »Timmi, ich mag dich wirklich. Aber was Frauen anbelangt, bist du echt ein Arschloch.« Anfangs hatte ich noch darüber gelacht, es beinahe als Kompliment aufgefasst, doch am selben Abend im Bett dachte ich über seine Worte genauer nach. Und ich musste erkennen, er hatte recht. Ich hatte mich tatsächlich wie ein Arschloch verhalten.

Alles das ging mir durch den Kopf, als ich an jenem Morgen auf Deck 10 an der Reling saß. Ich dachte über Janine nach, und darüber, dass sie doch gar nicht so übel war. Über die ganzen Frauen dazwischen, die zu erobern alles andere als schwer gewesen war. Wurde ich etwa sentimental? Nun, jeder hat mal eine schwache Minute.

Ich beobachtete die Passagiere unten im Hafen, die gerade ausschifften. Und ich sah Busse, die mit neuen Passagieren zum Hafen gefahren kamen. Heute hatte ich nur am Abend einen Auftritt. Tae Bo, meine Lieblingsdisziplin. Der erste Kurs mit den neuen Gästen und damit die beste Gelegenheit, um abzuchecken, was so Leckeres an Bord gekommen ist. Doch an diesem Tag stand mir so gar nicht der Sinn danach, eine neue Frau aufzureißen. Ich wollte mich auf dieser Fahrt zurückhalten und die Zeit nutzen, um meinen Freunden zu Hause endlich mal wieder Mails zu schicken, mit meiner Familie zu telefonieren und meiner kranken Schwester einen Brief zu schreiben.

Doch auf dem Schiff ticken die Uhren anders. Bevor es Nacht wurde, stand ich schon wieder vor einer Gruppe von Damen und kommandierte: fünf, sechs, sieben, acht und noch mal von vorn, eins, zwei, drei ... Wir waren mitten im Kurs, als mir eine junge Frau in der letzten Reihe auffiel. Sie war attraktiv, wenn auch nicht gerade atemberaubend hübsch. Sie schaute mich an und lächelte, als unsere Blicke sich trafen. Ich lächelte natürlich zurück. Routine.

Irgendwann aber wurde mir bewusst, dass ich immer öfter den Blickkontakt mit ihr suchte. Ich korrigierte den einen oder anderen Haltungsfehler und musste ihr dabei leicht an die Hüfte oder das Bein fassen. Ihr Blick verriet mir alles.

Der Engel auf meiner rechten Schulter flüsterte mir ins Ohr: »Hör auf, mit der Hose zu denken. Du wolltest eine Pause einlegen und dich den Lieben zu Hause widmen. Hübsche Frauen sind auch noch öfter an Bord.«

Der Teufel auf der linken Schulter hielt dagegen: »Die steht voll auf dich. Warum solltest du dir das durch die Lappen gehen lassen? Mails schreiben kannst du auch noch nächste Woche. Verabrede dich für heute Abend mit ihr. Na los ...«

Die Stimme des Teufels ist immer lauter und überzeugender als die des kleinen Engels.

»Was möchtest du trinken?«, fragte ich Jolina, als wir uns am Abend auf der Poolparty trafen.

»Rotwein wäre super.«

»Mit wem bist du an Bord?«, fragte ich sie, als ich uns zwei Gläser Rotwein besorgt hatte.

»Mit meinem Freund.«

»Und, was hast du ihm gesagt, wo du jetzt bist?«, hakte ich nach.

»Ich nehme mir ab und an mal Zeit für mich. Nichts Ungewöhnliches.«

»Das trifft sich doch gut. Jolina, du bist wirklich sehr hübsch.«

»Tim, darf ich ehrlich zu dir sein? Spar dir bitte das Süßholz, das du hier mit jeder zweiten Frau an Bord raspelst. Ich bin eine Frau, die Tacheles spricht.«

»Jetzt bin ich etwas überrumpelt.«

»Und ich nicht blöd. Dir laufen hier ständig hübsche Frauen vor der Nase rum. Deinen Spaß wirst du hier schon haben.«

»Also, so direkt hat mich noch keine darauf angesprochen.«

»Ach ja? Dabei macht es so doch viel mehr Spaß«, sagte sie und lächelte. Diese Frau gefiel mir, so direkt, wie sie war.

»Stimmt. Das ist mal was anderes«, sagte ich schmunzelnd.

»Also wenn wir beide ausgetrunken haben, gehen wir auf meine Kabine.«

»Und dein Freund?« Ich war mir nicht sicher, ob das so eine gute Idee war.

»Der ist noch mindestens zwei Stunden im Casino.«

»Mutig, junge Frau«, sagte ich und wir stießen an. Schon nach dem ersten Schluck flüsterte sie mir ins Ohr: »Ich werde mich direkt an der Tür bis auf meine schwarzen Spitzendessous ausziehen, dich mit meinen Strapsen ans Bett fesseln und dich verwöhnen, bis du den Verstand verlierst.«

Mein Freund in der Hose wuchs mit jedem ihrer Worte. Sie turnte mich derart an, dass ich nur noch herausbrachte: »Und wie willst du es dann haben?«

»Das werden wir sehen. Zuerst bist du dran. Ich liebe es zu sehen, wie ein Mann vor lauter Erregung fast durchdreht.« Jetzt war er so fest wie ein unreife, grüne Banane.

»Komm, wir gehen«, sagte ich fest entschlossen.

Als wir im Aufzug standen, wollte ich sie küssen. Doch sie ließ mich nicht.

»Ich sage dir, wann du mich küssen darfst«, sagte sie. Ihre Worte flossen so sinnlich aus ihrem Mund, dass ich allein von ihrem Klang schon wieder einen Ständer bekam. Es war eine ganz neue und aufregende Erfahrung, ich und er da unten platzten fast vor Neugier.

Sie öffnete die Zimmertür 6593 auf Deck 6, gleich in der Nähe der Fahrstühle. Direkt hinter uns fiel die schwere Tür ins Schloss, sie trat dicht vor mich hin, fasste sich an ihre Brüste und knetete sie. Vorerst nur über dem Kleid. Dann schob sie es langsam hoch, sie trug tatsächlich nur zarte, schwarze Dessous darunter.

»Ich will, dass du dich ausziehst«, sagte sie. Wie von selbst flogen die Kleider von mir ab, bis auf die Shorts. Halb nackt standen wir voreinander und musterten uns von oben bis unten, höchstens ein Meter trennte uns noch. Dann fasste sie mir mit beiden Händen an meinen steifen Schwanz, knetete ihn und zog mir schließlich auch noch meine Shorts aus. »Leg dich dorthin. Ich will dich verwöhnen und alles mit dir machen, worauf ich Lust habe.«

Ich gehorchte und legte mich hin. Sie stellte sich einen Moment lang zur Schau, dann band sie meinen rechten Arm mit einem herumliegenden Schal an der einen Nachttischlampe und den linken mit einem Kofferband an der anderen so fest, dass ich mich nicht mehr befreien konnte. Jetzt kletterte sie aufs Bett und kniete sich direkt über meinen Ständer. Sie beugte sich vor und kam meinem Mund ganz langsam mit ihren Lippen näher, doch kurz bevor ich sie küssen konnte, sagte sie: »Schöne Grüße übrigens von Janine. Sie hat mir viel von dir erzählt …«

Was sagt sie da?, schoss es mir durch den Kopf.

Sie stand auf, ich lag da, steif wie ich war, und konnte mich nicht aufsetzen. »Sie hat absolut recht gehabt. Es war alles andere als schwer, dich so weit zu bekommen.« Dann griff sie sich eine schon bereitgelegte Kamera und machte zwei Fotos von mir in meinem Zustand.

»Bindest du mich jetzt bitte los?!«

»Ganz sicher nicht. Die Lektion ist noch nicht zu Ende.« Sie öffnete die Schublade des Schreibtischs, nahm einige Zettel und ein Klebeband heraus und ging in Richtung Tür. Was hatte sie denn jetzt vor? Ich versuchte, mich zu befreien, aber die Knoten waren perfekt geschnürt, und die Nachttischlampen sind fest in der Wand verankert, da half nichts.

Sie warf sich noch schnell ihr Kleid über, dann klemmte sie einen meiner Schuhe zwischen die Tür, sodass die Kabine sperrangelweit offen blieb. »Viel Spaß, Süßer«, rief sie mir im Hinausgehen noch zu. Es sollte ein Heidenspaß werden – wenn auch nicht für mich.

Denn kaum war sie verschwunden, näherten sich von draußen Schritte. Und zwar nicht nur von einer Person, sondern von mindestens dreien. Und dann standen sie schon in der Kabine. Zwei Männer mittleren Alters und eine etwas jüngere Frau. Sie starrten mich an. Die Frau schaute entsetzt auf meinen Schwanz, die Männer prusteten los. Ein älteres Ehepaar blickte ihnen über die Schulter. Auch sie brachen spontan in Gelächter aus. Noch nie in meinem Leben ist mir etwas so peinlich gewesen.

Als mich die älteren Herrschaften schließlich losgebunden hatten, erzählten sie mir, warum sie überhaupt hierhergekommen waren. Janines Freundin hatte überall an den Fahrstühlen und im Gang Zettel aufgehängt mit der Aufschrift: »Freibier, solange der Vorrat reicht. Kabine 6593.«

DIE 29. KREUZFAHRT

Sei du selbst

Michaela (37), Kosmetikerin, Plön,
über
Helga (84), Rentnerin, Neuwied

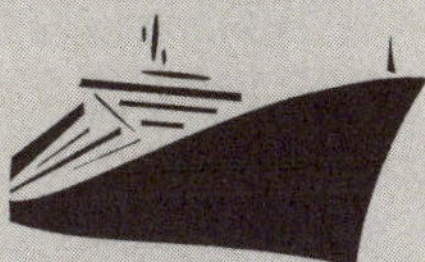

DUBAI – ABU DHABI – BAHRAIN – MUSCAT

»Im Restaurant wurde ich von dem Kellner an einen Tisch direkt am Fenster mit Blick auf das weite Meer geführt. Mit am Tisch saß eine alte Dame. Es sollte einer der richtungsweisendsten Abende meines bisherigen Lebens werden.«

WIE HATTE ICH MIR NUR EINBILDEN KÖNNEN, dass Uschi sich ausgerechnet am Abflugtag unseres lang geplanten Weiberurlaubs anders verhalten würde als in den vielen Jahren unserer Freundschaft zuvor? Bloß, weil wir pünktlich unseren Flug bekommen mussten? Kein triftiger Grund, wenn man jemand wie meine Freundin Uschi ist.

Wie so oft war ich auch diesmal naiv genug gewesen, ihr zu glauben, als sie mir am Telefon hoch und heilig versprach: »Michi-Maus, natürlich schaffe ich es morgen früh pünktlich zum Flughafen. Der Wecker ist schon gestellt und egal, was auf der Party heute Abend los ist, ich gehe um eins nach Hause und bin dann ausgeschlafen um zehn am Gate. Versprochen, Maus.«

Mit diesen Worten noch ihm Ohr stand Maus um kurz vor zehn am Gate, während unsere Namen zum wiederholten Male ausgerufen wurden. Ich hätte mich selbst ohrfeigen können, dass ich sie nicht gezwungen hatte, die Nacht vor dem Flug bei mir zu schlafen. »Ganz toll, jetzt muss ich meinen dreißigsten Geburtstag allein auf einem Kreuzfahrtschiff vor der Küste von Dubai feiern«, schimpfte ich leise auf dem Weg zum Einstieg vor mich hin.

Minuten später saß ich im Flugzeug und der Platz zu meiner rechten, Uschis Platz, blieb frei. Bis zuletzt hatte ich gehofft, dass sie sich in letzter Minute irgendwie doch noch in den Flieger drängen würde. Meine eigene Naivität ging mir langsam gehörig auf den Senkel.

Links neben mir saß ein adrett gekleideter junger Mann, der hin und wieder lächelnd zu mir herübersah. Er erinnerte mich entfernt an den Mann aus der Hugo-Boss-Werbung, den ich in der Frühe auf einer Anzeige im Presseladen gesehen hatte. Hätte Uschi vorher gewusst, was neben mir sitzt, hätte sie mich von meinem Platz verdrängt und ihm ein paar Minuten später von ihren sexuellen Vorlieben erzählt. Ein wenig Schadenfreude stieg in mir auf.

Uschi fällt nämlich grundsätzlich mit der Tür ins Haus. Sie liebt Männer, Sex und Alkohol. Und daraus macht sie auch keinen Hehl. Sie ist die Verkörperung der Samantha aus *Sex and the City*. Uschis erste Worte zu dem jungen Mann neben mir wären wohl gewesen: »Na, guten Tag. Wo man nicht überall hübschen Männern begegnet. Und dann auch noch für einige Stunden so dicht beieinander. Sind Sie Single? Oder wenigstens ein untreuer Ehemann?« Bei dem Gedanken musste ich grinsen und das blieb Mr Hugo Boss nicht verborgen. Er lächelte mich an.

Derart ermutigt, überwand ich meine Schüchternheit. Ich holte mein auf Flugmodus geschaltetes iPhone aus der Handtasche und fragte ihn: »Darf ich Sie fotografieren? Ich muss meiner besten Freundin eins auswischen und ihr ein Foto von Ihnen schicken, sobald wir gelandet sind.«

O.k., mein Einstieg ins Gespräch war auch nicht viel besser als der von Samantha, aber na ja.

Einen netten, jedoch etwas zögerlichen Small Talk und eine robuste Landung später wartete ich am Gepäckband auf meinen Koffer, als mich »Hugo« noch einmal ansprach. »Ich wollte fragen, ob Sie auch an Bord des Schiffes gehen?«

»Ja, warum?«, antwortete ich. Uschi hätte ihm gleich die Nummer ihrer Kajüte genannt und ihn mit einer Flasche Champagner dorthin bestellt.

»Vielleicht haben Sie Lust, heute Abend mit mir an der Bar etwas zu trinken?«

Just in diesem Moment meldete sich eine Stimme aus der Vernunftecke in meinem Hirn zu Wort und antwortete für mich: »Nein, danke. Ich mache einen reinen Frauenurlaub.« Was? Was bitte habe ich da eben gesagt?, dachte ich mir und hätte mich schon wieder ohrfeigen können. Er blickte etwas bedröppelt aus der Wäsche, nannte halblaut seinen Namen – es klang wie »Lee – und murmelte, dass ich mich ja an Bord melden könne, falls ich es mir doch noch anders überlegen sollte.

Wenn nur Uschi jetzt da gewesen wäre. Momente wie dieser waren einer der Hauptgründe gewesen, warum wir zusammen Urlaub machen wollten.

Ich hatte mich einige Monate zuvor von meinem Freund getrennt und tat mich schwer, mich in meinem Single-Leben zurechtzufinden. Uschi dagegen genießt ihr Leben immer und zu jeder Zeit in vollen Zügen; selbst im Krankenhaus nach einer Nasenkorrektur legt sie die Pfleger im leeren Nebenzimmer flach. Sie wollte mir in dieser Woche zeigen, wie leicht es sein kann, einen neuen Mann kennenzulernen. Oder mit einem Mann zu schlafen, ohne ihn gleich heiraten zu wollen. Und der Hugo-Boss-Mann wäre so einer gewesen. Ich werde ihn einfach später noch mal ansprechen, wenn ich ihn sehe, dachte ich mir und wusste doch schon jetzt, dass ich mich nicht trauen würde.

Als ich nach einer kurzen Fahrt am Schiffsterminal ankam, beschloss ich, meinen Fotoapparat und das iPhone ausschließlich dazu zu verwenden, Uschi mit Fotos von einem Traumurlaub mit halb nackten Männern am Pool neidisch zu machen. Ansonsten tat ich heute nichts anderes, als mich selbst für meinen ungewollten Single-Urlaub zu bemitleiden. So antriebslos war ich, dass ich nicht einmal die Kraft hatte, dieses Luxusschiff zu erkunden. Vor lauter Selbstmitleid hatte ich sogar die Abendbrotzeit verpasst und schlich mich erst spätabends in die Bord-Pizzeria, in der ich mir vor lauter Frust eine XXL-Pizza mit extra viel Käse bestellte.

In der Pizzeria war nicht viel los, nahezu alle Leute schauten sich auf Deck das Auslaufen des Schiffs aus dem Hafen an. Mir aber, ganz allein und frustriert, war nicht nach so einem Spektakel, deshalb ging ich vollgefressen und allein ins Bett. Mit Uschi wäre das nicht passiert, die hätte mich nicht ohne Blasen an den Füßen und nicht vor sechs Uhr morgens in die Falle gelassen.

Am nächsten Morgen standen mein von der fetttriefenden Pizza gepeinigtes Gewissen und ich sehr früh auf und gingen noch vor dem Frühstück joggen. Zum Glück fehlt es auf einem Kreuzfahrtschiff an nichts. Wo sonst lässt es sich beispielsweise so entspannt joggen? Wasser, wohin man sieht. Die Luft riecht sauber, keine Autos weit und breit, eine leichte Salzbrise weht einem um die Nase. Zum ersten Mal in diesem Urlaub fühlte ich mich gut.

So gelöst war ich beim Joggen, dass ich endlich mal wieder die Zeit fand, in aller Ruhe nachzudenken. Nicht nur über andere, sondern über mich. Mich und mein Leben. Meine letzte Beziehung. Und die davor. Uschi, meine beste Freundin, die ich um ihr Leben und ihre Persönlichkeit beneidete. Und ich dachte an andere Freunde. Männer. Einfach alles, was ich lange als selbstverständlich hingenommen hatte, rückte in den Vordergrund.

Ich verbrachte einen märchenhaften Tag an Land und bewunderte die atemberaubende Innenstadt von Abu Dhabi. Und was erstaunlich war: Ich litt nicht darunter, allein zu sein. Diese neue Erfahrung war überwältigend. Bisher hatte ich, wo immer ich war, Gesellschaft gesucht, weil ich es geradezu hasste, nur mit mir allein zu sein. Und wenn ich tatsächlich einmal für ein paar Stunden dazu gezwungen war, fühlte ich mich leer. Daher pflegte ich einen großen Freundeskreis und unternahm ständig irgendetwas, damit ich ja nie zur Ruhe kam oder gar allein war. Und da

Uschi Dauersingle war, konnte ich sie immer anrufen und mich spontan mit ihr treffen.

Wenn ich heute nach sieben Jahren meine Lebensweise von damals betrachte, erkenne ich, dass ich vor mir und meinen Gedanken weggerannt bin. So war es auch mit meinen Beziehungen. Ich hüpfte regelrecht von einer in die nächste, hatte kaum Single-Zeiten dazwischen. Ich verliebte mich schnell und hatte ebenso schnell das Gefühl, dass ich nicht ich sein konnte. Die Männer waren durch die Bank weg Machos, spielten ständig Machtspielchen, betrogen mich, es kehrte nie Ruhe in der Beziehung ein. Uschi und ich standen auf den gleichen Typ Mann. Das ist das Einzige, was wir beide gemein haben. Hatte ich Schwierigkeiten mit meinem aktuellen Freund, ging ich zu ihr und sie gab mir Ratschläge, die ich dann eins zu eins umsetzte. So war das eben damals.

Meine Gedanken verfolgten mich bis zurück an Bord. Ich holte aus der Kabine meine Salzstangen – ich liebe Salzstangen und esse mindestens vier Packungen pro Woche –, setzte mich auf dem eher ruhigen Deck 5 in einen Liegestuhl und starrte auf das Meer. Wir legten gerade wieder ab, diesmal konnte ich das Ablegen und Auslaufen genießen. Und zwar ganz allein. Ein Wunder.

Ich riss die Salzstangentüte auf, pulte einige Salzkörnchen ab und warf sie über Bord, als ich plötzlich eine vertraute Stimme hörte. »Wenn du noch mehr Salz da reinschmeißt, haben wir hier bald Verhältnisse wie im Toten Meer.«

»So viele Salzstangen habe ich nicht dabei«, entgegnete ich und warf meinem Sitznachbarn aus dem Flugzeug ein Lächeln zu, das ihm verraten musste, wie ich mich über das Wiedersehen freute. »Und, Abu Dhabi genossen?«, fragte ich, um ihn nicht noch einmal davonziehen zu lassen. Mein Plan ging auf, er nahm sich einen Stuhl und setzte sich neben mich. Wir redeten, teilten meine Salzstangen, redeten und redeten.

Ich erfuhr, dass er sich als Unternehmer eine Auszeit genommen hatte und nun jene Dinge tat, die er sich die ganzen Jahre wegen seiner Arbeit verboten hatte. Unter anderem diese Kreuzfahrt im Orient. Gleich im Anschluss wollte er sich auf den Weg in den Regenwald des Amazonas machen, um dort mit einem Einheimischen für zwei Wochen in der Wildnis zu leben. »Vor einigen Wochen bin ich noch mit Schlittenhunden durch den Schnee gefahren«, erzählte er mit einem Funkeln in den Augen. Wer würde nicht gern mal die abenteuerlichsten Orte der Welt bereisen? Wobei der Regenwald nicht unbedingt ganz oben auf meiner Liste stehen würde.

Ich genoss die Zeit mit Lee an Deck 5 und dass er Interesse an mir zu haben schien. Was würde Uschi mir wohl raten? Ich verabredete mich mit ihm für morgen, wir wollten zusammen die nächste Hafenstadt erkunden.

Am Abend – ich machte mich gerade für das Gala-Dinner hübsch – erkannte ich mich im Spiegel kaum wieder. Ich war gerade mal einen Tag auf diesem Schiff, und schon blickte mich eine entspannte und zufriedene Michaela an. Doch noch immer beschlich mich ein leises Gefühl von Unsicherheit. Verhielt ich mich richtig? Worauf lief das Treffen mit Lee überhaupt hinaus? Mit einem seltsamen Gefühl im Magen ging ich zum Dinner. Im Restaurant wurde ich von dem Kellner an einen Tisch direkt am Fenster mit Blick auf das weite Meer geführt. Mit am Tisch saß eine alte Dame. Es sollte einer der richtungsweisendsten Abende meines bisherigen Lebens werden.

»Guten Abend«, sagte ich und warf ihr ein fröhliches Lächeln zu.

»Guten Abend«, antwortete die Dame, die sich später als Helga vorstellte, mit leuchtenden Augen. »Ich freue mich, dass ich heute Abend in Gesellschaft diniere. So ganz allein hat es gestern wenig Spaß gemacht.«

Wir entschieden uns beide für das lange Dinner, die kompletten sieben Gänge. Ich fühlte mich, als würde ich meiner verstorbenen Oma gegenübersitzen. Sie war, soweit ich mich noch erinnern kann, eine ebenso herzliche und Ruhe ausstrahlende Dame gewesen wie Helga an diesem Abend. Wir verstanden uns auf Anhieb. Sie fragte mich, warum ich als junges Mädel (sie sagte wirklich »junges Mädel«) ganz allein auf Reisen gehe. Ich erzählte ihr von meiner besten Freundin Uschi, wie sie mich am Flughafen versetzt hatte, wie schön ich es trotzdem fände, allein das Schiff und die Hafenstädte zu erkunden, dass ich sogar morgens wieder joggen würde und wie ausgeglichen ich mich dabei fühlte. Sie hörte gespannt zu, fragte hier und da noch etwas genauer nach, beide genossen wir das ausgezeichnete Essen. Unglaublich, wie vertraut sie mir schon nach kurzer Zeit war.

Als wir gerade auf das Dessert warteten, ergriff sie das Wort: »Michaela, darf ich Sie etwas Persönliches fragen?«

»Sehr gern.«

»Mir ist aufgefallen, dass Sie jede Menge von Ihrer Freundin Uschi erzählen. Sie muss eine wichtige Rolle in Ihrem Leben spielen. Oder?«

Ich hielt kurz inne und antwortete dann: »Wenn ich genauer darüber nachdenke, ja, das tut sie.« Worauf wollte sie bloß hinaus?

»... und Sie wären manchmal gern etwas mehr wie sie, oder?«

»Na ja, um ehrlich zu sein, beneide ich sie um ihre Leichtigkeit. Sie ist immer so unbeschwert.«

»Hat sie noch mehr Eigenschaften, die Sie gern von ihr hätten?«

»Ich würde gern so locker und frech auf Männer zugehen können wie sie. Und wenn sie zu spät kommt, etwas vergisst oder sonst was, es kann ihr keiner übel nehmen. Sie ist eben so und alle lieben es an ihr. Sie ist irgendwie perfekt, selbst wenn sie es nicht ist.«

»Wollen Sie meine ganz persönliche Meinung dazu hören?« Sie nahm einen Schluck aus ihrem Rotweinglas, schaute mich an, setzte ein Lächeln auf und sagte: »Ich bin schon einigen Leuten in meinem Leben begegnet und mein Mann hat immer gesagt, dass ich eine sehr ausgeprägte Menschenkenntnis besitze.« Sie nahm noch einen Schluck Wasser hinterher und fuhr fort: »Wissen Sie, ich sage Ihnen, was ich über Sie denke. Wenn Sie überhaupt die Meinung einer alten, angetrunkenen Frau interessiert.« Die letzten Worte sagte sie mit einem herzlichen Lachen.

»Als ich so alt war, wie Sie es heute sind, war ich Ihnen ziemlich ähnlich. Ich dachte auch immer, dass das Gras beim Nachbarn grüner sei. Dabei habe ich meine eigenen Blumen, die wunderschön blühten, übersehen.« Kurze Pause. »Sie sehen wirklich toll aus, Sie strahlen Lebensfreude und Sympathie aus. Und sind angenehm zurückhaltend. Ihre Freundin scheint ganz anders zu sein als Sie. Aber besser? Das bezweifle ich. Wollen Sie wirklich jemand sein, der Sie nicht sind? Eine authentische Wirkung ist viel mehr wert als jede aufgesetzte Aufgeschlossenheit.«

Sie stieß mit mir an und sagte langsam: »Worauf ich hinauswill, ist, dass Sie in den Spiegel schauen sollten und sehen, was andere an Ihnen beneidenswert finden. Und lernen Sie das schätzen. Hören Sie auf Ihren Bauch. Der ist eh immer der Klügere.« Ich hörte ihr so gebannt zu, dass ich selbst das leckere Tiramisu, das der Kellner gerade serviert hatte, vergaß. Und ich spürte, wie meine Augen sich mit Tränen der Rührung füllten. Da saß ich mit einer alten Dame auf einem Kreuzfahrtschiff, kannte sie erst wenige Bissen lang und sie schätzte mich so treffend ein? Ich war so verblüfft, dass es mir die Sprache verschlug.

Ich verabschiedete mich von Helga mit einer langen Umarmung und eilte an Deck. Ich brauchte frische Luft, um über Helgas Worte und über mich nachzudenken. War ich wirklich neidisch auf Uschi? Hatte mich das fiese Neidtier gepackt, ohne dass es mir aufgefallen war? Ich schaute auf das Meer und sah die Schaumköpfe der Wellen, die in der Dunkelheit leuchteten. Unser Schiff schaukelte ein wenig. Die Natur ist viel mächtiger als wir Menschen, dachte ich. An einem Ort wie diesem war dieses Bewusstsein allgegenwärtig. Ist es die Liebe und Persönlichkeit in jedem von uns vielleicht auch? Wollte ich eine zweite Uschi sein?

Ja, das wollte ich. Und um das zu erkennen, hatte ich tatsächlich erst allein sein und einer lieben Oma auf einem Kreuzfahrtschiff begegnen müssen. Je mehr ich darüber nachdachte, desto bewusster wurde mir: Ich wollte sein wie Uschi: locker, frisch und frech. Und darüber hatte ich ganz vergessen, wer ich selbst war. Bis zu diesem Tag. Ich liebe Uschi, ja. Aber ab jetzt nur noch als Freundin, die so ist, wie sie ist, während ich so bin, wie ich bin. So und nicht anders.

Mit diesem neuen Bewusstsein blickte ich dem Treffen mit Lee voller Vorfreude entgegen. Ich würde auch ohne Uschi das Richtige tun, das wusste ich jetzt.

DIE 30. KREUZFAHRT

Voll ausgeleuchtet

Janka (26), Hairstylistin, Sylt,
über
Milan (33), Barchef, Lissabon

EIN JAHR AUF ALLEN
SIEBEN WELTMEEREN

»Er war keiner jener Gigolos, wie man sie an Bord hinlänglich kannte, eher einer von der Sorte: Qualität statt Quantität. Ganz nach meinem Geschmack. Milan bewohnte seine Kabine vorübergehend allein. Das passte doch hervorragend, fanden wir beide.«

IRGENDWANN, FRÜHER ODER SPÄTER, muss es auf See genug sein mit der Enthaltsamkeit, dann ist es nur eine Frage der Zeit, bis man nicht mehr auf Sex verzichten will. Ich kann nicht für andere Frauen sprechen, bei mir jedenfalls war dieser Punkt nach drei Monaten erreicht. Es musste etwas geschehen mit mir.

Die meisten Crewmitglieder der Kreuzfahrtschiffe kommen als Single an Bord. Und wer es nicht ist, ist es oft bald danach, weil eine so lange Trennung für die meisten Partnerschaften Gift ist. Einige wenige finden einen festen Partner an Bord. Obwohl das ungern gesehen wird. Oft wurden dann auch schon Paare auseinandergerissen und auf verschiedene Schiffe unserer Reederei versetzt. Es würde dem Arbeitsklima schaden, wurde dann betont. Doch gegen die kurzzeitigen Affären konnten sie nichts machen. Ich meine, was will man auch verlangen, wenn man einige Hundert Besatzungsmitglieder für Monate auf ein Schiff packt?

»Wir sind eben auch nur Menschen«, sagte ich mal zum Offizier, der sich über die nächtlichen Aktivitäten – teilweise an der frischen Luft – beschwerte. Und solche Aktivitäten sind meines Erachtens auch o.k., solange es die Passagiere nicht mitbekommen. Das ist oberste Pflicht. König ist bei uns der Passagier, der seinen wohlverdienten, teuer bezahlten Urlaub machen soll.

Eines Abends, es war im April 2007, trafen wir uns zur Party in der Kabine, die ich mit meiner Kollegin Muschi teilte. Muschi nannte ich sie, weil sie dieselben Haare hatte wie meine Katze früher. Und alle an Bord haben danach Muschi als ihren Spitznamen übernommen. Only backstage, versteht sich.

Jeder brachte etwas zu trinken mit und dann waren wir elf Personen auf weit unter zehn Quadratmetern. Kuschelig, sage ich da nur. Und ich kuschelte mich langsam bei Milan an. Das durfte ich auch, weil ich mir nach diesen drei Monaten quälender Enthaltsamkeit eine Art Freibrief von meinem Verlobten zu Hause hatte geben lassen. Ich liebte ihn zwar über alles in der Welt und hätte mich um keinen Preis von ihm trennen wollen. Doch irgendwann war es zu viel. Also rief ich ihn kurz entschlossen an und in diesem langen Gespräch vereinbarten wir einen Sex-Toleranzvertrag für die Zeit, die ich noch an Bord verbrachte. Dieser Vertrag bedeutete nichts anderes, als dass wir beide in Grenzen und nach festen Regeln unserem Trieb nachgeben durften. Aber ohne es dem anderen erzählen zu müssen. Oh Gott, war ich erleichtert. Schließlich bin ich ja noch keine vierzig Jahre alt, dass ich ganz auf Sex verzichten will (entschuldige, Mama). Und sobald ich wieder zu Hause wäre, würde alles so monogam laufen wie vor meiner Reise.

Auch meinem Freund muss es unheimlich schwergefallen sein, enthaltsam zu bleiben – bei seinem Aussehen und seiner Kontaktfreudigkeit. Deshalb war es für mich auf See immer das Schlimmste gewesen, nie so recht zu wissen, ob er beim nächsten Telefonat vielleicht Schluss machen würde, weil er es nicht mehr aushielt. Und mit unserem beidseitigen Vertrag war diese Gefahr, die größte, die unserer Beziehung drohte, beseitigt. Denn an unserer Liebe würde es nicht scheitern, dessen war ich mir ganz sicher.

Zurück zur Kabinenparty. Milan war ein sehr hübscher Mann. Zwischen uns sprühten schon lange die Funken, nur hatte ich mich bislang hinter einer Brille, wie sie die Schweißer tragen, dagegen geschützt. Doch an diesem Tag hatte ich die Brille in hohem Bogen weggeworfen und das wollte ich ihm nun auch zeigen. Er war keiner jener Gigolos, wie man sie an Bord hinlänglich kannte, eher einer von der Sorte: Qualität statt Quantität. Ganz nach meinem Geschmack. Milans Kabinennachbar war einige Tage zuvor von Bord gegangen und deshalb bewohnte er seine Kabine vorübergehend allein. Das passte doch hervorragend, fanden wir beide.

In unserer Runde gab es noch Basti, er hatte es auf Muschi abgesehen. Und somit hatte ich ein Alibi, um Milan zu fragen, ob ich bei ihm schlafen könne. Muschi habe es wirklich verdient, mal eine Nacht allein für sich zu haben. Schon eine halbe Stunde später standen wir in seiner Kabine. Wir fielen übereinander her und küssten uns, noch bevor einer von uns das Licht anmachen konnte.

Ich war verrückt nach ihm, küsste ihn wie wild und fasste ihn überall gleichzeitig an. Wie ein Hund kam ich mir vor, der wochenlang nur Trockenfutter gefressen und nun ein saftiges, dickes Stück Schinken vor sich hatte. Ich fiel regelrecht über Milan her. Und er freute sich spürbar darüber, denn seine Beule in der Hose war nicht gerade klein.

Immer noch im Dunkeln zogen wir uns aus, bis wir nur noch Unterwäsche trugen. Ich legte mich auf den Rücken, er zerriss mir meinen String, fing an, mich zu lecken. Er machte das so gut, dass ich bestimmt keine zwei Minuten brauchen würde, bis ich kam. Jetzt drang er mit zwei Fingern in mich ein und ich spürte, dass er ganz genau wusste, was er tat. Dann hörte er plötzlich auf. »Moment«, sagte er und stand vom Bett auf.

Klick machte es, mit einem Schlag war alles grell um uns herum. Er hatte tatsächlich das Licht angemacht. Aber nicht etwa das kleine Nachttischlämpchen. Nein, gleich das große an der Decke. Das Depri-Licht, wie ich es nenne. Es war dieses fiese Umkleidekabinenlicht, in dem selbst meine Wangen Cellulite haben.

Meine Wangen! »Ich will alles genau sehen, Baby«, sagte er und vergrub wieder seinen Kopf zwischen meinen Beinen.

Musste das denn jetzt sein? Wer will denn schon so helles Licht beim Sex haben. Ich meine, im Sommer am Strand ist das was anderes, da ist es eben so und stört mich auch nicht. Aber in der Kabine dieses künstlich-grelle Licht anzuknipsen?

Mit dem Licht hatte er auch mein Gehirn eingeschaltet. Plötzlich begannen meine Gedanken zu rotieren, während ich so dalag. Sah das aus seiner Perspektive überhaupt sexy aus? Und würde es vielleicht etwas bringen, wenn ich meine Beine noch weiter spreizte? Weder mein Kopf noch mein Gefühl konnten sich auf seine Zungenfertigkeit da unten noch konzentrieren. Hatte ich mich auch sorgfältig rasiert? Solche und ähnliche Fragen schossen mir durch den Kopf.

Als ich mich langsam an die Helligkeit gewöhnt hatte, schaute ich mich aus den Augenwinkeln um. Da lagen Pornohefte auf seinem Bett. Na ja, in einem Männerzimmer nichts Ungewöhnliches. Doch die Frauen auf den Titelbildern waren wesentlich älter als ich. »Feuchte Omis zeigen alles« konnte ich von der Seite her erkennen. Hatte er deshalb das Licht angeschaltet? Stand er vielleicht auf Wellfleisch? Und war er deshalb so heiß auf mich? So schlimm stand es ja nun auch wieder nicht um meine Schenkel. Die Schlankste bin ich zwar nicht, aber als dick würde ich mich auch nicht gerade bezeichnen. Feminin, das ja, vielleicht sogar etwas drall. »Kurvenreich« wäre das richtige Wort.

Milan rackerte sich da unten einen ab und seufzte immer wieder: »Geil« und »So habe ich mir das immer vorgestellt«. Doch mich turnten seine Bemerkungen längst nicht mehr an. »Feuchte Omis«? Gibt es wirklich Männer, die sich auf breitbeinige Omis einen runterholen? Ich meine, jedem das seine. Aber wollte ich mit so einem Mann schlafen?

Dann nahm er seine Hände zu Hilfe und zog meine Schamlippen so weit auseinander, wie es nur ging. Unerotisch, sehr unerotisch!

Außerdem fand ich meinen Intimbereich so auseinandergezerrt überhaupt nicht sexy. Ich hatte mir alles mal mit einem Handspiegel genauer angesehen und konnte mir deshalb ein ungefähres Bild von dem Anblick machen, den er gerade genoss.

Damit war alles vorbei. Ich stand auf, erzählte etwas davon, dass mir durch den Seegang ganz unwohl sei (so ein Quatsch bei den ruhigen Gewässern, in denen wir gerade kreuzten, das muss auch er gewusst haben), und verabschiedete mich. Blöd nur, dass ich nicht in meine Kabine konnte. Meine Muschi hatte ja Besuch. Egal, ich würde schon etwas finden. Hauptsache nicht neben einer dieser Omis.

DIE 31. KREUZFAHRT

Feuchtes Pooldeck

Mirko (40), Restaurantleiter, Thale,
über
Rebecca (34), Notarfachangestellte, Merzig

ANTALYA – ATHEN – ZYPERN – HAIFA – KAIRO

»Es war ein Spiel, ein Spiel mit der Lust und der Erregung des anderen. Auch oder gerade weil wir uns überhaupt nicht kannten. Und als ich den Druck meiner Fingerspitze verstärkte, entfuhr ihr ein leises Stöhnen. So leise, dass es keiner der wenigen Passagiere um uns herum hören konnte.«

Ich hatte sie schon beim Einschiffen gesehen. Stilvoll, gepflegt gekleidet, eine vollendete Figur. Blond, dezent geschminkt und von einer überwältigenden Ausstrahlung, Sex-Appeal pur. Doch jede perfekte Frau hat einen Makel, in diesem Fall war es ihr Ehemann. Und ich hatte das weibliche Gegenstück mit an Bord.

Mit gemischten Gefühlen begann also meine alljährliche Kreuzfahrt im östlichen Mittelmeer. Man verstehe mich nicht falsch, ich liebe meine Frau. Sie ist in jeder Hinsicht super. Nur dass sie wie die blonde Schönheit ebenfalls einen kleinen Makel hat: Sie ist alles andere als sexy. Über die Jahre hat sie sich zu einer tollen Hausfrau entwickelt, manchmal erinnert sie mich bereits an meine eigene Mutter, als ich noch klein war.

Ich sah die schöne Unbekannte in den nächsten Tagen beim Frühstück und auch sonst überall auf dem Schiff. Und bildete mir jedes Mal ein, dass sie mich, wann immer wir uns begegneten, mit einem leichten Lächeln auf den Lippen musterte.

Am vierten Tag der Kreuzfahrt fand eine Präsentation im Theater statt, in der man sich über das Ausflugsprogramm in Athen am nächsten Tag informieren konnte. Durch reinen Zufall saß sie mit ihrem Mann direkt in der Reihe vor uns, deshalb konnte ich ein Gespräch verfolgen, das mich mehr und mehr interessierte, je länger es dauerte.

Sie: »Ich hatte eigentlich nicht vor, die Akropolis zu Fuß zu erkunden. Wir wollten es in dieser Urlaubswoche doch mal ruhiger angehen lassen.«

Er: »Aber Schatz, ich würde sie mir zu gern ansehen. Ich weiß ja, dass dich die griechische Architektur nicht so interessiert wie mich.«

Sie: »Ich würde sie mir natürlich mit ansehen, wenn du möchtest.«

Er: »Das musst du nicht. Wenn es in Ordnung für dich ist, würde ich den Ausflug allein mitmachen und du könntest dich hier an Bord entspannen. Buch dir doch einfach eine Behandlung im Spa. Was meinst du?«

Sie lächelte ihn nur an. Wenig später stand er auf und besorgte sich beim Reiseleiter sein Ticket für den Ausflug.

Und wie es der nächste Zufall des Tages wollte, kam meine Frau auf dieselbe Idee: Sie wollte die Akropolis besteigen, bestand aber nicht darauf, dass ich mitkam. Und ich wollte um keinen Preis mit, spätestens seit dem Gespräch, das ich in der Reihe vor mir belauscht hatte. Also holte sich auch meine Frau ein Einzelticket für den Tagesausflug.

Das Wetter war durchwachsen, auf dem Pooldeck wehte eine frische Brise und die Temperatur stieg nicht über zwanzig Grad. Meine Frau war morgens um acht zum Ausflug aufgebrochen und sollte erst, mit allen anderen, gegen fünf zurück sein. Nach dem Mittagessen machte ich es mir auf den Loungemöbeln des Pooldecks bequem und schaute mich um. Auf der anderen Seite des Decks sah ich die Schöne sitzen.

Ich hatte gar nicht zu hoffen gewagt, dass es so einfach werden würde. Doch ein unmissverständlicher Blick reichte. Sie stand auf, kam herüber zu mir und machte es sich neben mir bequem. Keiner von uns sagte etwas, wir verstanden uns ohne Worte. Ich besorgte eine Decke, denn die Gänsehaut an ihren Beinen verriet mir, wie kalt ihr war. Zum Glück waren die meisten Leute an Land und daher konnte man die Passagiere, die sich auf dem Deck tummelten, an den Händen abzählen. Noch immer schwiegen wir, doch unsere Körper waren schon längst in ihrer eigenen Sprache ins Gespräch vertieft.

Sie lehnte sich an mich und ich legte wie selbstverständlich den Arm um sie. Die Spannung stieg.

Ich ließ meine freie Hand mit unter die Decke gleiten, die wir mittlerweile um uns geschlungen und bis zur Brust hochgezogen hatten. Sie schloss die Augen und entspannte sich so spürbar in meinem Arm, dass ich mutiger wurde und ihr die Innenseite des Schenkels streichelte. An der Unterkante des Rocks hielt ich inne, dann fuhr ich das Bein wieder hinab bis zum Knie. Sie fühlte sich wundervoll an, alles war schön fest und doch samtweich. Ihr Atem ging mit jeder Berührung schneller.

Nach einigen Minuten ließ ich meine Hand unter ihren Rock rutschen, es schien ihr zu gefallen, denn inzwischen ruhte ihre eine Hand auf meiner Jeans, während sie mit der anderen langsam mein Schlüsselbein entlangfuhr. Als ich mich unter ihrem Rock immer höher hinaufwagte bis dorthin, wo ich den Slip vermutete, hielt sie kurz den Atem an und verhielt sich ganz still und abwartend. Das verstand ich als Einladung.

Also glitten meine Finger noch den letzten Zentimeter höher, bis ich zu meiner Freude spürte, dass dort überhaupt kein Slip war, den ich hätte zur Seite schieben müssen. Eine angenehme Feuchte erwartete meine Hand, ich war angekommen. Ganz langsam und spielerisch umkreiste meine Fingerspitze ihren Kitzler. Spielerisch, das war das richtige Wort. Es war ein Spiel, ein Spiel mit der Lust und der Erregung des anderen. Auch oder gerade weil wir uns überhaupt nicht kannten. Und als ich den Druck meiner Fingerspitze verstärkte, entfuhr ihr ein leises Stöhnen. So leise, dass es keiner der wenigen Passagiere um uns herum hören konnte.

Jetzt begann auch sie mit leichter Hand meinen Schoß zu massieren, während ich immer tiefer ihre Feuchtigkeit erkundete. Es zog mich förmlich hinein, und als ich endlich zwei Finger in ihr hatte, war es um die Ruhe, die sie bisher nach außen hin vorgespiegelt hatte, geschehen. Sie öffnete die Augen und sah mich auffordernd an, dann machten wir uns auf den Weg in meine Kabine. Der Rest ist Geschichte – meine ganz persönliche Kreuzfahrtgeschichte.

DIE 32. KREUZFAHRT

Last Night

Mia (34), Kosmetikerin, Magdeburg,
über
Laura (Spitzname Emma) (26),
Sport- und Fitnesskauffrau, Rostock

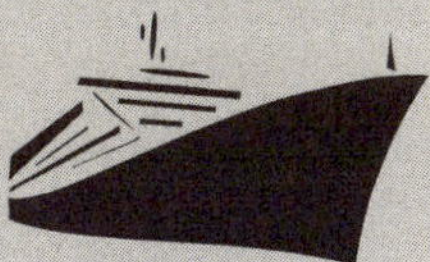

ZWEI JAHRE AUF ALLEN
SIEBEN WELTMEEREN

»Eine Hand streichelte mir über die Taille. Langsam wurde ich wach. Die Hand strich langsam von der Taille hoch zu meiner Schulter, dann wieder hinunter bis zum Ansatz meines Strings. Seitlich an meinem Bauch wieder hoch, streifte zart meine Brust. Ich bekam Gänsehaut.«

Heute Abend lassen wir es noch mal so richtig krachen«, sagte ich zu Laura, als früh am Morgen in unserer gemeinsamen Kabine der Wecker klingelte. Es war im Herbst 2007, ihr letzter Tag an Bord. Ich konnte mir noch gar nicht vorstellen, wie es ohne sie sein würde. Ein Jahr lang hatten wir uns eine Kabine geteilt, Unmengen gelacht und viel geweint. Sie kannte jeden meiner Gedanken. Ich konnte immer zu ihr gehen, wenn mich etwas beschäftigte oder mich mal wieder das Heimweh plagte.

Sie ist eine tolle Frau. Mit Mitte zwanzig schon so ausgeglichen, wie man es eigentlich nur bei älteren Menschen erwartet. Ich dagegen war das genaue Gegenteil. Quirlig, immer auf Zack und aufgedreht. Gegensätze ziehen sich eben an. Nur wenige Menschen kannten mich nachdenklich. Laura war einer davon.

Ich hatte es gar nicht glauben wollen, als sie einige Wochen zuvor zu mir gesagt hatte: »Mia, ich gehe nach dieser Saison. Ich ziehe zu Robert. Ich wollte, dass du es als Erste erfährst.« Ich war geschockt gewesen, weil ich es mir nie hätte vorstellen können, dass ich vielleicht länger an Bord sein könnte als sie. Und dass sie dann auch gleich noch zu Robert ziehen wollte.

Er war einige Zeit zuvor als Passagier auf dem Schiff gewesen und dabei hatten sie sich ineinander verliebt. So weit, so gut. Aber er ist fast vierzig Jahre alt und sie kennen sich doch gar nicht, dachte ich im Stillen. Ein bisschen sauer war ich schon, dass sie mich so einfach allein an Bord zurückließ – wenn auch mehr auf Robert als auf sie. Es war ein Gefühl gewesen, als wenn er sie mir wegnehmen würde. Doch was blieb mir anderes übrig, als es einfach zu akzeptieren? Ich wollte es ihr schließlich nicht unnötig schwer machen.

Sie zog sich die Decke über den Kopf und sagte verschlafen: »Ich kann mir gar nicht vorstellen, wie es ist, nicht mehr in dieser winzigen Kabine mit dir aufzuwachen.«

»Und ich hab keine Ahnung, wie es hier drin ohne deine nächtlichen Pupse riechen wird.«

Wir mussten beide lachen, sie warf mit einem Kissen nach mir und sagte: »Ich pupse nie. Damit das mal klar ist.«

Ich werde sie vermissen, ging es mir durch den Kopf. Ich wollte es irgendwie nicht aussprechen, aus Angst, am letzten Tag mit ihr an Bord nur traurig herumzuhängen. Wir hatten immer Spaß zusammen gehabt. Und das sollte auch diesmal so sein. Ganz besonders am Abend.

Wenn ich mir die Kollegen so ansah, waren wir beiden fast die einzigen, sie sich auf Dauer richtig gut verstanden. Bei den anderen gab es oft Streit, vor allem unter den Frauen. Wie oft da die Kabinen getauscht wurden, weil die eine mit der anderen nicht mehr zusammenwohnen wollte, war inzwischen nicht mehr zu zählen.

Ich stand am Waschbecken und putzte mir die Zähne, als ich darüber nachdachte, dass nun also meine beste Freundin von Bord gehen würde. Als ich den Schaum ausgespuckt hatte, fragte ich Mia, die sich gerade anzog: »Meinst du, ich bekomme hier gleich eine Neue rein?«

»Ich weiß es nicht. Wäre es denn schlimm?«

»Ich kann mir nicht vorstellen, mit einer anderen hier so privat zu sein wie mit dir.«

»Allein zu sein wäre aber auf Dauer auch blöd. Gerade für dich.«

»Aber bestimmt besser, als sich die Kabine mit einer Zicke zu teilen.«

»Ach, das wird schon. Komm mal her ... Und dann nahm sie mich ganz lieb in den Arm.

Wir traten unseren letzten gemeinsamen Dienst an und verabredeten uns vorher noch schnell für den späten Nachmittag auf dem Crewdeck. Dort war exklusiv für die Besatzung ein kleiner Pool mit einem Platz zum Sonnen. Wir verbrachten zwei schöne Stunden und ließen jenen Tag an Bord Revue passieren, als wir uns das erste Mal in unserer Kabine begegnet waren und uns sofort mochten. Gleich war klar gewesen, sie schläft oben, ich schlafe unten in dem Etagenbett. »Und dass wir unsere ganzen Klamotten in dieser kleinen Kabine unterbringen konnten, ein wahres Wunder«, sagte sie und lächelte mich an. Wie schön sie doch ist, dachte ich.

Am Abend trafen wir uns mit allen in der Borddiskothek zur Abschiedsfeier. So etwas ist immer traurig, aber dieses Mal war es für mich besonders schlimm. Und was hilft, wenn man Kummer hat? Schokolade, Männer und Alkohol. Schokolade war gerade nicht da. Und Männer erst recht nicht. Also blieb nur noch der Alkohol. Und den konsumierte ich in Form von Pina Colada. Viel Pina Colada. Wir tanzten, lachten und schworen uns, in Kontakt zu bleiben und uns bald zu besuchen.

Um ein Uhr beschloss ich dann, die Pina Colada lieber gegen Cola einzutauschen. Wenn der bucklige Barkeeper schon vor meine Augen zu Brad Pitt mutierte, hatte ich definitiv zu viel getrunken.

Irgendwann um drei oder halb vier war die Feier dann auch vorbei und wir gingen ein letztes Mal zusammen in unsere Kabine.

Sie zog sich bis auf die Dessous aus, ging ins Bad und kam nach einigen Minuten weinend wieder raus. »Emma, was ist denn los?« Emma, den Namen hatte ich ihr nach wenigen Wochen gegeben, weil er einfach besser zu ihr passte. Und wenn wir allein waren, nannte ich sie gern so.

»Ach, ich weiß auch nicht.«

Ich nahm sie an die Hand und zog sie zum Bett. Als wir uns hingesetzt haben, lehnte sie sich bei mir an und ich sagte: »Los, raus mit der Sprache.«

Dann platzte es aus ihr heraus. »Ich habe keine Ahnung, was auf mich zukommt. Eigentlich kenne ich Robert kaum. Ja, ich habe mich in ihn verliebt, aber was ist, wenn er doch nicht so toll ist, wie ich es denke?« Ich streichelte ihr Haar und hörte weiter zu. »Aber zu meinen Eltern will ich nicht mehr zurück. Mein kleiner Bruder ist in der Pubertät und das ist alles, außer lustig. Und einfach hierher kann ich ja auch nicht zurück, wenn alle Stricke reißen.«

»Maus, das wird schon gut gehen. Robert würde dich ja auch nicht zu sich ziehen lassen, wenn er sich das nicht gut überlegt hätte. Ihr habt euch hier so schnell ineinander verliebt, ihr seid füreinander bestimmt.« Notlügen sind manchmal notwendig. »Aber ich würde trotzdem sein Führungszeugnis anfordern.«

»Du nun wieder«, lachte sie und wischte sich die Tränen weg. Aber nur, um gleich wieder in ein Schluchzen überzugehen. »Eigentlich will ich gar nicht gehen.«

Ich nahm sie noch fester in den Arm und machte ihr einen Vorschlag: »Pass auf. Wir machen uns jetzt beide bettfertig und dann schläfst du heute einfach bei mir im Bett. O.k.?«

»O.k.«

Zwanzig Minuten später lag sie neben mir und sagte: »Mia, ich bin echt froh, dass ich dich habe.«

»Emma, ich dich auch. Und wenn es mit Robert und dir nicht klappt, machen wir beide eben eine Weiber-WG auf, wenn ich wieder nach Deutschland komme. Und so lange erträgst du dann deinen Bruder auch noch und suchst schon mal eine Wohnung.«

»Dann hätten wir aber nur Prosecco und Erdbeeren im Kühlschrank.«

»Klingt doch super.«

»Und Kondome in der Schublade.«

»Dann würden wir sicherlich mal richtige Männer treffen. Und nicht nur solche wie auf diesem Kahn hier.«

»Stimmt. Jetzt komm mal ran, ich nehme dich in den Arm und wir schlafen ein wenig. Und morgen fängt ein neues Leben an. Das wird super.«

Sie drehte mir den Po zu, ich legte meinen Arm um sie und wir schliefen ein.

Eine Hand streichelte mir über die Taille. Langsam wurde ich wach. Die Hand strich langsam von der Taille hoch zu meiner Schulter, dann wieder hinunter bis zum Ansatz meines Strings. Seitlich an meinem Bauch wieder hoch, streifte zart meine Brust. Ich bekam Gänsehaut. Ich lag auf der Seite und nahm meinen Arm hoch, damit die Hand noch mehr von mir entdecken konnte. Ich hatte kein Shirt mehr an. Das würde jetzt auch bloß stören. Sie strich mir mal mit einem Finger, mal mit der ganzen Hand über meinen Körper. Es fühlte sich gut an. Ich drehte mich auf die andere Seite und jetzt lagen wir von Angesicht zu Angesicht. Doch unsere Augen blieben verschlossen.

Ich nahm meine Hand und streichelte ihren Körper. Erst nur am Bauch, zögerlich. Doch als sie langsam den Saum meines Strings entlangfuhr, wurde ich mutiger. Ich strich höher und bemerkte, dass auch sie kein Shirt mehr trug. Ich berührte zart ihre Brust, ihre Nippel stellten sich auf. Der Druck ihrer Hand auf meiner Haut wurde stärker, sie erforschte nun regelrecht meinen Körper. Mir wurde ganz heiß. Als ich gerade ihren Busen in die Hand nahm, ihren perfekten Busen, streichelte sie langsam und entschlossen über mein Schambein. Als sie meinen Kitzler durch den

String spüren konnte, hielt sie inne. Er war vor lauter Erregung ganz prall geworden. Ich zog die Luft scharf durch meine Lippen ein, als sie mit einem Finger etwas mehr Druck auf ihn ausübte. Es fühlte sich gigantisch an.

Langsam wurde mir klar, was ich wollte. Ich fuhr mit meiner Hand auf ihre, nahm sie sanft und führte sie in meinen Slip. Ich war mittlerweile richtig feucht geworden und ihr schien das zu gefallen. Sie rückte noch näher an mich heran, unsere Lippen lagen sich genau gegenüber. Was tun wir hier?, fragte ich mich. Doch das war jetzt nicht der richtige Moment, um sich Gedanken zu machen. Ich legte mich auf den Rücken, damit sie besser an mich herankam, und genoss jede Berührung.

Mit einer Hand rutschte ich unter ihrem Kopf durch, streichelte ihren Rücken. Sie glitt mit ihrem Mittelfinger langsam tiefer zu meiner feuchten Spalte, dann wieder hoch und massierte meine Perle. Gleich wieder runter, tiefer als kurz zuvor, drang mit ihrem Finger leicht in mich ein und zog sich dann sofort wieder zurück. Mein Atem ging immer schneller, ich nahm meine Beine noch ein bisschen mehr auseinander, weil ich sie noch intensiver in mir spüren wollte. Ihre Hand tobte sich förmlich auf ihnen aus und ab und an rutschte sie mit einem Finger ein kleines bisschen in mich hinein.

Mir entwich ein leichtes Stöhnen, ich bewegte mein Becken mit ihrer Hand. Dann drang sie mit einem Finger ganz langsam, ganz tief in mich ein und hielt inne. Ich stöhnte laut auf. Sie machte das so gut. Unsere Lippen trafen sich. Meine waren vor lauter Lust schon leicht geöffnet. Unsere Zungen bewegten sich anfangs nur zaghaft. Eine Frau fühlte sich so anders an. Nicht besser als Männer, sondern wunderbar anders. Dann bewegte sie ihre Finger in mir und meine Zunge wurde fordernder. Sie wurde immer schneller, mit ihrem Handballen drückte sie leicht auf meine Klit. Es dauerte nicht lange, da spürte ich meinen Orgasmus heranrollen. Ich krallte mich in ihrem Rücken fest. Es überkam mich so lange und intensiv wie seit Ewigkeiten nicht mehr. Dieser Orgasmus war unglaublich, mein Aufstöhnen bewies es ihr. Sie drückte sich dabei so sehr an mich, dass ich sie so gut es ging spüren konnte.

Als mein Schwindel langsam nachgelassen hatte, machte ich die Augen auf. Ich schaute in Emmas Augen, sie waren noch geschlossen und ein Lächeln lag auf ihren Lippen.

Aber ich wollte, dass ihr Lächeln heute Nacht noch zufriedener aussah …

Wir redeten am Tag darauf nicht darüber. Wir grinsten vielleicht ein wenig. Eigentlich redeten wie nie wieder darüber. Und es passierte auch nie wieder zwischen uns. Nicht, als ich sie nach meiner Zeit an Bord in ihrer gemeinsamen Wohnung mit Robert besuchte. Und auch nicht, als wir ein Wellnesswochenende zu meinem 34. Geburtstag gemeinsam verbrachten.

Es war einfach gut so, wie es war. Und so soll es bleiben.

DIE 33. KREUZFAHRT

Nackte Frau an Bord

Romy (34), Immobilienkauffrau, Wolfsburg,
über
Thomas (32), Feuerwehrmann, München

FORT LAUDERDALE – NASSAU –
CHARLOTTE AMALIE – PHILIPPSBURG

»Aus dem Augenwinkel heraus erkannte ich, dass auch er mich beim Umziehen genau beobachtete. Ich fühlte mich am ganzen Körper derart geschmeichelt, dass ich später beim Tauchen keine Augen für die exotischen Fische um mich herum hatte.«

Winter 2010. Ich habe es gewagt, bin tatsächlich ganz allein in den Urlaub gefahren, dachte ich stolz, als ich in meiner Kabine auf Deck 6 ankam. Praktisch und stilvoll war sie eingerichtet. Etwas eng, aber es reichte vom Platz her für die sieben Tage Urlaub für eine Person. Gleich nach dem Auspacken ging ich zum Mittagessen und schaute mich um. Es waren viele Single-Frauen an Bord, das konnte man auf den ersten Blick erkennen. Wer sonst würde sich nur für das Mittagessen ein Minikleid in Pink anziehen, sich auf High Heels aufbocken und eine Frisur wie die Nanny von Mr Sheffield stylen? Ob diese Damen schon mal darüber nachgedacht hatten, dass das der Grund sein könnte, warum sie noch Single waren?

In meiner Jeans und meinem Poloshirt bin ich zwar kein so greller Blickfang. Aber das will ich auch gar nicht. Und ich habe auch keine Lust, dass der Mann im Bett neben mir am nächsten Morgen fragt, wer ich denn bitte bin und wer die heiße Frau vom letzten Abend aufgefressen hat!

Ich bin eher eine durchschnittliche Frau, mache regelmäßig Sport und ernähre mich gesund. Ich achte auf meine Haut, lache viel und daher stehe ich auch zu meinen Lachfältchen. Botox kommt mir nicht in die Tüte und ein Macho als Mann auch nicht. Ich habe meine festen Prinzipien und bin kein Fähnchen im Wind. Und ich habe überhaupt kein Problem damit, allein durchs Leben zu gehen. Ich arbeite in einem tollen Job und habe seit einigen Jahren eine On-off-Affäre. Er ist verheiratet, wir haben gigantischen Sex miteinander. In der On-Zeit sehen wir uns einmal die Woche für eine Nacht, das reicht mir völlig. Denn hinterher brauche ich jedes Mal zwei Tage, bis ich mich wieder vollständig erholt habe.

Alle paar Monate bekommt er dann seinen Rappel und schwafelt davon, dass er das seiner Frau nicht antun könne und dass alles irgendwann auffliegen könnte. Das ist die Off-Zeit. Dann streiche ich im Kalender den Tag fünf Wochen später rot an und siehe da, er ruft pünktlich wieder an. Er schwärmt am Telefon von meinem Körper und unserem Sex, den er so vermisst. Und je nachdem wie sexuell erfüllt ich gerade bin, darf er gleich vorbeikommen oder ich lasse ihn noch zwei Wochen zappeln.

Langsam allerdings beginnt mich dieses Spielchen zu langweilen. Ab und zu sehne ich mich sogar danach, endlich einen Mann zu treffen, der mir Überraschungen bereitet und bei dem es mich vor Spannung kribbelt. Und genau so erging es mir am ersten Tag auf See. Es traf mich wie ein Schlag, als Thomas wie aus heiterem Himmel neben mir stand und mich anlächelte. Oh mein Gott, was für ein Mann, dachte ich nur.

Wir waren gerade zum Tauchen eingeteilt worden und er sollte mein Tauchpartner sein. Besser konnte es nicht laufen. Auf der Fahrt zur Tauchbasis sollten wir uns erst einmal beschnuppern. Im Bus saß ich neben Thomas und brachte kein Wort heraus. Zum Glück hatte ich noch meine Sonnenbrille auf, hinter ihrem Schutz konnte ich ihn von oben bis unten und von unten bis oben mustern, ohne dass es ihm auffiel. Und tatsächlich: Er sah aus, als wäre er meinem Traum vom perfekten Mann entstiegen. Dunkelblonde Haare, ein markantes Gesicht, sympathisch, offen, die ganze Zeit ein Lächeln auf den Lippen. Und seine Figur bewies, dass er Sport in allen Spielarten liebte. Mit einer warmen, tiefen Stimme erzählte er mir, dass er, so wie ich, zum ersten Mal auf einer Aktiv-Kreuzfahrt sei und wie sehr er das Tauchen liebte. Schon jetzt knisterte es zwischen uns.

Mit dem Boot am Tauchplatz angekommen, zogen wir uns die Neoprenanzüge an. Als er sich bis auf seine Badehose ausgezogen hatte, wusste ich gar nicht, wo ich zuerst hinschauen sollte, nicht nur auf seinen mächtigen Bizeps. Meine Blicke müssen höchst eindeutig gewesen sein, denn andere Taucher kicherten schon und zeigten auf uns.

Aber Thomas ging es anscheinend ähnlich wie mir. Aus dem Augenwinkel heraus erkannte ich, dass auch er mich beim Umziehen genau beobachtete. Ich fühlte mich am ganzen Körper derart geschmeichelt, dass ich später beim Tauchen keine Augen für die exotischen Fische um mich herum hatte. Ständig schwirrte mir im Kopf herum, wie ich diesen Mann noch auf dieser Reise in mein Bett bekommen würde. Besser heute als morgen.

Für mich stellt sich nämlich immer erst im Bett heraus, ob der Mann bei mir eine Zukunft hat. Der Sex-Test ist unabdingbar. Das ist die Lehre aus der Erfahrung, die ich mit einem früheren Freund gemacht habe. Lange hatten wir mit dem ersten Mal gewartet; ich hatte mich schon so in den Kerl verliebt, dass ich es kaum noch erwarten konnte, bis wir endlich zur Sache kamen. Doch als er in mich eingedrungen war, begann er schon mit dem ersten Stoß wie ein Eber zu grunzen. Da half es auch nichts, dass ich die Augen schloss und dieses tierische Geräusch zu ignorieren versuchte. Denn schon stieg vor meinem inneren Auge das Bild eines fetten, mit Dreck verkrusteten Schweins auf, der sich gerade genüsslich über einen Trog mit Kartoffelschalen hermacht. Dies war das bisher einzige Mal in meinem Leben gewesen, dass ich lachend ein Schäferstündchen abbrechen musste. Ich hoffe für ihn, dass er inzwischen eine Sau fürs Leben gefunden hat.

Auf der Rückfahrt nach dem Tauchgang saßen Thomas und ich wieder nebeneinander im Bus, da fasste ich mir ein Herz und fragte: »Hast du vielleicht Lust, heute Abend mit mir zu essen?«

»Da bin ich schon verabredet, tut mir leid. Aber wir könnten morgen zusammen wandern gehen, es soll rund um den Hafen einiges zu entdecken geben.« Ich wollte entdecken – und wie.

Um zehn Uhr sollte er mich bei meiner Kabine abholen. Also stand ich schon zwei Stunden vorher auf, ging eine Runde joggen, schaufelte schnell ein Müsli in mich hinein und plante – ganz gegen meine Natur – den Rest der Zeit für mein Beautyprogramm im Bad ein. Um neun duschte ich mich gründlich, rasierte mir jedes verdammte Haar an meinem Körper fein säuberlich weg – man weiß ja nie, was der Tag so bringt – und wusch mir ausgiebig die Haare auf meinem Kopf. Beim Aussteigen aus der Dusche wunderte ich mich, warum die Handtücher an Bord nur so klein geraten waren. Doch zum Glück bin ich recht zierlich und deshalb konnte ich es mir gerade so eben um die Hüfte binden. Dann trug ich mir noch rasch eine Gesichtsmaske auf, die mir meine Mutter für die Reise spendiert hatte.

Beim Blick in den Spiegel bekam ich einen Schock. Ich sah aus wie eine dreckverschmierte Sau, wie sie zu meinem grunzenden Exfreund gepasst hätte. Die Maske muss eine Mischung aus Algen und Schlamm gewesen sein. Aber nicht irgendein gewöhnlicher Schlamm, sondern eher wie die Schicht, die früher nach dem Absaugen unserer Güllegrube im Garten zurückgeblieben war und dort vor sich hin stank. Und so ein Dreck sollte mich verschönern?

Dann kam das jeder Frau bekannte Klamotten-Spielchen: Was ziehe ich an? Sexy? Er soll ja nicht denken, dass ich mich nur ihm zuliebe aufgestylt habe. Dann leger? Nicht dass er denkt, dass ich immer nur in Schlabberhose und weitem Shirt rumlaufe. Vielleicht was mit Dekolleté? Das machte ich mir ja gerade extra hübsch mit meiner Algen-Schlamm-Kackepackung. Rock? Ein Blick auf die Beine hat noch keinem Mann geschadet, also los.

Gerade wollte ich mein Duschhandtuch lösen, da klopfte es an der Tür. Um Himmels willen, war er das schon? Ein Blick auf die Uhr: erst 9:45 Uhr. Entweder war er überpünktlich oder jemand anderes wollte etwas von mir. Es klopfte ein zweites Mal, deshalb fragte ich durch die geschlossene Tür: »Wer ist da?«

»Schiffssteward. Ich habe eine Mitteilung für Sie.«

Puh, Thomas war es also noch nicht. Viel Zeit blieb mir trotzdem nicht.

»Ich kann die Mitteilung vor Ihre Tür legen, wenn Sie möchten.«

Aber war die Nachricht vielleicht von Thomas, war ihm etwas dazwischengekommen? Ich musste kurz raus und sie holen. Ich horchte an der Tür, die Luft war rein. Also öffnete ich leise die Kabinentür, der Steward schien verschwunden, aber ein Stückchen weiter lag ein Brief mit meinem Namen darauf. Ich machte einen Schritt zur Tür hinaus, griff mir den Brief, doch in der nächsten Sekunde machte es »Klapp«, die schwere Tür fiel ins Schloss und rastete ein. Volltreffer.

Und als ob das nicht schon schlimm genug gewesen wäre, hatte ich einen Zipfel meines Handtuchs in der Tür festgeklemmt. Ich zog daran, es ließ sich nicht herausziehen. Langsam dämmerte mir, was gerade passiert war. Ich stand mitten auf dem langen Gang von Deck 6, nur mit einem Handtuch bekleidet, das fester in der Kabinentür hing als an mir. Zudem hatte ich Schlamm im Gesicht und sah aus, als wäre ich kopfüber in eine Jauchegrube gefallen. In maximal zehn Minuten würde mein Traummann um die Ecke kommen, um mich abzuholen. Er durfte mich niemals so vorfinden, das stand so fest wie der Penis eines Achtzehnjährigen im Pornokino. Wobei mein Blick auf den Brief fiel.

Vielleicht hatte er ja abgesagt, dann wäre mein Leben gerettet. Ich riss den Umschlag auf, kein Brief von Thomas, sondern ein Fax von meinem On-off-Hengst lag darin: »Ich bin unendlich verliebt in dich«, schrieb er, »und will meine Frau für dich verlassen, wenn du mich zum Mann haben willst. Ich würde mich freuen, wenn du in deinem Urlaub darüber nachdenkst und mir deine Entscheidung dann mitteilst.«

Deswegen stand ich also fast splitternackt auf dem Gang eines Kreuzfahrtschiffs? Nur weil er mir das sagen wollte?

Der Gang war noch immer leer. Das war zwar einerseits ein Glück, andererseits hätte ich jetzt einen Mitreisenden gut gebrauchen können, damit er zum nur wenige Meter entfernten Bordtelefon ging und für mich die Rezeption anrief. Sonst wimmelte es doch auf dem Gang nur so vor Menschen. Aber wenn man mal eine dieser blöden Single-Frauen braucht, ist natürlich keine da.

Blieb mir also nur, das Handtuch in der Tür hängen zu lassen und selbst ans Telefon zu gehen. Immerhin wäre das besser, als in wenigen Minuten hier draußen wie Miss Dreckspatz vor Thomas zu stehen. Also Mut gefasst und los, sagte ich mir. Ich ließ das Handtuch fallen, rannte zum Telefon, drückte die Taste der Rezeption, eine Frauenstimme antwortete mir. Da stand ich, nur mit einer Gesichtspackung bekleidet, auf dem Flur des Schiffes und schilderte der Dame am Telefon hastig meine Not. Da hörte ich Schritte auf dem Gang und just in diesem Moment kam Thomas um die Ecke …

Danke

In erster Linie möchte ich allen Personen danken, die mir ihre unglaublichen, verrückten und herzerwärmenden Geschichten für dieses Buch erzählt haben. Dazu gehört Mut, Offenheit und Vertrauen. Eure Erlebnisse haben mir einfach riesigen Spaß beim Schreiben bereitet. Vielen Dank dafür.

In diesem Zuge möchte ich vor allem an einen Mann erinnern, der mich sehr beeindruckt hat. Ich habe Volkmar gleich zu Beginn meiner Arbeit an diesem Buch kennengelernt. Er erzählte mir sein Kreuzfahrterlebnis, bewegte mich damit und schämte sich selbst seiner eigenen Tränen vor mir nicht.

Es tut mir unendlich leid, dass er dieses Buch leider nicht mehr in seinen eigenen Händen halten kann. Ich bin dankbar, dass er Teil dieses Buches ist. Ich weiß, dass es ihm viel bedeutet hat.

Meine Eltern würden mir selbst mit 40 Grad Fieber und einem Eispickel im Rücken helfen, wenn ich sie anrufen und darum bitten würde. Und auch an diesem Buch tragt ihr mit eurer Unterstüzung einen Anteil. Mama und Papa, ein Dankeschön tief aus meinem Herzen!

Meiner Freundin – nennen wir sie mal A. K., sie ist ziemlich schüchtern in solchen Dingen – möchte ich einige Worte widmen: Ein riesiges Dankeschön auch an Dich, A. K., für die letzten zehn Jahre voller Rat und Tat an meiner Seite. Dich kann ich immer fragen, wenn ich eine andere Sicht der Dinge brauche. Das hat mir auch bei diesem Buch geholfen.

Steppel, du bist einfach super. Was eine Muse für einen Maler ist, bist du in der Zeit des Schreibens nicht selten auch für mich gewesen.

Jennifer, Cathrin, Caro und viele andere tolle und unglaublich tatkräftige Mitarbeiter im Verlag, ihr seid für mich das, was andere Leute »Sie hat mir der Himmel geschickt« nennen würden. An mein Konzept zu glauben und mit mir zusammen daraus ein Buch zu machen, macht mich unglaublich dankbar.

Rainer Kühn hat auch wieder bei diesem Buch tolle Arbeit geleistet. Vielen Dank.

Und das Beste kommt ja bekanntlich zum Schluss: ein Dankeschön an meinen Mann. Wie einst Goethe schon sagte: »Leider läßt sich eine wahrhafte Dankbarkeit mit Worten nicht ausdrücken.« So tief und lange ich in meinem Köpfchen nachgekramt habe, ich fand nichts, was meine Gefühle und meine Dankbarkeit für dich beschreiben würde. Ich kann es nur mit dem einfachsten Wort sagen: Danke!

Wenn Sie persönlich auch etwas Verrücktes, Herzergreifendes, Lustiges oder gar Schlüpfriges auf einem Kreuzfahrtschiff erlebt haben, schreiben Sie mir gern unter: nacktefrauanbord@web.de. Ich freue mich auf weitere spannende und unterhaltsame Geschichten.

DIE AUTORIN

Jana Förster liebt Kreuzfahrten sehr und hat sich zum Ziel gesetzt, in den nächsten Jahren die sieben Weltmeere zu bereisen. Im Alltag liebt sie es bodenständig und lebt mit Ehemann und Tochter im beschaulichen Brandenburg. Ihr erstes Buch *Ausgezogen* ist ebenfalls im Schwarzkopf & Schwarzkopf Verlag erschienen.

Jana Förster
NACKTE FRAU AN BORD
33 erotische, lustige und absurde Kreuzfahrterlebnisse

ISBN 978-3-86265-078-1

Lektorat: Rainer Kühn, Cathrin Kreich. Foto der Autorin auf dem Titel: © Nico Klein-Allermann